# 사투르누스의
# 매직 아이

# 사투르누스의 매직 아이

발터 베냐민의 시선으로 보는 오컬트와 미래

초판 1쇄 펴낸날 | 2019년 10월 25일

지은이 | 김용하
펴낸이 | 류수노
펴낸곳 | (사)한국방송통신대학교출판문화원
        (03088) 서울시 종로구 이화장길 54
        전화 (02) 3668-4764
        팩스 02-741-4570
        홈페이지 http://press.knou.ac.kr
        출판등록 1982년 6월 7일 제1-491호

출판위원장 | 백삼균
편집 | 정미용 · 이두희
본문 디자인 | 티디디자인
표지 디자인 | 크레카

ⓒ 김용하, 2019
ISBN 978-89-20-03516-6 03800

값 16,500원

이 도서의 국립중앙도서관 출판예정도서목록(CIP)은 서지정보유통지원시스템 홈페이지(http://seoji.nl.go.kr)와
국가자료종합목록 구독시스템(http://kolis-net.nl.go.kr)에서 이용하실 수 있습니다.(CIP제어번호: CIP2019041278)

발터 베냐민의 시선으로 보는
오컬트와 미래

# 사투르누스의 매직 아이

김용하 지음

지식의날개

미래 산업future industry이 시간의 생사여탈권을 지니고 있기 때문에, 오늘날 우리는 미래를 둘러싼 유토피아와 디스토피아의 교차로에 서 있다. 유토피아는 기술이 행복의 조건이라고 확신한다. 반면 디스토피아는 기술이 불행의 원인이라고 생각한다. 유토피아와 디스토피아의 중심에 인공지능이 놓여 있다. 인공지능은 기술만으로 행복을 마련한다. 과연 기술만으로 인간이 행복할 수 있을까? 수학적 연산과 데이터 분석으로 미래를 정확하게 예측할 수 있을까? 아울러 인간의 삶이 기술공학의 발전만으로 행복해질 수 있을까? 혹은 반대로 기술공학적 삶의 흐름을 거부하면 행복에 이를 수 있을까?

미래를 향해 내딛는 걸음마다 은연중에 파국의 싱크홀이 생긴다. 사람들은 싱크홀에 빠져드는 순간, 유토피아가 거짓이었다고 생각한다. 반면 미래의 진보를 공포로 여긴 채, 미래의 그림자에 눈이 멀어 폐허의 블랙홀에 빠져들면서, 디스토피아를 몰각하기도 한다. 유토피아와 디스토피아만으로는 행복을 각성할 기회를 확보할 수 없다. 결국 미래에 기반을 둔 기술관과 진보관만으로는 미래의 모습을 제대로 성찰할 수 없기 때문이다.

이러한 의문에 대한 해법을 찾기 위해 고심하던 끝에, 인공지능만으로는 행복해질 수 없다는 결론에 도달했다. 인공지능에 의존한 삶은 미래 문제를 성찰하지 못한 채 미래를 업데이트하기에만 급급하기 때문이다. 따라서 우리가 행복에 로그인하기 위해서는 인공지능을 지양하고, 인문지능을 지향해야 한다. 인문지능은 스몰데이터를 탐색하면서 인간과 미래에 대한 인문학적 질문을 제기한다. 스몰데이터는 데이터의 총량이 아니라 데이터에 포함되지 못한 인간에 대한 인문학적 내용을 중시한다. 그러므로 인문지능의 스몰데이터는 미래포비아를 극복할 수 있는 동력을 확보할 수 있다.

그래서 인간과 미래 문제를 고민한 발터 베냐민Walter Benjamin의 글쓰기에 주목했다. 그는 인문지능 — 문학·미학·역사학·정치학 — 의 관점에서 기술에 기반을 둔 미래 중독을 비판했다.

베냐민은 1892년 7월 15일 베를린에서 부유한 유대 상인의 아들로 태어났다. 아버지 에밀 베냐민Emil Benjamin은 엄격했고, 어머니 파울리네 엘리제 쇤플리스Pauline Elise Schönflies는 관대했다. 그는 아버지와의 불화, 제도권 교수 사회로의 진입 실패, 결혼과 이혼, 경제적 불안정 등 자신에게 닥쳐온 위기를 돌파했다.

아울러 실패의 롤러코스터를 두려워하지 않았다. 그는 사람들이 미래로 성급하게 질주할 때, 글쓰기의 우회로에서 인간의 조급함과 성급함을 제어하려고 애썼다. 그의 지적 태도는 멀티태스킹 multitasking과 스위치 태스킹switch-tasking이다. 독일 낭만주의, 마르크시즘, 유대 신비주의를 두루 멀티태스킹하며, 이를 토대로 스위치 태스킹적 글쓰기에 매진했다. 그는 스위치를 켜고 끄는 순간, 세계의 밝음과 어둠을 순차적으로 글에 담으려고 했다. 스위치를 켜면 행복했던 베를린 유년 시절이 종이 위에 나타난다. 스위치를 끄면 과학기술이 삶의 터전을 파괴해 암전 상태가 되어 행복한 유년 시절은 종이 위에서 사라진다.

베냐민은 1940년 스페인의 포르부에서 미국 망명 직전에 음독 자살로 생을 마감했다. 1892~1940년 사이에 쓴 그의 글에는 기술과 문명의 폭력에서 벗어나기 위해 고민한 사유의 흔적이 남아 있다.

《1900년경 베를린의 유년 시절Berliner Kindheit um Neunzehnhundert》에는 유년 시절의 기억이 담겨 있다. 베냐민은 유년 시절의 세부적 풍경을 표현했다. 그는 타인과 세계에 알레르기를 겪고 있었다. 견딜 수 없을 만큼 타인과 세계에 대한 열망과 냉정이 온몸을 흐르는 순간에 경험한 삶을 기록했다. 글 곳곳에서 유년 시절의 기억을 되살리기 위해 기억 속의 흔적을 복원하면서 유년 시절의 행복했던 순간과 좌절된 인간의 모습이 진솔하게 표현되어 있다.

《파사젠베르크*Das Passagen-Werk*》는 미완성 유작으로 인용문과 메모로 구성되어 있다. 파사주*Passage*는 19세기에 발생한 미래에 대한 열망을 상징적으로 보여 준다. 근대인은 상점의 유리창을 거울삼아 파사주 속을 배회했다. 그는 자본이 어떻게 인간의 상상력까지 상품으로 만드는지를 고찰했다. 사람들은 파사주 속에서 상품 소비에만 몰두한다. 그런데 도시 정비 사업의 일환으로 파사주가 철거 대상으로 전락하면서, 모든 사람의 꿈과 희망이었던 공간이 몰락의 장소로 변한 것이다. 베냐민은 파사주의 생성과 몰락에서 이성과 마법이 교묘하게 성좌를 이루는 공존의 가치를 발견하고자 했다.

〈역사의 개념에 대하여*Über den Begriff der Geschichte*〉는 역사적 사실을 새롭게 해석하고, 역사에 편입되지 못한 사람들의 육성을 어떻게 복원할 수 있을지를 사유한 13개의 테제로 이루어진 글이다. 각각의 단상은 역사의 폭력에 대한 성찰을 담고 있다. 특히 미래에 감금된 역사를 분해하는 과정을 거쳐 기억의 기원을 탐색한다.

《사투르누스의 매직 아이》에서는 발터 베냐민이 인간과 미래의 문제를 오컬트*occult*와 연결해 고민한 흔적을 살펴본다. 그의 글을 인용한 부분도 있고, 그의 사유에 나의 생각을 접목시킨 부분도 있다. 아울러 그의 미래를 둘러싼 모험에 동참하면서 내가 체험한 책, 영화, 미술 등과의 협업을 진행했다. 즉 베냐민이 본 풍경을 확인하고, 그가 미처 보지 못한 점을 내가 다시 보려고 한 것이다. 제1장에서는 진보와 퇴보의 관계를 살펴보면서, 에펠탑이 상징하는 세계와 요정이 상징하는 세계를 어떻게 바라볼 것인지를 제시했다. 제2장에서는 운명과 성격의 지형을 살펴보면서 인간이 운명의 굴레에서 벗어나 파괴적 성격에 이르는 과정을 분석한다. 제3장에서는 점성술, 제4장에서는 관상학, 제5장에서는 성명학, 제6장에서는 필적학, 제7장에서는 수상학, 제8장에서는 타로 카드의 세계를 알아본다.

베냐민은 사투르누스의 멜랑콜리에 주목했다. 사투르누스는 미래로만 열린 시선을 '지금 시간Jetztzeit'으로 봉합하려고 했다. 멜랑콜리한 예언은 미래의 행복과 불행을 직시한다. 사투르누스의 멜랑콜리에 담긴 예언으로 미래를 신중하게 응시한다면, 인간은 맹목과 독선의 폭력에 겸허하게 대응할 수 있다. 사투르누스가 벌거벗은 채 미래를 향한 폭력적 질주를 막으려고 하지만, 누구도 사투르누스의 목소리에 주의를 기울이지 않는다. 미래의 불행을 감지하지 못하는 세계의 비극이 사투르누스의 응시 속에 담겨 있다는 것이다.

매직 아이magic eye는 자본과 정치의 마술과 미신이 인간을 억압하는 방식을 해체할 수 있다. 마술과 미신은 주술을 부리면서 인간의 판단력을 마비시킨다. 마술과 미신의 힘은 현실에서 강력하다. 사람들은 기술의 마술과 주술에 빠져 초자연적이고 신비주의적 힘에 의지한 채 미래를 알려고 한다. 그런데 베냐민은 오컬트 현상의 부정적 요인을 인식하면서도, 오컬트에 포함된 생성의 힘을 새롭게 변용시키고자 했다. 즉 오컬트의 힘을 발견하면서, 이를 감각적으로 읽을 수 있는 안목을 형성한 것이다. 결국 매직 아이란 예언과 예감의 제 목소리를 내고 미래의 불운을 극복하려는 의지이다.

《사투르누스의 매직 아이》를 쓰는 동안 마종기 시인의 〈우화의 강〉이 계속 머릿속에서 맴돌았다. 마종기 시인은 의사이면서 시를 썼는데, 일상생활을 맑은 시어의 이미지로 표현했다. 그의 시에는 동화적 상상력과 의학적 엄격성이 교묘하게 섞여 있다. 그는 동화의 세계로 우리를 이끈다. 나는 마음에 드는 사람을 만나면, 종종 〈우화의 강〉을 보낸다. 책읽기는 "사람이 사람을 만나 서로 좋아하면 / 두 사람 사이에 물길이" 트는 과정이라고 생각한다. 인간과 미래의 문제를 함께 고민하면서 서로가 배려하며 각자의 목소리를 들었으면 한다.

조심스럽게 사투르누스, 매직 아이의 의미를 곰곰이 성찰하는 시간이 되기를 권유한다. 타인에 대한 차가운 동정이 아니라 같이 숨을 쉬고 이야기를 나눌 수 있는 순간을 호흡하면서, 행복한 미래를 여린 두 손으로 매만지는 마법의 순간을 《사투르누스의 매직 아이》에 담아 보았다. 아무쪼록 마법의 시선magic eye으로 세계를 응시하고 직시하는 순간, 마법의 나ⱼ로 변화하는 순간을 맞이하기를 바란다.

차례 __

# 사투르누스,
# 벌거벗은 시선의 독법

## 사투르누스

발터 베냐민은 《독일 비애극의 원천Ursprung des deutschen Trauerspiels》의 〈사투르누스론Die Lehre vom Saturn〉에서 신화, 의학, 점성술의 관점에서 우리 시대 사투르누스의 정체성을 살펴보았다.

그리스 신화에서 크로노스Kronos는 우라노스Ouranos와 가이아Gaea의 막내아들로 거신인 티탄족에 속했다. 우라노스는 가이아가 출산한 아이들의 용모가 추하다고 생각하여, 아이들을 다시 가이아의 자궁 속으로 집어넣으려고 했다. 가이아는 우라노스의 행동을 보고 비탄에 빠진 나머지, 크로노스에게 아버지에 대한 복수를 부탁했다. 이에 크로노스는 아버지 우라노스의 성기를 절단한다. 크로노스는 우라노스를 응징하고 형제들을 구하면서 가이아와의 약속을 지켰다. 그런데 가이아는 크로노스도 자식들에 의해 내쫓길 것이라고 예언한다. 그래서 크로노스는 아이들이 태어나는 족족 집어삼켜 먹어 버린다. 크로노스의 아내는 자식들이 매번 죽음을 맞자 고통에 사로잡힌다. 그녀는 크로노스가 막내 제우스를 삼키려고 할 때 강보에 싸인 돌덩이를 삼키게 한다. 제우스는 구사일생으로 살아남아 결국 아버지 크로노스를 지하 세계에 가둔다.

히포크라테스는 인간의 성격을 4체액설로 설명했다. 공기는 혈액, 불은 황담즙, 흙은 흑담즙, 물은 점액이다. 갈레노스는 히포크라테스의 4체액설을 수용하면서 인간의 성격을 다혈질, 담즙질, 우울질, 점액질로 확장했다. 자연의 구성요소와 인간의 성격이 결합하면서 인간의 운명까지 해명할 수 있게 되었다.

점성술은 천문학적 현상을 중심으로 인간세계의 일을 해명했고, 개인의 성격뿐만 아니라 미래까지 예언할 수 있었다. 사투르누스를 점성술과 연관 지어 볼 때, 토성과 긴밀한 관계가 있다. 토성은 점성술에서 우울한 기운을 나타낸다. 멜랑콜리커Melancholiker는 세계가 시간의 덫에 걸려 있다고 생각하기 때문에, 변화무쌍한 세계에 아무 미련이 없다. 세계에 미련이 없는 사람은 감동할 일이 없다. 그러다 보니 세계의 속도와 매번 엇박자가 날 수밖에 없다. 멜랑콜리커는 엇박자 속에서 자기만의 공간을 확보하면서 고독한 시선으로 미래로 질주하는 인간의 모습을 턱을 괴고 쳐다볼 뿐이다.

미국의 평론가 수전 손태그Susan Sontag는 〈토성의 영향 아래〉에서 베냐민을 멜랑콜리커로서 글쓰기를 포기하지 않은 지식인으로 규정한다. 토성의 영향을 받은 멜랑콜리커는 둔함, 지연, 인내, 느림, 몰입의 특징을 지닌다. 멜랑콜리커는 몰입과 집중을 통해 우울에서 벗어나 몽상의 단계로 진입한다. 베냐민은 생각의 모험을 중단하지 않았고, 주체적으로 살기 위해 노력했다. 그는 세계의 폭력을 감각적으로 예감했고, '나'의 세계를 '너'의 세계로 유혹하는 폭력을 인정하지 않았으며, '나'와 '너'의 교차로에서 '나'와 '너'의 폭력을 외롭게 견디면서 살았다.

사투르누스는 다가올 미래의 실제 모습을 예언할 수 있는 능력이다. 이러한 점을 고려한다면, 사투르누스의 예언을 적극적으로 수용하면서, 미래의 불운을 사전에 능동적으로 예감할 필요가 있다. 즉, 사투르누스의 예언은 행운을 점찍기보다는 불운의 향방을 미리 알려 준다. 사투르누스의 예언을 받아들이지 않으면 폐허에 도달할 수밖에 없다.

그렇다면 사투르누스는 왜 멜랑콜리할까? 사투르누스는 미래에 펼쳐질 불운을 사전에 알고 있기 때문이다. 미래의 불운을 예방하기 위해 신호를 제시하지만, 사람들은 그의 예언을 외면한다. 사투르누스는 사람들의 비합리적 세계에 집착하는 광기 Wahnsinn를 막으려고 노력한다.

세상에는 대문자 **나**와 소문자 나가 있다. 대문자 **나**는 미래를 독점한다. 반면 소문자 나는 대문자 **나**의 시간에 끌려 살아간다. 그렇기 때문에 소문자 나의 시간에 주목하고자 한다.

소문자 나는 온전하게 자기만의 시간을 보낼 수 없다. 타인이 설계한 시간표에 따라 살아갈 뿐이다. 소문자 나가 대문자 **나를** 상대로 삶의 영역을 확장하기에는 한계가 있다. 대문자 **나의** 상징은 소문자 나의 세계를 인정하지 않을 뿐만 아니라 방치한다. 소문자 나는 대문자 **나의** 주목을 받기 위해 노력한다. 그러나 대문자 **나의** 인정을 받기 위해서는 대문자 **나의** 고문에 가까운 요구 사항을 따라야만 한다. 결국 소문자 나는 자멸한다. 충족될 수 없는 인정 욕구를 위해 소중한 시간을 허비하지 않기로 마음을 먹는다. 대문자 **나는** 소문자 나가 자신들을 역으로 인정하지 않는 순간, 당혹스러워한다. 그때 소문자 나는 웃음을 짓는다. 우리 시대의 사투르누스는 소문자 나 ─ 퇴사자, 노인, 여성, 아이, 고3 학생, 취업 준비생 ─ 이다. 소문자 나는 대문자 **나의** 권위에 억눌려 자신의 미래를 자각하지 못한다. 그들은 미래로부터 도피하면서 생존을 위해 몸부림을 친다.

사투르누스는 인사이더와 아웃사이더를 가로지른다. 인사이더를 자처하면서 아웃사이더를 갈망한다. 혹은 아웃사이더에 머물면서 인사이더를 동경한다. 베냐민 역시 독일 주류 사회에 편입되려고 노력했지만, 결국 유대인으로서 독일 사회의 주변에 머물렀다. 아울러 그가 유대인 근본주의를 수용하지 않은 것은 독일 주류 사회의 일원으로 귀속되고자 한 측면도 있다.

이와 같이 인사이더와 아웃사이더의 경계에 머문 사람은 멜랑콜리하다. 머물 곳이 불안정한 사람은 인-아웃의 교차로에서 정서적으로 불안하다. 주류 사회에 무조건 동화될 때마다 우울할

정도로 고독이 마음속에 자리 잡는다.

인사이더는 사회 테두리 내에서 투쟁하면서 사회 내부에서 견고하게 구축되어 가는 벽을 내부에서 조금씩 붕괴시키고자 한다. 아울러 사회가 인간에게 부여하는 부조리에 맞서 순수한 아름다움의 시각을 제시한다. 아름다움을 훼손하는 언행을 비판하는 행위는 단호하고 깐깐하다. 인사이더는 정치·경제적으로 아름다움을 파괴하는 만행의 실체를 굳건히 직시한다. 그렇기 때문에 부조리한 세계의 풍경을 단순하게 직시하는 것처럼 보일 수 있지만, 사회의 유혹과 쉽게 타협하지 않는 측면도 있다.

반면 아웃사이더는 별도의 진지를 구축한다. 하나의 사회만이 존재하지 않는다. 현실 사회와 상상 사회가 있을 수 있다. 아웃사이더는 상상 사회를 추구한다. 상상 사회가 현실 사회이다. 예컨대 S1을 부정하고, S2, S3……처럼 사회를 무한 상상할 수 있다. 굳이 현실 사회와 소통하지 않으려는 아웃사이더는 불통의 언어를 추구한다. 소통은 주체와 객체가 자유롭게 이야기할 수 있는 듯하지만, 객체가 주체의 언어를 학습해야만 한다는 점을 전제로 한다. 주체의 언어는 객체에게 S1의 문법을 학습하고 준수하기를 강요한다. 그렇다면 주체와 객체가 진정으로 소통하기 위해서는 주체가 객체의 언어를 이해하는 과정을 거칠 필요가 있다. 아웃사이더는 별도의 상상 사회를 형성하면서 기존의 현실 사회를 수정하거나 보완하지 않는다.

사투르누스는 미래에 재앙을 가져오는unheilvoll 사건에 대해

로마 포로 로마노의 사투르누스 신전

예언적 재능을 지녔다. 사투르누스는 인간의 미래에 경종을 울리면서 인간의 행운을 감지해야 한다는 목소리를 담고, 미래의 실제 모습을 예언할 수 있는 능력을 지녔다. 로마 신화의 사투르누스는 크로노스와는 달리 풍요로움을 상징한다. 크로노스의 광기와 저주는 사라지고, 축제와 자유를 허용한다. 사투르누스는 르네상스 시대의 시대적 분위기가 반영되어 젊음과 풍요의 상징으로 표현되었지만, 황금시대로의 복귀를 염원할수록 추한 현실의 타락만을 확인할 뿐이다.[1] 사투르누스의 선견지명을 외면할 경우, 사투르누스는 인간을 광기와 탐욕의 세계로 이끌 수 있다. 사람들이 사투르누스의 예언을 수용하는 과정을 거쳐 삶의 비참함을 자각하는 순간에는 평온함이 유지될 수 있다. 결국 사투르누스의 멜랑콜리를 시의적절하게 감지하는 예감의 자세가 필요하다.

사투르누스는 시차를 존중한다. 서로의 시간 차이를 동일하게 여기지 않고, 각자의 시침과 분침이 자율적으로 흐르는 시간의 차이는 우리 삶을 행복으로 이끈다. 미래를 위해 모두가 같은 시간의 노력을 기울이는 과정은 사투르누스의 눈에는 불행하게만 보였다. 우리가 사투르누스의 벌거벗은 시선으로 들여다보아야 할 풍경은 시간의 불일치를 인정하는 태도이다. 왜 우리는 동일한 미래의 문으로만 다가서야 하는가? 시간의 불일치가 주는 불편함을 견딜 줄 알아야 한다. 미래를 향해 앞서거니 뒤서거니 하면서, 우리는 자신의 눈이 벌거벗겨지는지도 모른 채 지난 시간을 아쉬워한다. 아울러 자기만의 시간을 타인에게 강요하기도 한다. 그러는 사이에 자기의 시간에서 벗어난 이를 배려하지 않는다. 반면 타인의 시차를 존중하지만 무관심한 태도를 보이는 경우도 있다. 서로의 시간 차이가 있으니, 각자의 영역만을 유지한다는 태도는 겉으로는 합리적인 듯하지만, 무책임하게 비칠 수 있다.

베냐민은 사투르누스처럼 개인이 가족 이기주의에 빠져 사회적 현안에 무관심하거나 집단이 개인의 가치를 인정하지 않는 태도를 보면서 멜랑콜리에 빠진다. 그는 우리의 정신이 꿈속의 상태에 빠져 있다고 생각했다. 가족 이기주의와 집단 전체주의는 현실에서 벗어나지 않았다. 특히 다수결의 원리가 무조건적으로 수용되는 방식을 성찰할 필요가 있다. 베냐민은 다수를 이루는 구성원 개개인의 자율성을 존중한다. 그는 자율적 개인이 자신의 생각을 자유롭게 표현하면서 전체와도 소통하는 개별성을 잃어버리지 않는 세계를 꿈꾸었다. 개인과 집단의 폭력을 제어하기 위해 경보음을 울리려고 했다.

결국 사투르누스는 인간의 미래에 대한 오만에 경종을 울리면서 인간의 행운을 감지해야 한다는 목소리다. 사투르누스는 인간의 자유의지와 결정론 사이에서 멜랑콜리한 시선으로 인간이 행복한 미래에 도달하기 위한 조건이 무엇인지를 성찰한다.

## 미신의 염색

미신은 독일어로 Aberglaube인데, Aber는 잘못된 혹은 거짓을 의미한다. 즉, 특정한 사람이나 사물이 지닌 초자연적인 힘의 위력을 믿는 잘못된 신앙 혹은 상상과 편견을 뜻한다. 미신은 비과학적이고 종교적으로 망령되다고 판단되는 신앙이거나 과학적 합리적 근거가 없는 것을 맹목적으로 믿는 태도이다.[2] 우리는 온갖 미신의 덫에 사로잡혀 있다. 미신은 인간이 미래를 올바르게 파악할 수 있는 힘을 무력화시킨다. 각자 내면의 불안함을 견디지 못해 미신에 몰두하면서 시간을 허비하는 것이다.

베냐민은 〈계획을 비밀에 부치기Pläne verschweigen〉에서 미신의 특징을 이야기한다. 그는 사람들이 자신의 삶에서 중요한 의도와 계획을 사전에 타인에게 발설하지 않는 미신이 있다고 말한다. 그는 사람들이 왜 자신의 계획을 비밀에 부치는지 네 가지 이유를 들어 설명한다.

첫째, 사람들은 계획의 실패를 자신이 책임져야 한다고 생각한다. 둘째, 계획을 발설하면 일이 성사되기 어려워질 수 있다고 본다. 성취하지 않은 미래의 계획을 발설하면 자칫 정신이 해이해져 자신이 설정한 목표에 도달하지 못할 수도 있기 때문이다. 셋째, 계획을 발설하지 않으면 타인이 자신의 계획을 알지 못하므로 은밀하게 성공할 수 있다고 확신한다. 넷째, 자코모 레오파르디Giacomo Leopardi의 시를 인용하면서 사람들은 타인에게 자신의 고통을 고백하면 타인은 즐거워하고, 자신이 더 가치 있는 사람이라고 생각한다고 말한다. 자기 계획을 말했다가 타인들이 자신의 계획을 듣고 자칫 중요하지도 않은 계획을 혼자만 생각하고 있었다고 비난할까 봐 두려워한다.

이상과 같은 이유로, 베냐민은 사람들이 미신에 빠져 자신들의 계획을 비밀에 부친다고 생각한다. 현대인은 공허한 내면세계를 인정받기 위해 타율적 예언에 의존한다. 결국 타율적 예언은 미신으로 둔갑시켜 삶의 자율성을 확보하지 못한다.

스피노자Baruch Spinoza는 인간이 미신에 빠져드는 인과관계를 이성의 렌즈를 통해 면밀하게 분석했다. 인간은 행복한 순간에는 이성적으로 생각하는 것처럼 보이지만, 불행이 닥칠 때는 그동안 자신을 유지했던 이성적 태도를 저버리고 미신에 의존하고 마는 불안정한 존재라는 것이다. 그는 미신과 예언을 구분한다. 미신이란 인간이 미래에 대한 두려움에서 일시적으로 벗어나기 위해 몸부림치는 태도이다. 반면 예언은 신의 목소리를 계시로 간주하면서 인간의 현실적 제약을 구제하기 위한 태도이다. 특히 그는 미신적 폭력에 대한 자발적 예속의 태도를 비판했다. 인간은 자연에 대한 원초적 불안감을 해소하기 위해 종교에 의존했지만, 인간화된 종교는 역설적으로 인간의 자유로운 상상력과 현실을 냉철하게 관조할 수 있는 이성을 배제시켰다.

데이비드 핸드David J. Hand는 《신은 주사위 놀이를 하지 않는다》에서 미신, 종교, 예언과 같은 우연적 세계가 인간을 지배한다고 비판한다. 우리의 삶은 우연성과 필연성 중에서 어느 쪽의 지배를 더 받을까? 때로는 자신이 경험한 일을 우연의 일치로 간단하게 생각하기도 한다. 그는 과학적 필연과 확률을 중심으로 미신, 예언, 신, 기적 등의 신비로운 힘이나 존재가 사건의 배후에서 악의적으로 작용한다고 말한다. 미신은 실체가 없는 인과관계가 존재한다는 믿음이다. 사람들은 특정 사건이 반복해서 발생하면 하나의 패턴으로 생각하는 경향이 있다.

스피노자와 데이비드 핸드가 철학과 과학의 관점에서 미신의 세계를 살펴보았다면, 나쓰메 소세키夏目漱石는 문학의 시각에서 미신의 문제를 고찰했다. 나쓰메 소세키는 일본의 근대인이 경험한 정신적 불안을 정면으로 들여다보면서 근대인의 한계를 비판적으로 고찰했다. 그는 근대인의 문명에 대한 낙관적 태도 이면에 있는 미신 세계를 주목했다. 근대인은 보통 과학, 수학, 이성, 합리의 관점에서 미래를 예측했다. 근대인은 도덕을 비판적으로 바라보고 각자의 윤리를 중요하게 여기면서 공동체 삶에서 개인주의의 삶을 선택했다. 그런데 그는 근대인의 미래관을 새롭게 바라보았다. 물론 그도 미래를 낙관적으로 전망했다. 그러던 중 아내의 죽음을 목도하면서 근대적 미래관 이면에 숨어 있는 비이성적이고 비합리적인 미신의 세계에 주목했다. 그는 중년을 거쳐 노년에 이르기까지 소설에 미신의 세계를 담으려고 했다.

〈유령의 소리〉는 근대인의 마음에 깃든 미신의 정체를 표현한다. 작중 화자인 법학사 야스오가 친구인 문학사 쓰다군의 집을 방문한 후, 미신과 관련된 일상사를 주고받는 이야기다.

〈유령의 소리〉는 야스오와 쓰다군의 이야기, 쓰다군의 친척 부인과 남편에 대한 이야기, 야스오와 그의 약혼녀 쓰유코의 이야기 등 인간의 다양한 인연에 얽힌 미신에 대한 이야기다. 특히 소설의 마지막 장면인 이발소에서 면도하는 과정에 나오는 동서양의 최면술과 관련해 야스오가 들은 이야기는 인간이 무엇인가에 홀려 망상의 상태에 빠지는 모습을 보여 준다.

그렇다면 유령의 소리는 무엇일까? 소설은 죽음과 불안에 대한 이미지를 그린다. 야스오는 신경과민 증세를 보인다. 그렇다면 인간은 왜 이토록 미신에 의존할까? 유령과 소리는 각각 무엇을 의미할까? 유령은 인간이 마음속에서 만들어 낸 상상의 산물이다. 그런데 나쓰메 소세키는 유령의 소리를 말한다. 실체를 명확하게 알 수 없는 마음에서 울려 퍼지는 불안의 신호를 유령의 소리라고 생각할 수 있다. 야스오가 불안해하거나 정서적으로 불안정한 모습을 보이는 과정은 신과 인간의 관계에서 비롯된 것이 아니라 인간관계에서 발생한 것이다.

미국의 팝가수 스티비 원더Stevie Wonder는 어릴 적에 잘못된 수술로 실명했다고 한다. 그는 앞을 보지 못하는 상황에서도 꿈을 포기하지 않았다. 하지만 결혼 후 얻은 사랑하는 딸을 볼 수 없다는 절망감에 괴로워했다. 그는 절망감에서 벗어나기 위해 비합리적인 것을 맹목적으로 믿기보다는 오히려 많은 노래를 작곡하면서 괴로움을 극복했다. 리듬에 맞춰 고개를 갸우뚱한다거나,

온몸을 흔들면서 고통과 절망에 빠진 사람들을 위로하기 위해 노래하는 모습은 매우 인상적이다.

그의 노래 〈Superstition〉은 사람들이 미신의 세계에 빠지지 말고 자신만의 길을 걸어 가면서 행복하게 삶을 살아가야 한다는 메시지를 전한다. 그는 "이해하지 못하는 일들을 믿으면/고통스러워질 거라고", "미신은 믿을 게 못" 된다고 노래한다. 그에게는 7년간의 불운과 아이들의 죽음을 둘러싸고 이해할 수 없는 일이 일어난다. 그러나 그는 "슬픔은 나의 노래"라 생각하며, 개인에게 다가오는 불행을 벗어나기 위해 이해할 수 없는 힘에 의존하지 않고 개인의 마음속에 깃든 슬픔과 상처를 있는 그대로 받아들이는 태도가 필요하다고 노래한다.


## 오컬트와 교양

인간은 미래를 불안하게 여기는 순간, 미신에 빠진다. 미신의 세계는 오컬트적이다. occult는 '감춰진'이라는 뜻의 라틴어 occultus에서 유래했다. 오컬트는 복잡한 삶의 문제를 신에게 호소하지 않고 과학적 근거가 없는 방법을 이용해 쉽게 해결하려는 태도이다. 특히 초자연적 수단을 쓰기 때문에 종교와 갈등을 겪을 수밖에 없었다. 신의 개입 여부에 따라 오컬트는 종교와 구분된다. 오컬트는 비이성과 비합리적 측면이 있기 때문에 과학과도 불협화음

을 일으켰다.[3]

베냐민은 신학적 관점에서 세계를 파악하면서, 비학秘學의 시각에서 살펴보기도 했다. 비학의 시각이 바로 오컬트다. 그는 신학의 세계만으로 과학에 대한 맹신을 극복할 수 없다고 생각했다. 물론 그의 사유에서 신학적 사유가 중요하다. 세속적 세계를 구제하기 위해서는 신학의 관점이 필요하다. 즉 신학의 관점만으로는 종교의 독선을 극복할 수 없다. 종교와 과학이 인간의 삶에 끼친 긍정적 요인을 수용하면서도, 종교와 과학이 해결할 수 없는 영역에서는 비학의 관점에서 접근할 필요가 있다. 종교와 과학은 오컬트를 미신으로 규정했다. 종교는 오컬트가 신의 세계를 인정하지 않았기 때문에 부정했다. 과학은 오컬트가 비합리적이고 비이성적이라는 이유로 승인하지 않았다. 그런데 종교와 과학이 인간의 행복을 위한 필수조건인지 의문이다. 종교와 과학이 인간의 행복에 필요조건은 아닐 수 있다. 인간의 행복을 위해 종교와 과학이 얼마나 폭력을 행사했는지를 성찰해야 한다.

종교와 과학이 미신으로 규정짓는 폭력을 어떻게 이해해야 할까? 인간은 종교와 과학에서 삶의 편리성과 편안함을 동시에 찾았다고 볼 수 있다. 근대인은 미래를 예측했다. 과학과 수학은 미래를 이성적으로 정확하게 예측한다. 이성의 도구를 활용해 미래에 대한 예측의 객관성만을 중시했다. 인간과 대상이 상호 간에 교감하지 못한 채, 객관적 대상을 하나의 사물로만 인식할 뿐이다. 과학과 수학은 감정과 정서를 반영하지 못한다. 관찰 대상은 그저 데이터를 인과적으로 산출하기 위한 객관적 대상에 불과하다. 객관적 대상은 수량화, 계량화만을 지속할 뿐이다.

우리의 일상생활은 우연과 필연 중에서 어느 쪽의 영향을 더 받을까? 인간은 이성적 판단을 벗어난 사안에 속수무책이다. 인간은 다가올 시간에 불안과 공포를 느낄 뿐이다. 그러면서 원인과 결과의 인과론적 관점을 거부한다. 그렇다면 인간이 인과론적으로 현상을 인식하고 수학적 통계와 확률을 토대로 세계를 이해한다면, 심리적 불안과 고통에서 벗어날 수 있다고 확신할 수 있을까? 인간이 과연 수학과 과학의 인식만으로 자연과 사회 앞에서 행복에 이를 수 있을까? 역설적으로 수학과 과학이 발달한 근대사회 이후로 인간은 심리적으로 불행한 상태에 빠져들었다.

프로이트Sigmund Freud는 〈꿈과 심령학〉에서 다양한 임상 사례를 언급하면서 심령학의 세계에 대한 생산적 논의를 전개했다. 그는 환자의 무의식을 분석하기 위해 환자의 이야기를 신중하게 경청한다. 우리 사회에서도 그가 환자의 이야기를 세심하게 경청하는 태도를 고려해야 한다. 환자의 이야기는 우리 사회에서 배제된 사람들의 목소리로 이해할 수 있기 때문이다. 자신의 이야기를 누군가에게 전달하지 못한 채, 마음속으로 불만과 상처를 삭이는 사람들이 많다.

심령학은 육성을 내지 못한 사람들을 유인한다. 과학은 꿈과 심령학의 세계를 현실에서 추방한다. 근대과학은 사람들이 심령학적 관찰에 접근할 수 있는 가능성을 차단했다. 과연 과학의 객관적 세계에서 꿈과 심령학은 완전히 사라졌을까? 과학의 객관성이 발전할수록 사람들이 꿈과 심령학의 세계에 몰입하는 현상이 발생한다. 그는 과학이 비과학적이라고 규정한 꿈과 심령학의 세계에서 인간의 정신적 고통을 치유할 방법을 조심스럽게 탐색했다.

심령학에서는 과학적 인과관계가 성립하지 않는다. 그런데도 사람들은 기적, 초월, 초인간적 심령학의 세계에 이끌린다. 그는 손금 점쟁이, 점성술사, 필체 연구자를 방문해 사고의 전이 과정을 객관적으로 믿었던 임상 사례를 언급했다. 심령학의 세계는 과학적으로 증명할 수는 없지만, 환자에 대한 정신분석 치료 차원에서 심령학의 예언술을 배척하지 않았다. 심령학은 예언가와 내방자의 신기한 사고 전이의 무대이고, 서로 안면도 없었던 두 사람이 처음 만나 과거, 현재, 미래를 같이 이야기하면서 심리적 불안감을 없애 준다.

테오도르 아도르노Theodor Wiesengrund Adorno는 〈심령술에 반대하는 명제들〉에서 심령술의 중심 죄목을 단호하게 나열한다. 그는 심령술인 오컬트가 개인의 주관적 태도를 교묘하게 활용한다고 말한다. 아도르노는 후기자본주의 시대에 사람들이 자신의 운명을 성찰하지 않고 손쉽게 심령술사에 의존한 채 살아가는 태도가 올바르지 않다고 지적한다. 결국 사람들이 심령술에 의존한 나머지 주관적으로 생각하는 사유를 포기하는 순간, 파시즘의 폭력으로 귀결한다는 것이다. 사람들은 현실에 대한 불만과 정신적 고통에 맞서지 못하고 오컬트의 미신과 같은 환상에 의존한 채 무비판적으로 살아간다.

베냐민은 근대인이 오컬트에 종속되어 자신의 운명을 개척하지 않고, 아울러 자기 성격을 개조하지 않는 태만한 태도를 비판했다. 그는 오컬트를 이중적으로 파악했다. 첫째, 그는 태곳적 인간들이 오컬트 태도를 견지했다는 점에 주목하고, 이를 위해 부패한 오컬트를 포맷시키려고 했다. 어차피 근대인은 태곳적으로 돌아갈 수 없기 때문에, 세속적으로 변질된 오컬트 자체 내에서 오컬트 태도를 구출할 방법을 모색했다. 둘째, 포맷한 오컬트를 다시 현대적으로 갱신하려고 했다. 즉 오컬트의 신비주의적 요소를 추출한 후, 뽑아낸 오컬트의 원액을 사용해 새로운 오컬트의 화학반응을 만들려고 했다. 오컬트 현상이 작동하는 곳에 자본주의 세계를 해체할 수 있는 힘이 작동한다고 생각한 것이다. 베냐민은 오컬트에서 구제될 수 있는 부분은 그대로 승인했다.

베냐민은 운명과 자연에 순응하면서 살아가던 고대인과 달리, 근대인은 운명과 자연을 거부하고 기술과 문명의 제국에 산다고 말한다. 그는 근대 자본주의 사회에서 발생한 기술중심주의에 어떻게 대처할지를 고민했다. 기술중심주의는 역설적으로 초자연적 신비와 심령의 세계를 형성하는 데 일조한다.

근대인은 빈곤의 이념이 과학적 인과관계가 있는 것처럼 생각한다. 근대인에게 다가온 새로운 빈곤은 과학기술과 문명이 인간을 행복한 미래로 이끈다는 확신이 역설적으로 인간의 정신을 공허하게 만들었다. 현대인은 새로운 빈곤에 처해 미신에 의존하는 삶을 살아간다. 그리고 과학과 문명이 휩쓴 자리에 오컬트가 파고들었다. 그런데 근대사회에 통용된 오컬트는 인간학적으로 변질되었다. 사람들은 행복의 욕망을 충족시켜 주는 것에 관심이 많다. 마술적 점 보기와 복권 등은 사이비 예언의 세속적 형식에 불과하다. 인간학적 오컬트는 속된 인간의 욕망을 충족시킬 뿐이다.

태곳적 인간들은 자연과 교감하면서 삶의 충만함을 느낄 수 있었다. 물론 자연의 폭력을 극복해야 한다는 일이 있었지만, 생존을 위해 자연과 어떻게 마주할지를 진지하게 고민했다. 베냐민은 오컬트 문화가 인간을 지배하는 과정을 부정적으로 생각했다. 인간은 내면의 공허를 충족시키기 위해서 자발적으로 오컬트의 노예가 되기를 주저하지 않았다.

베냐민은 타락한 오컬트의 마술과 미신을 태곳적 마법과 연결시키고 이를 기반으로 오컬트의 힘을 마련하려고 했다. 그는 오컬트 사유를 새롭게 재구성했다. '오컬트적' 사유의 변용은 우리 시대의 정치·경제학적 마술과 미신을 극복할 수 있는 관점을 응시할 기회를 제시하고, 미래를 자율적으로 파악할 수 있는 하나의 방편이다. 그는 순수 미신의 세계에서 인간이 정치적으로 오염되지 않는 세계 변혁의 가능성을 발견하고자 했다.

근현대인들은 전통과 종교를 신뢰하지 않았다. 절대적 권위와 신성한 신을 믿지 않았다. 그들은 자유를 얻었지만 마음속으로 공허했다. 그는 사람들의 마음속 공허감에 오컬트적인 문화가 정치적으로 스며드는 과정에 주목했다.⁴ 사람들이 정치적 오컬트 문화에 종속되지 않고 어떻게 자기 주도적으로 살아가면서 행복을 느낄 수 있을지를 고민했다.

〈몽매주의자를 통한 깨달음—한스 립스퇴클의 우리 시대의 비학Erleuchtung durch Dunkelmänner Zu Hans Liebstoeckl, ≫Die Geheimwissenschaften im Lichte unserer Zeit≪〉은 립스퇴클의 비학이 어떤 의미가 있는지를 해명하면서도 특히 루돌프 슈타이너의 인지학을 비판한다. 사람들은 교양과 행복에 대한 결핍을 충족시키기 위해 일반교양을 탐색하지 않고, 오컬트 관련 서적에 탐닉한다. 이러한 모습은 우리 시대에서도 발견될 수 있다. 젊은 시절에는 고전을 읽고, 중년에 접어들어서는 자기계발서를 읽어야 한다고 생각한다. 그런데 우리 시대는 고전과 자기계발서를 연령별로 거꾸로 읽고 있는 실정이다.

강상중은《나를 지키며 일하는 법》에서 젊은이들이 고전을 읽으면서 삶의 역경과 고난을 이겨 낼 수 있는 힘을 기를 수 있다고 말한다. 젊은이들은 미래의 불확실성과 불투명성 때문에 고민한다. 그들은 삶의 역경을 이겨 내는 법을 고전에서 발견하고 회복 탄력성을 유지할 필요가 있다. 회복 탄력성resilience은 떨어져도 튀어 오르는 공처럼 삶의 고난에서 희망으로 도약할 수 있는 힘을 제공한다. 반면 중년층은 자기계발서를 읽어야 한다. 중년은 자기 경험만을 중시한다. 그러다 보니 젊은이들과 소통하지 못하고 자기 생각만을 전달하기에 급급하다. 물론 중년이 고전을 읽어도 좋지만, 고전의 세계를 이미 경험한 상황에서는 새롭게 자기 삶을 가꿀 수 있는 안목을 길러야 한다. 자칫 중년의 고전 읽기는 자신의 생각만을 견고하게 만드는 작용을 할 수 있다.

베냐민은 교양과 행복의 결핍 자리에 오컬트 관련 서적이 파고들면서 상류층과 하류층의 구별 짓기가 작동한다고 말한다. 하류층은 철저하게 자신들의 욕망을 충족시키기 위해 비학의 세계와 오컬트 세계로 빠져들면서 상류층과 별개의 세계를 유지하려고 한다. 상류층 역시 하류층과는 교류하지 않으면서 하류층에서 배제된 자신들만의 세계에 머물려고 한다. 이처럼 허위적 욕망을 충족시켜 주는 문헌들은 폭넓게 사람들의 마음을 사로잡았다. 오컬트 서적이 인간의 자율적 판단을 마비시키기 때문에, 인간은 세계의 모순을 자각할 수 없다.

자기계발서와 오컬트 서적이 난무한다. 그렇다면 오컬트 서적의 문제점은 무엇인가? 특히 인지학Anthroposophie이 모든 학문의 방법론을 동원해 거짓 학문의 세계를 형성한다고 생각했다. 인지학은 역사, 물리학 등 온갖 인문과학과 자연과학을 동원해 사람들의 호기심을 유발한다. 그렇다면 근대사회에서 무엇 때문에 사람들이 인지학을 주목하게 되었을까? 베냐민은 일반교양이 쇠퇴하면서 인지학이 근대사회의 중심에 서게 되었다고 생각했다. 근대사회는 세속적 욕망을 중시한다. 비도덕적 개인과 사회가 공모 관계를 맺으면서 일반교양의 휴머니즘을 배척했다. 즉

반계몽주의의 몽매주의자들이 오컬트 문화를 형성하고, 대중의 허기진 욕망을 충족시키려고 했다.

베냐민은 광고를 사례로 삶의 엔터테인먼트를 지적한다. 광고는 사람들이 현실 파악에 도움이 될 만한 모든 것을 담으려고 한다. 광고는 사실의 요술을 부리면서 사람들의 올바른 인식을 방해한다. 이처럼 인지학과 광고는 상호 간에 교양이 사라진 공백을 공모해 공유한다. 결국 오컬트의 변용은 삶의 모든 영역을 장악하고 사람들이 자기만의 시각으로 미래를 살피고 현재를 인식하는 과정을 배제시킨다. 따라서 인지학, 광고, 자기계발서 등과 같은 오컬트 문화의 변용이 일종의 반계몽주의적 태도를 보여 주기 때문에, 역설적으로 일반교양이 무엇인지를 고민하고 재구성할 필요성이 대두된다. 즉 오컬트 문화가 팽배한 곳에서 오컬트 내부를 성찰하는 과정을 거치면서 사람들이 교양과 행복에 이를 수 있을지를 고민할 필요가 있다.

그렇다면 교양은 무엇인가? 교양은 자기 주도적으로 삶의 역경과 고난을 직시하는 과정에서 발생하는 불협화음을 견디는 힘이다. 교양을 축적하기 위해서는 대중의 열망과는 달리 자기만의 시각을 확보하고 자기의 지적 영역을 확보하기 위해 투쟁해야 한다. 그런데 일반교양에 대한 냉정과 열정이 교차하면서, 교양의 본질에 대한 탐구는 보이지 않고 몰교양의 형식만이 남아 있을 뿐이다. 물론 교양의 소멸과 붕괴는 교양 자체에서 발생했다고 볼 수 있다. 교양과 오컬트를 새롭게 매듭지어 변화된 시대에 걸맞은 방식을 마련한다.

외국의 한 대학은 신입생을 상대로 한 교양 교육을 강화하고 있다. 신입생은 아이와 어른의 중간 지대에 머물러 있다. 그들은 어린 시절에 어른이 가르쳐 준 길을 따라가면 행복할 수 있다고 생각했다. 그런데 막상 대학에 입학한 후에도 행복을 쉽게 발견할 수 없다. 행복을 찾지 못했다는 공허함에 쾌락을 추구하기도 한다. 차분하게 혼자만의 시간을 가지고 삶의 다양한 문제를 성찰할 시간이 필요하다. 하루하루 삶의 신성함을 배우고, 겸손하게 타인을 만나는 과정을 거쳐 교양인으로 거듭날 수 있다. 이를 위해서는 쾌락 대신 이성적 태도를 추구해야 한다. 신입생들은 우주, 자연, 신이 하나의 법칙으로 작동하는 삶의 고귀한 순간을 발견하는 이성적 태도를 교양 교육을 통해 대학 시절에 배워야 한다.

## 예측과 예언

자크 아탈리Jacques Attali는 《어떻게 미래를 예측할 것인가》에서 예언의 지도를 펼쳐 보인다. 우리가 살아가고 있는 현재는 과거를 진지하게 성찰하고, 미래를 유쾌하게 상상하고 있는지 의문이다. 사람들이 현재에 불만을 품은 채 살아가고 있는 이유는 과거와 단절하고 미래를 거부하기 때문이다. 인간은 유독 과거를 성찰의 시간으로 간주하면서 살아간다. 아울러 미래를 인식하는 동물이기도 하다.

　미래를 상상하는 동력이 급격하게 떨어지고 있다. 이러한 상황에서 그는 미래에 대한 예측을 통해 자기 자신이 되어야 한다고 주장한다. 그는 예언 기계의 권력화를 비판한다. 예언 기계는 인과관계를 고려하지 않고 상관관계만을 분석하는 데 치중하기 때문이다. 기계가 인간의 미래 예측까지 점령하면서 금융, 의료, 범죄, 재난, 도로 교통, 소비 예측 등 사회 곳곳에서 예언을 통한 인간 소외가 발생한다. 고도로 이성적으로 작동하는 것처럼 보이는 예언 기계의 출현은 이전의 예언 문화를 교묘하게 활용하면서 인간과 미래의 관계를 단절시킨다.

　그는 **미래를 안다, 미래를 예언한다, 미래를 예측한다**로 미래관을 구분한다. **미래를 안다**와 **미래를 예언한다**는 결정주의와 허무주의를 동반한다. 인간이 자율적으로 미래를 통제할 수 있다고 생각하지 않는 **안다**와 **예언하다**는 미래의 주체를 인간 외부에서 발견한다. 반면 **미래를 예측한다**는 인간의 자유의지를 통해 미래를 숙명으로 받아들이지 않고 극복할 수 있다는 것이다. 자기 자신이 되기 위해서는 자기 자신을 정확하게 예측할 수 있어야 한다. 신, 인간, 기계로 이어지는 예언과 예측의 발전은 결국 운명을 어떻게 수용할 것인지에 따라 결정된다.

　예언 문화는 신의 대리인들이 수상술, 점성술, 신의 계시, 꿈, 우연, 카드 동물 등을 통해 점의 형식으로 인간의 운명을 예언했다. 그러나 계몽주의를 거치면서 예언 문화는 종식을 고하는 것처럼 보이지만 실질적으로 우리 삶에 은밀하게 스며들어 있다. 게임, 음악, 문학, 유머 등을 통해 예언 문화의 흔적은 존속하는 것이다. 이를 통해 인간은 감내해야 할 숙명이 아니라 건설해야 할 운명을 직시했다.

그러나 현대사회에서는 신과 인간이 서로 예언의 유희를 즐기는 것을 넘어서서 기계중심주의에 따라 인간의 운명을 조종하기 시작했다. 확률과 통계의 빅데이터만이 인간의 예측력을 위한 토대가 되어 버렸다. 미래에 대한 지식은 곧 권력의 역사라는 점을 염두에 두어야 한다. 미래의 권력을 독점한 특정 집단만이 현대사회에서도 여전히 인간의 무의식을 지배하는 구조는 타당하지 않다. 그는 회고적·환경적·감정적·계획적 예측과 수명 예측을 통해 미래에 대한 백색과 흑색 이야기를 창조해야 한다고 주장한다. 자기 주도적으로 미래를 예측하기 위한 전략을 집요하게 실천하는 과정을 거쳐야만 예언 기계의 권력 독점에서 자유로울 수 있다. 출구 없는 세계에서 살아남기 위해서는 미래라는 창문을 들여다보려는 노력이 필요하다.

예언은 미래를 미리 말하려는 시도이다. 예언은 미래를 이미 정해진 과정으로 생각하기 때문에 이에 대한 의심을 인정하지 않는다. 아울러 신성하거나 초자연적인 것에 대한 암시를 포함하기도 한다. 그러나 인간은 미래를 예측할 수 없다. 고대인과 근대인은 공통으로 미래를 두려워했다. 고대인은 자연의 공포를 감각적으로 느꼈고, 근대인 또한 자연의 위력을 이성적으로 인식했다. 고대인은 자연에 순응하면서 형이상학적 세계를 창조했고, 근대인은 자연의 폭력을 없애기 위해 일상 세계를 이성 체계로 전환했다.

그래서 근대인은 행복의 세계에 도달할 수 있었을까? 이에 대한 대답을 마련하기 위해 베냐민은 글을 썼다. 그는 고대인의 태곳적 사유 방식을 비판적으로 살펴보았다. 긍정과 부정의 한계를 살피고 이를 개별적으로 승화시키려고 했다. 근대사회에도 여전히 태곳적 사유는 작동했다. 전통사회에서 신과 인간은 유기적 관계를 맺었다. 그런데 근대사회에서는 신을 배제하고 인간이 가짜 신을 흉내 냈다. 가짜 신은 진보한 과학 이성을 지니고 있다. 가짜 신은 미래를 낙관적으로 예언했다. 그러나 베냐민이 보기에 근대는 파국으로 치닫고 있었다. 가짜 신은 정치의 종교화를 도모했다. 전통적 예언 문화는 변질되었다. 그는 전통문화의 예언술을 현대적으로 변용시키고자 했다.

베냐민은 〈마담 아리안느 두 번째 안마당 왼쪽Madame Ariane zweiter Hof Links〉에서 사이비 예언의 문제점을 다루었다. 사람들은 자신의 운명을 암시하는 전조Vorzeichen, 예감Ahnungen, 신호Signale를 자각하지 못한 채 사이비 예언가에게 자신의 미래를 자문한다. 인간이 자연과 사회의 변화에 적절하게 대응하지 못한다면, 결국 인간은 사이비 미래 문화에 현혹되어 살아갈 뿐이다.

계몽주의는 종교의 세계를 부정했다. 중세에 신에게 절대적으로 의존했던 사람들은 심정적으로 의지할 대상을 잃어버렸다.

이성적 인간으로서 자유롭게 생각하고 말할 수 있게 되었지만, 사람들은 자율적으로 세계를 판단하지 않았다. 사람들은 필적 감정, 수상, 카드점, 점성술사에게 자신의 미래를 물어본다. 이른바 사이비 오컬트는 예언 권력으로 인간을 억압한다. 예언을 말하는 자와 예언을 듣는 자들이 각자 미래를 둘러싸고 모험을 벌인다. 현실에서 상처를 받고 자신의 고통이 어디에서 발생했는지 면밀하게 살피지 못한 채, 마음속으로만 정신적 상처와 고통을 삭이는 사람들이다.

갑의 위치에 있는 사람은 외적 조건과 상황에 구애받지 않고 있는 그대로를 표현한다. 갑은 을을 대할 때 가면을 착용하지 않는다. 그러나 을의 위치에 있는 사람은 갑 앞에서 가면을 착용해야 한다. 세계는 을이 가면을 쓴 채, 갑의 요구에 순응하는 곳이다. 세계의 모든 을은 서로의 가면을 보면서 위안을 받는다. 을이 갑에 대해 직접적인 불만을 표출하지 못한 채 불안감에 사로잡힐 때 사이비 예언 문화는 번성한다. 을은 고단한 현재에서 벗어나 행복한 미래를 맞이할 수 있을까에 대해 전적으로 사이비 예언자에게 의존한다. 을은 사이비 예언자의 오묘한 말을 들으면서 갑에 대한 불만을 잊어버린다. 사이비 예언자는 을의 자기 고백을 중심으로 을이 고통스럽게 여기는 부분을 손쉽게 거머쥘 수 있다.

# 예감

고대인에게는 천둥, 번개, 폭우 등 자연재해가 발생할 조짐을 살피면서 자연의 폭력을 '예감'하는 능력이 있었다. 근대인은 태곳적 사람들의 '예감' 능력을 몸속에 지니고 있으면서도 예측할 수 없는 미래의 일을 스스로 생각하지 않고 예언자에게 의지하려고 했다. 우리는 위험 신호가 인간에게 전달될 때를 감각적으로 파악해야 한다. 고대인이 자연의 위험을 알리는 특정 신호를 감지하거나 감각적으로 예감하는 과정을 거쳐 생존을 유지했던 것처럼, 근대인은 미래의 불운을 알리는 현상을 느끼는 과정을 거쳐 정치·경제적 위험에서 벗어날 수 있었다. 예기치 못한 자연의 변화에 민감하게 반응하기 위해서는 자연의 소소한 변화를 면밀하게 읽어야 한다. 인간이 미래를 파악하기 위해서는 인간과 세계의 변화를 예의 주시해야 한다.

예컨대 남녀가 헤어지기 전, 상대방에게 이별의 신호를 보낸다. 남녀는 이별의 신호를 예감하면서 서로가 이별하지 않기 위해 최선을 다할 수도 있다. 남녀는 연애하는 동안 상대방에게 느꼈던 불편함을 그대로 표현하지 않다가, 이별의 순간을 각자가 감당할 수 있도록 이별 전 상대방에게 이별의 신호를 암시한다. 사람들은 이별을 있는 그대로 수용하기 위해 연애의 순간, 각자 최선을 다했다고 생각한다.

남녀 사이에 영원한 사랑이라는 것이 존재할까? 남녀는 영원한 사랑을 꿈꾸지만, 각자가 감당할 수 있는 부분만큼 사랑이 변하지 않기를 바랄 뿐이다. 영원한 사랑을 꿈꾸는 과정도 중요하지만, 이별의 순간을 성숙하게 맞이하는 법도 배워야 한다. 이별의 순간은 고통스럽지만, 고통스러운 이별의 과정을 거쳐 자신과 세계에 대한 시각을 지닐 수 있다. 그러므로 이별의 순간을 암시하는 신호를 거절하지 않고 예감하는 사람만이 성숙한 사랑을 꿈꿀 수 있다.

베냐민은 오컬트 사유를 바탕으로 예언을 발견하려고 했다. 그는 사이비 오컬트 예언 문화 속에서 진정한 오컬트 예언을 추출하려고 했다. 진정한 오컬트 예언은 예감으로 이어진다. 타인이 자신의 운명을 좌지우지할 수 없다. 각자 자신의 운명을 책임지고 스스로가 생각하고 행동하는 과정이 필요하다. 사람은 자신의 무지를 깨닫고 다가올 미래를 스스로 신중하게 결정하는 태도가 중요하다.

고대인은 자연의 변화를 예감했다. 원시인은 자신의 생존을 위협하는 자연의 작은 움직임에도 민감하게 반응했다. 자연의 변화에 대한 예민한 반응은 현대인에게도 고스란히 남아 있다. 그런데 현대인은 근대사회를 거치면서 다양한 지식을 습득하고 이성과 합리의 시각에서 자연을 탐구했다. 즉, 자연을 인간의 생각대로 처분할 수 있다고 생각했다. 그러면서 고대인이 지니고 있던 생존의 예감을 상실한 채 살아가고 있다.

예언이 수동적이라면, 예감은 능동적이다. 예언 문화에서 인간은 수동적 자세를 취하면서 예언 내용에 반하지 않게 행동한다. 반면 예감은 인간이 능동적 자세를 취하면서 자신에게 다가올 행운과 불운을 사전에 감지하는 태도이다. 행운과 불운은 예감하는 개인의 자각에 따라 상이하게 느껴질 수 있다. 인간은 자신 주위에 맴돌고 있는 행운, 불운과 교감하지 못한 채 미래에 자기를 위한 행운과 불운이 있을 것으로 착각한다. 이러한 착각의 늪에서 인간은 미래의 운명에 희생되고 현재의 성격을 발견하지 못한다. 그는 근대사회에서 여전히 고대인의 삶의 흔적이 남아 있는 부분을 발견하고, 이를 토대로 현대적 삶에 활용할 수 있는 방법을 마련하고자 했다.

〈매트릭스〉(래리 워쇼스키, 앤디 워쇼스키, 1999)에서는 예측자가 아니라 예언자가 등장한다. 네오는 모피어스와 함께 가상 현실을 벗어나려는 순간 고양이 한 마리가 움직이는 것을 감지한다. 그는 고양이가 움직이는 모습을 데자뷔로 느낀다. 그는 매트릭스가 오작동하고 있다고 말하면서 위급한 상황에서 탈출하려고 한다.

이처럼 세계의 위기를 알리는 신호가 있다. 위험 신호가 인간에게 전달될 때를 감각적으로 파악하는 과정이 중요하다. 이러한 과정은 이성적이지 않다. 네오가 단순하게 오라클의 예언을 수용한 채 자신의 미래를 낙관적으로 전망했다면, 인류는 파국에서 벗어날 수 없었을 것이다. 그런데 네오는 예전의 자신과 현재의 나 사이에서 긴장하며 어느 쪽이 진실에 가까운지를 고민했다. 그는 정체성에 대한 혼란을 겪는 과정에서 오라클의 예언처럼 모피어스모르페우스를 구제할 수 있는 상황에서 주저하지 않고 구해야 한다고 결단을 내린다.


## 매직과 읽기

　　　　　　　　　　　　　　　　　　　우리 삶은 자본과 미래의 주술에 걸려 있다. 여기서 벗어나기 위해서는 아이러니하게도 새로운 마법이 필요하다. 주술의 족쇄를 끊으려면 마법을 새롭게 변용시켜야 한다. 아울러 미지의 예언을 민감하게 받아들여야 한다. 미래의 폐허를 우울하게 보는 것에서 벗어나, 폐허에서 재생의 조건을 구비하기 위해서는 매직의 시선과 융합해야 한다. 매직의 시선은 고대인이 바라본 삶의 태도이다. 불길한 미래 문제를 해결하기 위해서 근대사회를 성찰하는 것만으로는 한계가 있다. 그렇기 때문에 근대사회의 흐름을 중단시키고, 고대인의 삶의 방식을 원상복구시킬 필요가 있다.

　전통사회에서 인간은 생존을 위해 앞날에 대한 불안을 극복할 목적으로 미래 예측의 방법을 사용했다. 인간은 미래를 예측하면서 정서적 불안감을 해소할 수 있었다. 그런데 매직의 세계는 근대사회에서 변질되었다. 전통사회에서는 신과 인간이 매직 영역에서 긴밀하게 소통했다면, 근대사회에서는 미래 예측의 합리적 판단만을 중시한다. 근대적 마술과 미신은 순수한 마법의 정신을 상실했다. 그렇기 때문에 새로운 매직 경험이 새로운 미래를 위한 조건이 될 수 있다.

베냐민은 세계를 변증법적 이미지Dialektische Bild의 관점에서 바라본다. 변증법과 이미지를 결합하면서 새로운 생각의 고리를 마련할 수 있다. 현대사회에서 이미지는 중요하다. 이미지는 인간과 사물을 감각적으로 본다. 이미지는 서로 무관한 대상이 겹쳐지면서 신기한 풍경을 만들어 낸다. 어느덧 우리는 무엇인가를 분석하기 이전에 하나의 이미지로 머릿속에서 연상되는 세계를 상실하고 말았다.

과거를 정확하게 기억할 수 있을까? 미래를 명확하게 파악할 수 있을까? 현재를 정밀하게 느낄 수 있을까? 우리는 과거, 현재, 미래가 일순간에 하나의 이미지로 중첩되는 순간을 맞이하기도 한다. 즉, 중첩된 이미지로서의 시간을 인식하기도 전에 순식간에 머릿속을 스쳐 지나가는 찰나가 있다. 베냐민은 중첩된 시간을 지금 시간으로 표현하기도 한다. 그는 개별성과 단독성을 중시한다. 개별성과 단독성이 전체를 파괴하지 않으면서도 상호 공존할 수 있기 때문이다. 변증법적 정반합의 단일성이 아니라 정반합의 개별성과 단독성이 한 편의 파노라마처럼 눈앞에서 펼쳐진다. 마침내 변증법적 이미지는 영화처럼 각각의 장면이 비순차적으로 이미지를 융합하는 과정에서 탄생한다. 결국 이미지를 고정시키지 않고 계속 유동적으로 만들기 위해서는 상호 교차의 몽타주로 시간을 지연시키는 과정이 필요하다.

변증법적 이미지는 인간과 세계를 이해하는 데 중요하다. 인간과 세계를 하나의 사건으로 파악하기 위해서는 이미지로 연상되는 풍경을 고스란히 자기화해야 한다. 우리는 인간과 세계를 하나의 이미지로만 파악한다. 자신이 파악한 이미지로 타인을 자의적으로 평가한다. 이를 극복하기 위해서는 하나의 이미지로 굳어지는 과정을 변증법적으로 연기해야 한다. 즉 변증법적 이미지는 결정을 연기하는 방식이다.

베냐민은 매직 경험을 마련하기 위해 끊임없이 경험의 영역을 확장했다. 매직 경험은 오컬트를 중심으로 초자연과 초현실을 중시한다. 결국 매직 경험은 이성과 합리의 관점에서 파악할 수 없다. 그는 근대사회에서 전통사회의 오컬트 사유를 무조건 복원하지 않았다. 대신 그는 오컬트 사유의 근대적 변용을 통해 근대사회 내부의 문제를 다시 응시할 기회를 마련했다. 근대사회가 세속적 가치를 추구하고 성스러움을 배제시키려는 태도와 달리 그는 성과 속의 이중 나선을 만들려고 했다.

미래를 알기 위해서는 독법讀法이 필요하다. 독법은 자율적 시선이다. 우리는 벌거벗겨진 시선으로 인간과 세계를 바라본다. 벌거벗겨진 시선은 주체의 경험이 아니다. 타인의 시선에 종속된 경험에 불과하다. 각자의 체험을 통해 삶의 수수께끼를 풀어야만 한다. 자율적 시선을 마련하기 위해서는 선입견을 거두고 벌거벗은 시선과 마주할 용기가 필요하다. 벌거벗은 시선은 인간과 세계를 순수하게 바라보려는 태도이다. 고통과 상처가 스며든 폐허에서 행복을 맞이할 만한 흔적을 찾을 수 있기 때문이다.

삶의 비참함은 갑자기 우리 삶을 덮친다. 비참함이 몰려오는 몰락의 순간을 선전하는 부류들이 있다. 베냐민은 몰락의 선동과 선전에 제동을 걸고 사람들이 몰락의 비참함을 사전에 알아차리기를 원했다. 그는 입체적이고 다면적인 보기Sehen를 통해 선입견 없는 고찰의 태도를 중시했다. 알 수 없는 미래의 사건을 즉각적으로 알아차리는 과정은 과거, 현재, 미래로 이어지는 시간의 흐름을 중지시킨 채, 중지된 상황의 이모저모를 면밀하게 살피는 태도이다.

알아내기Herauslesen는 고대의 마법적 읽기와 근대의 범속한 읽기이다. 마법적 읽기는 태곳적 인간들이 자연과 마주하고는 자신의 미래를 감지하던 태도이다. 범속한 읽기는 사람들의 관심을 받지 못한 세계에서 새로운 의미를 발견하는 태도이다. 고대인이 언어 이외의 것과 유사해지면서 미래를 대비하는 마법적 읽기에 능했다면, 현대인은 언어와 문자를 중심으로 범속한 읽기에 능숙해야 한다. 결국 미래에 대한 독법은 태곳적 모방 능력이 위기에 처한 현대사회에서 외부 세계와 교섭하고 적응하는 과정을 거쳐 완성될 수 있다.[6] 괴테가 말한 '눈으로 세계를 이해하는 사람Augenmensch'이 바로 발터 베냐민이라고 생각한다.

현대인은 세계와 인간을 근접해 파악한다. 엑스레이 같은 시선은 사물과 인간의 신비로움을 박탈한다. 카메라 렌즈, 현미경 등 모든 시선의 초극대화를 통해 사물을 받아들이는 순간, 인간은 사물과의 거리를 두지 못한 채 즉각적 태도를 유지한다.

시선의 도구화는 결국 인간과 사물 그 자체를 알아차릴 수 없다. 그래서 오스트리아 사진가인 후베르투스 폰 호엔로헤Hubertus von Hohenlohe는 아날로그 카메라 한 대로 도시의 모습을 있는 그대로 촬영한다. 그의 사진에서 그는 쇼윈도에 비친 자신의 모습을 찍는다. 그는 〈월리를 찾아서〉처럼 자신의 모습을 사진 곳곳에 배치한다. 결국 사진 속에서 실제 인간의 모습을 발견하는 것이다. 비인위적·무작위적 시선을 통해 우리는 온갖 시선의 필터에서 자유로울 필요가 있다.

인간은 어떻게 인간과 세계를 바라볼 것인지를 고민하는 과정을 거쳐 조화와 불화의 세계에 진입할 수 있다. 두 눈앞에 쳐진 온갖 시선의 홀로그램은 종내는 세계를 올바르게 파악할 수 있는 힘을 박탈한다. 결국 인간의 육안으로 세계의 흐름을 감지해야 한다. 인간은 시선을 현혹하는 온갖 장치를 발달시키면서 필터를 낀 채 살아간다. 세계는 육안으로 보아야 한다. 벌거벗은 시선으로 인간과 세계가 교감하는 과정을 거쳐야만 한다. 위급한 순간kritische Augenblick이 삶을 습격한다. 베냐민은 급박한 상황이 발생하는 전후 맥락을 살펴볼 줄 아는 안목이 필요하다고 말한다. 세속적 상황에서 매직의 순간으로 이동하는 순간을 관통하는 맥락을 자기 주도적으로 읽어 낼 줄 알고, 읽어 내려는 노력의 형안Hellsicht이 필요하다.

## 미주 __

1  김길웅, 〈시간의 문화적 기억 — 크로노스/사투르누스의 문학적 이미지와 회화적 아이콘의 비교〉, 《비교문학》 33, 한국비교문학회, 2004, 26~27면.
2  손호은, 〈독일인의 일상생활 속의 미신적 요소 고찰〉, 《독일어문학》 44, 한국독일어문학회, 2009, 418면.
3  크리스토퍼 델, 장성주 옮김, 《오컬트, 마술과 마법》, 시공아트, 2017, 724면.
4  Peter Staudenmaier, *Between Occultism and Nazism: Anthroposophy and the Politics of Race in the Fascist Era*, Leiden: Brill, 2014, pp.1~5.
5  이창남, 〈발터 벤야민의 언어이론적 인식론과 독서 개념〉, 《독일문학》 92, 한국독어독문학회, 2004, 248면.

제1장

# 팅커벨,
# 에펠탑에서 꿈꾸다

## 에펠탑의 알고리즘

에펠탑은 근대문명의 진보적 세계를 상징한다. 에펠탑은 파리의 랜드마크이며 문명의 차가운 이성 세계를 표현한다. 프랑스인들은 에펠탑의 외형적 크기가 실용성이 없고 추악하다고 항의했다. 특히 에펠탑이 주위 경관에 전혀 어울리지 않기 때문에 파리의 도시 미관을 해친다고 생각한 것이다. 에펠탑은 몽타주 기법에 따라 다양한 건축 재료를 조립했고 인간의 정신적 에너지가 조형력과 결합했다.

에펠탑은 외형적으로 거대한 몸체에도 불구하고 마치 사람들에게 장난감 같은 느낌을 전달한다. 에펠탑의 조형적 아름다움은 탑을 구성하는 다양한 건축 재료를 어떻게 사유하는가에 따라 알아차릴 수 있다. 에펠탑의 계단을 통해 현대 건축의 미학을 체험할 수 있다. 탑은 건축 재료를 복잡하게 활용했지만, 에펠탑의 철망 사이로 파리의 모든 경관을 볼 수 있는 공간적 개방성을 제공한다. 프랑스의 문필가 롤랑 바르트Roland Barthes는《에펠탑》에서 에펠탑의 과거와 현재를 다루었다. 그는 프랑스인들은 에펠탑을 거부할 수 없다고 말한다. 에펠탑은 일상생활에서 사람들의 주목을 받는다. 관광객 역시 에펠탑을 보기 위해 탑 앞에서 장사진을 친다. 에펠탑은 사람들에게 꿈을 전해 준다. 에펠탑은 이성적이지 않고 유용성과는 무관하다. 에펠탑은 19세기의 꿈과 기능을 상징적으로 나타내고, 바벨탑 콤플렉스를 극복하는 데 기여했다.

발터 베냐민은《파사젠베르크Das Passagen-Werk》의 N장인〈인식론, 진보 이론Erkenntnistheortische, Theorie des Fortschrift〉에서 진보와 퇴보의 인식론을 전개했다.

현대인은 역사, 문화, 과학을 중심으로 미래를 발명했다. 자연의 위협을 극복하기 위해 미래를 향한 열망을 상상했다. 그런데 사람들이 미래를 향한 진보를 확신하는 과정에서는 불가피하게 진보에 편입되지 못한 부산물이 발생하거나 진보에 반대하는 의견을 수렴하지 않을 수도 있다. 그렇기 때문에 진보의 구심력에 머물면서 과거와 현재를 인정하지 않는다. 결국 진보는 세련됨을 위해 미래를 중시한다. 사람들은 미래를 향해 무한 질주하는 과정을 거쳐 지금까지 존재한 적 없는 미지의 신상품을 거머쥐려고 한다. 그런데 진보는 앞으로 나아가는 만큼 역설적으로 지나간 시간으로 변환된다. 진보는 실제로 동일한 것들이 지속적으로 반복된 현상에 불과할 뿐이다.

매년 새로운 패션이 유행하지만, 그러한 유행이 실제로 완벽하게 차원이 다른지 생각해 봐야 한다. 즉 유행은 과거의 유행품을 변조시킨 것일 수도 있다. 우리는 미래를 진보, 과학, 행복, 환상으로 생각했고, 과거를 야만으로 간주했다. 사람들은 과거를 망각한 채 미래를 인정하기만 했다. 그렇다면 사람들의 진보관은 하나의 영겁회귀에 불과하다.

특정 시점에 복고라는 이름의 유행이 발생하기도 한다. 새로움을 표방하는 세계에서 이미 철 지난 세계를 재수용하는 과정은 미래로만 열린 사람들의 호기심과는 거리가 멀다. 어쩌면 진보 속에 몰락Verfall의 이미지가 담겨 있을 수 있다. 진보의 템포가 급속도로 진행되는 만큼, 몰락이 동시에 진보 안에 수용되기도 한다. 즉 진보와 퇴보의 저울을 감지하지 못하는 순간, 파국 Katastrophe을 맞을 수밖에 없다. 베냐민은 진보에 몰입하는 사람들은 윤리적으로 성숙하지 못하거나 정신적으로 우둔하거나 신체적으로 곤궁함에 처해 있다고 생각했다. 진보를 말하는 사람들이 쉽게 몰락을 언급하기도 한다. 아이러니하게도 몰락의 순간에 배제된 세계에서 현실의 활력을 마련할 수 있는 힘을 발견할 수 있다.

베냐민은 독일의 화가 파울 클레Paul Klee가 그린 〈새로운 천사Angelus Novus〉를 항상 들고 다니면서 유럽의 근대사회를 성찰했다. 천사는 역사의 사건들을 바라본다. 역사는 미래를 향해 나아간다. 문명은 역사 속에서 거듭 파괴되어 잔해를 쌓아 간다. 역사적 진보는 파국에 도달한다. 그런데 역사의 천사인 새로운 천사는 파국을 막기 위해 안간힘을 쓴다. 역사의 천사는 파국의 파편을 모아 다시 일으켜 세우려고 한다. 그런데 천국에서 폭풍이 불어온다. 역사의 천사는 파국과 생성의 경계에서 꼼짝달싹하지 못한 채 두 눈을 부릅뜨고 파국의 잔해 더미만을 쳐다본다. 새로운 천사는 진보의 덫에 걸려 허둥거릴 뿐이다. 새로운 천사의 멜랑콜리는 스스로 파국을 위한 응시를 포기하지 않는다. 새로운 천사는 파국의 지속과 중지의 갈림길에서 붙들려 있다.

주류 경제학에서 인간은 이기심을 충족시키기 위해 경제적 판단이 요구되는 상황에서 합리적으로 생각한다고 주장한다. 경제적 인간은 합리성과 이기심을 훼손하지 않는 범위 안에서 현재를 성실하게 살아가면서 미래를 대비한다. 경제적 인간도 그저 하나의 관념에 불과하다. 경제적 인간은 신과 같이 인간이 도저히 도달할 수 없는 절대 관념이라고 생각한다. 경제적 인간은 미래의 물질적 이익을 위해 경제적 선택과 결정을 시도한다.

그에 반해 행동 경제학은 인간이 이성적 판단의 주체가 아닐 수도 있다고 말한다. 행동 경제학은 인간의 보편주의 한계를 비판적으로 고찰하면서 인간의 비합리적 심리 충동의 이면을 토대로 경제적 행위를 분석한다.[1] 인간이 경제적 합리성과 이기심으로 미래를 낙관하는 태도 이면에는 비합리성과 이타성의 심리학적 혹은 윤리적 입장이 있을 수 있다.

현대인의 삶의 모델은 근대사회에서 만들어졌다. 근대인은 정치, 경제, 과학의 진보를 확신하면서 미래를 낙관적으로 전망했다. 그러나 베냐민은 근대사회의 모순을 우울하게 응시했다. 그는 미래를 낙관적으로 파악한 시선을 비판했다. 진보의 무한 질주를 제어하기 위해 이론적 제동을 건 것이다. 근대인은 진보를 향한 욕망을 미래에 투사하면서 과거와 현재를 단절시켰다. 과거와 현재를 단절한 채 미래를 향한 도전이 도달한 지점은 파국뿐이었다. 그는 예정된 파국을 유예하고 행복한 미래를 확보하는 데 필요한 요건을 고민했다. 베냐민은 미래를 향한 진보를 성찰했다. 사람들은 진보의 마술과 미신으로 돌진하면서 진보 이전에 꿈꾸었던 세계의 염원을 잊어버렸다.

인간은 사적 욕망을 조금이라도 충족시킬 수 있다면 자신의 영혼조차도 희생한다. 그런 모습이 저열하게 보일 수 있지만, 인간이 그만큼 자기의 이익을 향한 집념이 강하다는 사실을 알 수 있다. 대문자 **나**와 소문자 나가 상호 간에 각자의 이익을 위해 합리적으로 소통하고 조율한다는 것은 환상이다. 인간의 밑바닥이 비열하다는 점을 명백하게 자각한 순간에서야 비로소 인간에 대한 꿈을 꿀 수 있다.

인간은 사적 이익을 중시한다. 개인과 개인이 이익을 위해 각자의 전략을 사용한다. 개인 간 발생하는 이익의 조건에만 몰두하면 전략적으로 피곤해진다. 매사 상대의 수를 읽기 위해 신경을 곤두세워야 하기 때문이다. 상대방에게 뒤처지지 않기 위해 상대방에게만 주파수를 맞추는 것만으로 인간이 행복해질 수 있을까? 이러한 의문을 가지며 개인이 피곤함을 느끼는 순간, 개인은 전략적으로 패배한다.

결국 에펠탑은 다양한 알고리즘을 형성하면서 사람들의 주목을 받는다. 각각의 시대에 통용되는 상징은 대중의 욕망과 연결되어 있다. 예측 불허의 언행에서 예측 가능성을 발견하기 위해서는 예측 불허의 패턴을 객관적으로 분석해야 한다. 예측 불허의 공포에 사로잡힌 사람들은 역설적으로 메시아를 열망한다. 그런데 이러한 과정을 부정적으로만 이해할 필요는 없다. 대신 기존의 정치 시스템이 시대적 변화에 능동적으로 반응하지 못하고 있다는 점을 고려해야 한다.


## 신화 OS 초기화

우리들은 신화 OSoperating system에 따라 살아간다. 신이 사라진 시대라고 하는 현대사회에서도 여전히 신화적 힘이 작동한다. 신화적 운영 체계를 벗어나서 자기만의 삶을 살아가기는 힘들다. 신화적 운영 체계는 근엄한 아버지와 같은 세계이다. 비극, 법, 운명 등 신화적 시스템은 개인의 자율성을 중시하지 않는다. 우리 시대에도 자본과 국가가 신화적 작동 방식을 차용하고 있다.

베냐민은 신화적 운영 체계를 초기화시켜야만 현대인이 행복해질 수 있다고 생각했다. 신화 속 신은 정답을 가지고 있다. 정답을 가지고 있다는 것은 고민이 없다는 점을 의미한다. 신은 갑이다. 우리 시대의 갑은 매사 모든 일에 고민하지 않고 결단을 내린다. 그들은 말과 행동에 구애받지 않는다. 그런데 우리 시대의 신은 잘 보이지 않는다. 갑은 인간 코스프레를 한다. 을이 갑의 인간 코스프레를 오해하면 신의 권위에 도전하게 되어 응징을 받는다.

그렇다면 을은 어디에서 행복을 찾아야 할까? 갑이 보이지 않게 지배하는 세상에서 을이 행복을 찾기 위해서는 신화의 작동 방식과 다른 이야기를 발견해야 한다. 타인이 놓은 덫에 종속되어 주체적 삶을 포기할 필요는 없다. 그 덫을 덫이라고 생각하는 데 용기가 필요하다. 복수의 사람을 선별해서 최적화된 인간을 활용하기 위한 전략의 소산이다. 대문자 **나**는 소문자 나들을 일괄적으로 취사선택한다. 소문자 나들이 속수무책으로 필터링의 대상으로 전락해 신, 정의, 군주, 법으로 이어지는 세속화 과정에서 인간은 과연 행복을 느끼고 있는지 의문이다.

근대사회에서 신화가 정치적으로 악용되었다면, 현대사회에서는 경제적으로 오용된다. 특히 청소년들은 연예인을 신처럼 숭배한다. 청소년들이 학업 스트레스를 풀기 위해 연예인을 추종하는 태도는 좋다. 그런데 그들이 스타와 자신을 동일시해 사생팬까지 되어 연예인에게 열중하는 모습은 올바르지 않다. 좋은 대학에 입학하고, 대기업에 입사하면 행복한 삶을 누릴 수 있다고 생각하는 신화 같은 이야기들이 유행한다. 사람들은 현재 자신의 시간을 희생하면서 미래의 행복에 대비한다. 신이 될 수 없는 상황에서 신이 되기 위해 인간은 고단한 하루하루를 보내고 있다는 것이다. 대중문화에서는 여신을 호출한다. 여신이라고 간주한 대상은 평범한 인간에 불과하다. 그런데 유독 여성을 신화적으로 포장한 후, 자본을 위한 수단으로 활용한다. 각종 인터넷 게임 산업은 신화 구조를 차용한다. 아울러 영화에서도 환상적 신화 이야기를 치밀하게 차용하면서 자본을 획득한다.

프로이트는 신경증이란 과거에 억압당했던 불쾌한 감정을 표출하지 못했기 때문에 발생한다고 말한다. 프로이트가 개인의 무의식을 중심으로 신경증을 해결하려고 했다면, 베냐민은 집단 무의식을 중심으로 사회적 폐단을 극복하려고 했다. 카를 융Carl Jung이 집단 무의식을 통해 보편적 신화를 해명했다면, 베냐민은 집단 무의식이 보편적 신화에 빠져 당대 현실의 문제를 인식하지 못했다고 생각했다.

판타스마고리아Phantasmagoria는 벨기에 출신 물리학자 에티엔 가스파르 로베르Étienne-Gaspard Robert가 1997년 파리에서 공연한 쇼의 이름에서 기인한다. 해당 쇼에서는 매직 랜턴으로 불리는 환등기에 유령 이미지를 보여 주었다.[2] 만국박람회에서는 19세기의 상품이 인간의 마음을 사로잡았다. 만국박람회에서는 상품의 시각적 효과를 위해 인간의 감각을 분산시킨다. 유흥 산업은 인간의 비판적 인식을 마비시키고 진열 상품에 집중하도록 만든다. 인간을 초월한 형이상학이 과연 인간을 구제할 수 있을까? 인간을 둘러싼 외적 조건만 지속적으로 변형하는 과정에서 인간을 영원히 억압하는 장치에 어떻게 대응할 것인가?

신, 정의, 군주, 법의 장치는 인간을 보호하기 위해 고안되었다. 그런데 이러한 보호 장치들이 인간을 불안과 공포의 순간에서 헤어 나오지 못하게 만들었다. 신은 자연에서 살아가던 인간이 자연에 대해 일정 부분 심적 안전장치를 마련하기 위해 상상한 산물이다. 신화 역시 공동체 유지를 위해 신의 모습을 이야기로 만들면서 정의와 운명의 장치를 형성했다. 신과 신화의 범주를 해체하기 위해 군주가 등장했다. 상식적으로는 군주가 신과 신화를 거부하고 정치를 전면에 내세운 것처럼 보이지만, 군주 역시 신화적 장치를 변주했다. 결국 세속화된 시대에서도 신, 신화, 군주는 동일하게 인간을 상대로 상징 조작을 일삼았다고 볼 수 있다.

근대사회에서는 이를 위해 이성과 합리로 무장하여 국가를 개발했다. 그렇다면 국가는 온전히 이성을 구현하고 있는가를 고민해야 한다. 그런데 국가 역시 신, 신화, 군주의 억압 장치를 교묘하게 은폐하면서 법을 전면에 내세웠다. 국가의 구성원을 보호한다는 미명하에 법을 제정하는 과정을 거쳐 인간은 실제로 인간의 자율성을 확보했다고 현혹시켰다. 법은 이전의 모든 억압 장치를 합산한 것에 불과하다. 법의 눈을 통해 구성원을 감시하는 방식이 작동하기 시작했다. 그렇다면 법 자체가 폭력으로 작

동한다.[3]

신화, 신, 폭력의 은유적 의미가 무엇일까를 고민하던 중에 영화 〈멜랑콜리아〉(라스 폰 트리에, 2011)의 마지막 장면이 떠올랐다. 〈멜랑콜리아〉의 마지막 장면은 베냐민이 말한 신적 폭력에 대한 영화적 응답이라고 생각한 것이다. 〈멜랑콜리아〉는 1장과 2장으로 구성된다.

1장에서 우울증 환자인 저스틴은 신화적 폭력의 희생자이다. 그녀는 광고회사에 다니면서 사장의 경제적 욕망을 충족시키기 위해 헌신했다. 그녀의 예비 남편은 성욕만을 추구한다. 그녀는 사장과 남편의 욕망 충족을 위한 도구에 불과했던 것이다. 신화적 폭력은 법을 정립하고, 개인의 생각과 행동에 제약을 가한다. 신화적 폭력은 욕망의 충족 여부에 따라 개인을 따돌려 버린다. 결국 사장과 남편은 그녀 곁을 떠난다. 특히 사장은 자신이 명령한 광고 문구를 작성하지 않으려는 저스틴의 행동에 화가 난 나

〈멜랑콜리아〉(라스 폰 트리에, 2011)

머지 결혼식 연회장에서 분노를 폭발한다.

그녀는 의례, 관습, 제도와 같은 신화적 폭력이 인간이 죄를 짓는 듯한 느낌이 들도록 만든다고 생각한다. 그녀는 가족의 허위의식을 견디지 못하며 우울한 세계로 빠져든다. 저스틴은 결혼식 당일 심한 우울증에 빠진다. 그러나 그 누구도 저스틴의 우울증을 이해하지 못한 채 그녀를 소외시킨다. 저스틴의 남편은 결혼 후 같이 살아갈 엠파이어 사과 과수원 사진을 그녀에게 보여 주며 아내를 유혹한다. 창세기의 아담과 이브 이야기를 거꾸로 표현한 듯하다.

저스틴은 지구의 종말 과정에서 가장 적극적으로 타인을 수용하는 모습을 보인다. 그녀는 어떻게 하면 종말에서 구원받을 수 있을지 고민하지 않았다. 그녀는 자연 이변을 감지하고, 자연의 습격을 이성적으로 대응하기 위한 수습책도 마련하지 않는다. 왜냐하면 그녀의 멜랑콜리한 시선은 지구 종말 전후 과정을 감각적으로 응시했기 때문이다. 그녀가 언니와 조카를 순간적으로 구제하기 위한 과정이 나뭇가지를 이용한 '마법의 동굴'이었다. 인간이 위급한 상황에서 구제의 가능성을 마법에서 찾을 수 있다는 생각을 영화 속 '마법의 동굴'로 보여 준다.

## 요정의 드론

몇 년 전 프랑스 파리로 여행 간 적이 있다. 독일의 프랑크푸르트와 베를린을 거쳐 파리로 향하는 일정이었다. 시간에 구애받지 않고 보고 싶은 것을 보고, 먹고 싶은 것을 먹으며 다니는 일정을 마련해 여행을 떠났다. 독일에서는 무리 없이 여행을 마쳤다. 그런데 프랑스 여행은 첫날부터 고역이었다. 파리 샤를 드골 공항에 도착하자 찬바람이 불더니 이내 세찬 비가 내리기 시작했다. 여름철이라 단출한 옷차림이었는데 겨울처럼 추웠다. 변덕스러운 날씨 때문에, 숙소에 무사히 갈 수 있을까 하는 걱정이 앞섰다. 추위에 떨다 리무진 버스를 탔지만 우리가 내린 개선문 앞은 기대와 달리 어둠뿐이었다. 레마르크Erich Maria Remarque의 《개선문》이 생각났다. 말 그대로 낯선 장소에 툭 내던져진 상황이었다. 늦은 밤 비는 내리고, 바람은 불고, 예상보다 인적이 드문 파리 시내에는 가로등만 흐릿하게 빛나고 있었다. 지하철역은 어디에 있는지 보이지도 않았고, 길을 물어볼 사람조차 없었다. 나는 파리 개선문 앞에서 망연자실한 채 서 있을 수밖에 없었다. 상황이 이러하자 숙박 예약은 잘 되어 있는지 괜한 걱정까지 마음 한쪽에 자리 잡았다.

낯선 도시에서 비바람 속에 우두커니 짐 가방을 들고 서 있는데, 순간 길 건너편에 택시가 한 대 보였다. 사람은 위급한 상황에 놓이면 알 수 없는 힘이 생기는 것 같다. 비바람, 어둠, 두려움, 낯섦에서 당장 벗어나고 싶었다. 나는 빗속을 뚫고 빈 택시를 향해 달려갔다. 일단 어떻게든 택시를 타고 보자는 심정이었다. 마음 한구석에는 이미 이방인을 환대하지 않는 파리의 심통에 짜증이 날 지경이었다. 택시 기사는 프랑스 샹송 가수인 파트리샤 카스Patricia Kass를 닮은 세련된 여성 운전사였다. 목적지를 말하자 그녀는 미소 지으면서 파리의 택시에 나를 태운 채 시내를 가로질러 움직였다. 택시 안에서 피곤함, 불안감에 빠져 파리 풍경을 쳐다보았다. 《나는 빠리의 택시운전사》라는 책이 떠올랐고, 보들레르의 묘지는 어디일까 등등의 상념이 계속되었다. 택시는 20여 분을 달리다 시내 사거리에서 멈추었다. 택시 기사는 목적지에 도착했으니 걱정할 필요가 없다는 표정이었다. 이미지, 몸짓, 표정이 인간을 얼마나 마법적으로 행복하게 만들 수 있는지 알 수 있었다.

낯선 도시인 파리에서 이방인처럼 주저하고 있을 때, 파리의 여성 운전자가 갑자기 등장해 나를 구원해 준 것처럼, 우리 삶에서 행운의 요정인 팅커벨이 드론처럼 날아다니고 있다. 팅커벨은 근대사회에서 배제된 마법의 세계를 재현한다. 팅커벨은 요정으로서 현실 원칙이 지배하는 세계에서 인간을 일시적으로 쾌락 원칙의 세계로 이끌 수 있다. 에펠탑의 이성, 팅커벨의 마법만으로는 인간은 행복한 미래에 이를 수 없다. 그러나 현재 인류가 에펠탑에 대한 낙관주의에 매몰된 채, 팅커벨의 마법적 손짓을 거부한다면, 에펠탑이 상징하는 진보주의는 타락할 수밖에 없다.

파리의 에펠탑은 문명의 상징이다. 근대문명은 이성과 합리의 세계이다. 하지만 이성과 합리만으로는 행복한 미래에 도달할 수 없다. 인류가 행복해지기 위해서는 이성과 마법이 교묘하게 성좌를 형성해야 한다. 우리는 새로운 마법의 세계를 발견해야 한다. 우리는 근대의 집단 무의식에 남아 있는 근대 초기에 순수하게 꿈꾸었던 세계를 해몽하고, 근대사회의 악몽에서 각성해야 한다. 결국 요정은 일상에도 있다. 사람들은 고단한 삶을 살아가는 와중에도 꿈을 포기하지 않는다. 사람들이 꿈을 꾸는 순간에 요정이 나타난다.

개인의 자율성을 훼손시키는 요괴들이 세상을 활보한다. 인간은 살아가면서 만나는 수많은 사람 중에서 요괴와 요정을 구별할 줄 알아야 한다. 요괴는 지속적으로 개인을 유혹한다. 개인이 올바른 판단을 내릴 수 없도록 온갖 회유책을 내놓는다. 그럴 때마다 개인은 속수무책으로 당할 수밖에 없다. 반면 요정은 은근슬쩍 희미한 목소리로 우리 주위에 나타났다가 사라진다. 요정은 요괴의 세계가 견고하게 굳어지는 상황을 깨뜨릴 수 있는 마법의 힘을 지녔다.

어른의 경험은 엄숙하다. 어른은 자신만의 경험을 아이들에게 주지시킨다. 그렇다면 아이는 어른이 전달해 주는 경험을 반드시 따라야만 할까? 어른의 경험은 현실만을 중시한다. 그렇기 때문에 아이들은 어른의 경험을 무조건적으로 수용하지 않는다. 어른과 아이의 경험은 다르다. 근래 아이들이 어른에 대한 존경심respect이 없다고 다들 걱정이 많다. 그러나 아이와 어른 간의 존경이 일방적일 필요는 없다. 각자의 경험을 존중하는 태도가 필요하다. 어른의 경험을 받아들이지 않는 아이만의 경험이 지니는 특징은 무엇일까? 아이의 경험은 마법을 중시한다. 즉 아이들의 마법 체험은 엄숙한 어른의 경험과는 달리 유희적이다. 아이들은 자연, 사물, 인간과의 관계를 하나의 놀이로 여긴다.

베냐민은 〈확대 사진Vergrößerungen〉에서 책 읽는 아이, 지각한 아이, 군것질하는 아이, 회전목마를 타는 아이, 정돈하지 않는 아이 등의 세계에 주목했다. 그는 아이들의 세계를 어떻게 하면 훼손하지 않고 잘 보존할 수 있을지 고민했다. 아이들의 모방 능력은 성인이 되기 전에 활발하게 작동한다.

'책 읽는 아이lesendes Kind'에서는 아이가 책 읽는 과정을 시적으로 나타낸다. 아이는 어른들이 건네준 책으로 들어간다. 아이들은 책 속의 형상과 메시지를 감각적으로 수용한다. 아이와 책은 서로 교감하면서 숨을 쉰다. 아이들이 책 읽는 과정은 어른들의 독서 행위와는 사뭇 다르다. 아이들이 책의 내용에 완전히 몰입한다면, 어른들은 책의 세계와 거리를 둔 채 분석하려고 한다. 베냐민은 아이들이 순수하게 대상과 유사한 관계를 맺으며 책 속의 문자들과 만나는 과정을 중요하게 여긴다.

'군것질하는 아이naschendes Kind'에서는 탐욕에 가까운 아이의 식욕과 촉각의 관계를 보여 준다. 아이들의 식욕은 탐욕적이다. 자신들이 먹고 싶은 대상으로 제 속을 채우기 위해 노력한다. 그러한 과정에서 아이들은 자신들의 감각을 총동원해서 사물과 교감한다. 어쩌면 아이들은 식욕이라는 본능을 충족하기에 여념이 없다.

'회전목마를 타는 아이karussellfahrendes Kind'에서는 회전목마를 타려는 아이가 유일하게 엄마의 품속에서 떠난 충성스러운 지배자로서 세계에 군림하는 모습을 보여 준다. 회전목마는 동일한 공간을 특정한 시간 내에 움직인다. 우리의 삶 역시 회전목마처럼 동일한 시공간에서 배회한다. 동일한 것이 영원히 반복되는 상황에서 인간은 자신의 삶을 어떻게 생각해야 할지를 고민한다.

'정돈하지 않는 아이unordentliches Kind'에서는 아이들이 수집하는 데 바치는 열정의 모습을 보여 준다. 아이는 요정이다. 아이들은 추상적 사고력을 중시한다. 자기를 둘러싼 세계를 법칙으로만 파악하지 않고 풍경 속에서 무엇이든지 겪어 보려고 한다. 그래서 아이들은 실패를 두려워하지 않는다. 아이들이 만드는 난장판이 어쩌면 우리 시대가 추구해야 할 가치일 수 있다. 구획 지어진 수많은 미로 속을 아이들은 두려워하지도 않고 헤매기를 자처한다. 아이들은 내집단과 외집단을 구분 짓지 않는다. 그저 각자의 영역을 존중해 준다.

'숨바꼭질하는 아이verstecke Kind'에서는 아이들이 집 안에 숨어 자신의 사물 세계와 직접 소통하는 모습을 보여 준다. 아이는 집에 숨어 있으면서 어른들이 자신들을 발견하지 못하기를 바란다. 아이는 유령처럼 숨어 있기 좋은 장소를 점령한다. 아이는 어른들이 자신들을 발견하려고 하면 마술을 부린다. 어른들과 교감하는 순간 아이들의 모방 능력은 없어지기 때문이다.

'지각한 아이zu spät gekommennes Kind'에서는 지각한 아이를 통해 주변인의 심리를 표현한다. 지각은 정시에 도착하지 못한 상황이다. 무엇인가 놓쳐 버린 듯한 자책감, 어딘가에 속하지 못할 듯한 불안감, 왠지 모를 수치심 등 지각이 전달하는 이미지들은 중심에서 따돌림을 받는다. 학교, 시계, 선생님은 정각의 표준을 상징한다. 학교는 아이들에게 교과서를 중심으로 보편적 지식을 전달하는 공간이다. 선생님은 학교에서 아이들에게 지식과 도덕을 가르치는 분이다. 시계는 한 치의 오차도 없이 분침과 시침에 따라 아이들에게 표준을 제시하는 물건이다. 그런데 시계는 아이의 죄 때문에 고장이 난 듯하다. 시계는 '너무 늦었음'을 아이에게 전달한다. 즉 지각한 아이는 교실로 들어가기를 주저한다. 그런데도 아이는 교실 문을 열고 들어간다. 교실에서는 선생님과 친구들의 수업이 진행되고 있다. 지각한 아이는 수업을 방해하는 침입자에 불과하다. 침입자에 불과한 아이는 선생님과 친구들의 따가운 눈총을 받는다. 지각한 아이는 선생님과 급우들의 시선에 주눅이 들어 버린다. 지각한 아이는 수업의 종료를 알리는 종이 울려도 행복하지 않다. 지각한 아이는 유령처럼 누구의 관심도 받지 못한다.

베냐민은 첫 부인인 도라와 헤어질 무렵, 러시아 출신의 아샤 라치스 부부를 만나기 위해 모스크바를 방문했다. 그는 혁명 전후 모스크바의 모습을 일기 형식으로 담았다. 정치적 혁명의 열기가 어떻게 식어 가고, 정치적 열망을 회복하기 위해 예술은 무엇을 해야 하는가를 고민하는 그의 모습이 인상적이다. 그런데 그가 모스크바를 배회하면서 동화책과 장난감 인형을 수집하는 모습은 인간적이다. 장난감은 아이들의 놀이 도구다. 어른들은 장난감을 가지고 놀지 않는다. 어른들의 눈에는 장난감이 경제적으로 쓸모가 없다. 그러나 아이들은 경제적으로 쓸모없는 장난감에 관심이 많다. 장난감은 성장을 멈춘 사물이다. 죽은 장난감은 아이들의 손길이 닿으면 살아서 움직이기 시작한다. 죽은 장난감은 아이들과 교감하면서 새롭게 탄생한다. 아이들은 온전한 사물보다 버려진 사물을 좋아한다. 아이들은 어른이 신경 쓰지 않는 사물을 이용해 즐겁게 지낼 수 있다.

안나 마이어Anna Meyer의 설치 미술 작품에는 현대인이 포켓몬을 잡으려는 모습을 풍자한다. 우리 시대의 요정은 가상현실과 결합하면서 은연중에 기업의 자본을 위해 봉사한다. 자본 속 요정은 쉽게 발견할 수 있다. 첨단 기기만으로 포켓몬을 잡을 수 있다. 육안을 넘어 가상현실의 요정을 발견하는 과정에서 우리는 삶의 구석구석에서 가상 신화적 풍경에 갇혀 지낸다. 그러나 요정은 가상현실 속 신화의 세계가 아니다. 아울러 요정이 우리 삶을 행복으로만 이끌지도 않는다. 포획의 쾌락만을 위해 요정이 있는 것은 아니다. 요정은 부지불식간에 희미하게 나타났다가 사라진다. 그런 순간을 잠시 자각한 후, 요정의 그림자 속에서 잠시 머물 뿐이다. 사람들은 요정과의 희미한 교감을 느끼지 않고, 첨단 기기를 이용해 눈앞에 요정을 두려고 한다. 우리 시대의 요정인 포켓몬은 자본이 사라지는 날, 우리들의 시야에서 사라진다.

**미주**＿

1  도모노 노리오, 이명희 옮김, 《행동 경제학》, 지형, 2007, 35면.
2  강재호, 〈변증법적 몽환극 — 발터 벤야민의 초현실주의 "경험" 비판〉, 《시대와 철학》 21, 한국철학사상연구회, 2010, 135면.
3  미하엘 슈톨라이스, 조동현 옮김, 《법의 눈》, 큰벗, 2017, 61~63면.

# 제2장

# 햄릿과 찰리 채플린이 거울을 보다

## 운명과 성격

　　　　　　　　　　　　　　　　　　발터 베냐민은 〈운명과 성격Schicksal und Charakter〉에서 타율적 운명에서 벗어나 자율적 성격을 확보해야 한다고 말한다. 운명은 타율적 예언과 밀접하다. 타율적 예언은 개인을 영원히 운명에 종속시킨다. 개인은 미래에 무슨 일이 발생할지 알 수 없다. 그저 미래의 문 앞에서 주저할 뿐이다. 운명은 속죄 의식을 강화시킨다. 개인은 자신의 죄가 무엇인지를 알기도 전에 운명의 굴레에서 자유롭게 벗어나지 못한다.

　전근대적 운명과 근대적 성격의 교차로에서 우리들은 미래를 생각한다. 운명과 성격을 함께 묶어 자신의 미래를 생각하는 태도는 관습적이다. 운명을 끊고 성격을 재창조하는 과정이 필요하다. 보통 성격과 운명을 인과관계로 간주하는 경향이 있다. 인간은 인과성을 중시한다. 특정 원인과 결과가 밀접하게 관계를 맺고 있다고 확신하기 때문이다. 그런데 인간은 눈에 보이는 현상을 과연 얼마만큼 정확하게 이해한 후 인과관계를 예측할 수 있을까? 아울러 인과관계를 맹신하면서 미래를 예측하려고 한다. 게다가 특정 성격은 특정 운명으로 귀결될 수 있다고 인과적으로 생각한다. 예컨대 스펙이 좋은 학생이 입사 후에도 업무 처리를 잘할 수 있다고 믿는다. 영화 〈검사외전〉(이일형, 2016)에는 사기꾼이 서울대 과점퍼를 입고 선거 유세에 동참하는 장면이 나온다. 유세장에 모여든 사람들은 서울대 출신이 선거 유세에 적극적으로 참여하는 것을 보면서 공부도 잘할 뿐만 아니라 사회 운동에도 열심히 동참한다고 말한다. 특정 대학 출신은 매사 긍정적 이미지를 동반한다. 그런데 그의 실상은 사기꾼이다. 이처럼 사람들은 겉모습만을 보면서 객관적으로 추론할 수 있다고 맹신한다. 그런데 이러한 사고방식은 산업사회의 부산물에 불과하다. 운명과 성격 역시 단순하게 인과율로만 파악할 수 없다.

운명은 신이 부여한다. 인간은 자신의 의지와 무관하게 신이 설계한 대로 살아간다. 운명은 인간에게 죄의식을 품게 한다. 인간은 죄의식에 사로잡힌 채 불운을 극복하지 못한다. 이러한 상황에서 인간은 미지의 미래를 숙명적으로 받아들인다. 사람들은 초인간적 힘이 자신의 목숨과 처지를 지배한다는 느낌이 들 때 '운명적이다'라고 말한다. 현대인은 미래를 운명의 관점에서 파악하다 보니, 스스로 생각하고 행동할 성격을 만드는 데 주저한다. 때론 정신적·육체적 한계를 초인적으로 극복하는 인간의 모습은 위대하다. 하지만 인간은 초인적으로 한계를 극복할 필요가 없는 세상에서 살고 싶어 한다. 미래의 행복을 위해 초인적으로 현재의 고단함을 이겨 내려는 모습은 긍정적이지 않다. 물론 니체가 초인 사상을 주장한 바를 이해하지 못하는 것은 아니다. 경제적 속물들이 지배하는 세계에서 자신의 신념대로 살아가기 위해서는 초인적 노력이 필요하다. 그러나 초인이 필요 없는 세계가 올바르며, 초인적 노력을 강요하는 세계가 더욱 위험하다고 생각한다.

운명은 근엄하다. 개인은 근엄한 운명의 미소를 묵묵부답 수용해야만 한다. 결국 개인은 운명의 그물에 걸려든 채 속수무책으로 버둥거릴 수밖에 없다. 그런데 운명이라는 단어는 현대적이지 않다. 현대인이 살아가면서 운명이라고 생각하는 경우는 많지 않다. 현대인은 운명이라는 단어 대신에 성격에서 자신의 운명까지도 유추하는 경향이 있다.

베토벤의 일생을 다룬 영화 〈불멸의 연인〉(버나드 로즈, 1995)을 보면, 한 여성이 베토벤의 음악적 재능에 호감을 느껴 결혼하려고 하지만, 아버지의 반대에 부딪힌다. 그녀의 부모는 베토벤이 청력을 상실해 작곡을 할 수 없다고 생각해, 그녀의 결혼 요구를 거부한다. 그녀의 부모는 베토벤의 청력을 확인해 본 다음 베토벤이 청각을 잃지 않고 작곡을 할 수 있다면 결혼을 수락하기로 한다. 베토벤은 영문도 모른 채 피아노가 놓여 있는 방으로 온다. 그는 피아노 건반을 두드리다 멈춘 채 갑자기 피아노 건반

〈불멸의 연인〉(버나드 로즈, 1995)

위에 귀를 갖다 댄다. 결국 그는 자신의 음악적 재능을 확인하려고 꾸며진 자리에 왔다는 사실에 화가 나 문을 박차고 나가 버린다.

독일의 철학자이자 미학자인 아도르노는 클래식 음악을 긍정했다. 그는 현대사회의 문화 산업이 사람들의 비판력을 마비시킨다고 생각했다. 아도르노는 베토벤의 음악을 철학적으로 고찰하며, 베토벤 음악에서 전율의 순간을 바라본다. 베토벤 음악에는 헤겔의 총체성이 나타나는데, 개인의 운명을 거부하지 않고, 있는 그대로 수용하면서 정신의 위대함을 표현한다. 그런데 베토벤은 총체적 화해의 세계로 나아가지 않고 죽음의 세계에 몰입한다. 총체적인 것으로 승화하는 과정을 거부한 채 총체적인 것에서 배제된 개별 음들을 토대로 고독하게 작곡했다.

우리의 삶도 몰락의 징후를 느끼지 못할 때가 많다. 그럴 때

음악을 포함한 예술은 사람에게 몰락의 신호를 보내 준다. 음악의 몰락은 현대사회에서 쓸모없어진 음악의 모습처럼 보이기도 하지만, 쓸모없는 음악이 우리의 삶을 윤택하게 하는 데 가장 도움이 될 수 있다는 역설을 나타내기도 한다.[1]

운명은 예기치 않게 습격한다. 보통 자신의 특수한 성격 때문에 운명이 정해진다고 생각한다. 과연 특정한 성격 때문에 예측할 수 없는 운명의 소용돌이에 빠져드는 것일까? 베토벤의 교향곡 〈운명〉은 신과 법이 인간을 죄의식에 가둔 것을 음악을 통해 인간의 숭고한 의지로 극복하는 모습을 들려준다.[2] 신과 법이 인간을 억압한다면, 음악은 인간이 얼마나 억압에 노출되어 있는지를 보여 준다. 운명의 시간은 모든 것을 집어삼켜 인간의 자유의지를 인정하지 않는다. 결국 운명의 시간에 감금당한 인간은 자신의 손아귀에서 한 줌의 피폐한 내면만을 볼 수밖에 없다. 운명이 미래를 선택할 기회를 제공하지 않기 때문이다. 신이 미래를 독점하기 때문에, 인간은 자신의 의지와는 무관하게 다가올 시간을 불안하게 쳐다볼 수밖에 없다.

운명은 죄와 관련 있다. 운명 속에 담긴 비극적 요인은 신이 인간에게 죄를 부여하기 때문에 발생한다. 신화시대에는 신이 죄와 벌을 독점했다. 그래서 인간은 미래의 죄와 벌에 대해 속죄하려고 했다. 반면 근대사회에는 국가가 죄와 법을 움켜쥐었다. 국가는 신마냥 인간의 운명을 거머쥐고 있다. 이러한 논리라면, 신화시대와 근대사회에서는 변한 것이 하나도 없다. 단지 신에서 국가로 죄의 운명을 독점하는 주인만 바뀌었을 뿐이다.

이러다 보니 베냐민은 세계를 니힐리즘nihilism의 관점에서 바라본다. 신화시대와 근대사회는 동일하게 폭력적이다. 근대사회에서는 신이 부여한 죄의식을 법이 제시한다. 법은 유죄와 무죄를 판단한다. 신과 법은 인간이 영원히 죄의식에서 벗어날 방법을 제공하지 않는다. 이들은 법 정립적 폭력과 법 파괴적 폭력을 제시한다. 법 정립적 폭력은 실정법을 유지하는 데 기여한다. 반면 법 파괴적 폭력은 실정법을 승인하지 않는다. 법 정립적 폭력과 법 파괴적 폭력에 상관없이 여전히 우리 삶은 죄와 법의 족쇄에 얽매어 있다. 죄와 법의 악순환을 없애려면 폭력에 대한 관점을 바꾸어야 한다.

비극적 운명의 인간은 특정한 성격을 지니고 있을까? 운명은 인간의 이해력을 넘어서는 것이다. 즉 운명적 행동의 이면에 있을지도 모를 성격을 파악하기는 어렵다. 운명이 종교적 연관 관계에 있다면, 운명은 죄 개념과 결부된다. 운명 사상은 그리스시대에 이미 형성되었다. 신이 인간의 교만을 응징하기 때문에, 인간은 죄의 굴레에서 벗어나지 못한다. 근대사회에서 법은 유무죄의 판단 기준이 되었다. 신의 계율의 자리에 법률이 위치하게 된 것이다. 신화시대의 불행과 죄가 탈신화시대에서는 운명과 법으로 대체되었다. 결국 인간은 운명 결정론에서 영원히 벗어나지 못한 채 살아간다.

운명은 개인적 문제가 아니다. 법이 개인에게 운명을 부여한다. 법적 제도가 개인의 운명을 결정해 죄를 짓게 만든다. 법이 존재하지 않았다면 인간은 죄인이 되지 않았을 것이다. 애초 인간은 운명적 주체가 아니었다. 인간이 특정 행동에 법의 적용을 받는 순간 비극적 운명에 처하게 된다. 법과 운명의 고리를 끊기 위해서는 법을 없애야 하지만, 실제 현실에서 법을 없애는 것은 불가능하다. 결국 법의 강제력은 인간의 자유의지를 허용하지 않는다. 그러므로 운명은 선천적으로 주어지지 않고 후천적으로 부여된다고 볼 수 있다. 성격이 착한 사람이 우연히 실수로 법 규정을 어기는 순간 그 사람의 운명이 바뀔 수도 있다.

로마 황제 마르쿠스 아우렐리우스Marcus Aurelius의 《명상록》에는 스토아학파의 철학이 간결하게 담겼다. 스토아학파는 인간이 이성을 중심으로 세계를 판단해야 한다고 말한다. 인간은 오로지 로고스logos를 중심으로 판단하되 감각적 세계에 현혹되어서는 안 된다는 것이다. 스토아학파는 우연은 존재하지 않으며 원인과 결과가 명확한 필연만이 존재한다고 생각한다. 스토아학파의 세계관은 결정론적으로 보인다. 어떤 성격을 지니고 있으니 필연적으로 어떤 운명에 도달할 수밖에 없다고 한다면, 역설적으로 인간은 어떤 운명도 자기 주도적으로 지닐 수 없다고 볼 수 있다.

학생들은 취업 걱정으로 미래를 두려워한다. 취업, 취직, 학점의 운명이 과연 행복에 이르게 하는 것일까? 마르쿠스 아우렐리우스는 이성적으로 판단하면서 운명의 법칙을 수용하라고 말한다. 인간은 이성적 법칙을 발견해야 한다. 이성은 신과 같은 보편적 법칙이다. 스토아학파의 운명 결정론은 우리 시대에 적합하지 않은 부분이 있다. 그렇다면 어떻게 운명을 극복하고 이성적으로 판단하면서 명상의 시간을 보낼 수 있는지 고민해야 한다.

## 파괴적 성격

베냐민은 성격을 정신분석학, 문예학의 관점에서 살펴본다. Personality는 인격으로, Character는 성격으로 번역된다. 요컨대 성격은 개인이 본래부터 지니는 고유의 성질로 인간관계를 파악한다. 성격의 다섯 가지 특징은 신경성neuroticism, 외향성extraversion, 개방성openness to experience, 원망성agreeableness, 성실성conscientiousness이다.[3] 특히 신경성은 불안, 적대감, 우울, 자의식, 충동성, 취약성으로 세분된다. 인간의 성격 역시 선천적인지 후천적인지를 고민할 필요가 있다. 그는 Character를 선택해서 운명과 다른 인간의 성격을 해부했다.

지크문트 프로이트는 비극의 무의식을 탐구했다. 그는 인간의 운명을 지배하는 외적 요소를 추적하고 콤플렉스의 기원을 확인했다. 그는 비극을 심리학적으로 분석한다. 그러나 베냐민은 프로이트의 심리학이 인간의 운명을 이해하는 데 도움이 되지 않는다고 생각한다. 프로이트의 운명에 대한 심리학적 분석은 개인의 내면에만 주목한다.

베냐민의 경우 운명 개념은 개인의 문제이기 이전에 법과 제도와 같은 외적 요인과도 관계가 있다고 생각했다. 그는 운명의 고리를 끊고 성격의 문제를 성격희극을 통해 해결하려고 한다. 성격희극의 등장인물들은 현실에서 대체로 악한으로 등장한다. 그런데 성격희극의 악한들은 무대에서 도덕적 심판의 대상이 아니라 희극적 인물로 나타난다.

베냐민은 공동체 사회에서는 경험의 공유가 있었다고 말한다. 공동체 사회에서 남녀노소는 각자의 사연을 속담과 이야기를 통해 전달하면서 삶의 지혜를 터득할 수 있었다. 공동체 사회를 가득 메웠던 전략적·경제적·육체적·윤리적 경험은 세계대전을 거치면서 진지 전쟁, 인플레이션, 배고픔, 비윤리적 경험에 도달했다. 그는 근대인은 세대 간의 이야기를 경험으로 공유하지 못한 채 각자도생의 삶을 맹목적으로 살고 있다고 진단한다.

근대인은 경험의 빈곤을 메우기 위해 각자 가면을 쓰고 군중의 일부분으로 살아간다. 일종의 익명성의 가면 뒤에 숨어 자신의 진짜 모습을 감추고 있는 것이다. 공동체는 전통을 지키면서 개인의 죄의식을 종교를 통해 자체적으로 정화했다. 그런데 근대 사회에서는 전통과 종교를 비판했다. 근대인은 전통과 종교에 의지하지 않고 자신의 자유와 권리를 중요하게 여겼다. 근대인은 정신적 구심점 없이 각자의 삶을 알아서 헤쳐 나가야만 했다. 이러한 상황에서 그는 경험 자체를 용도 변경할 새로운 방법을 제안한다. 베냐민은 데카르트, 아인슈타인, 파울 클레, 아돌프 로

스, 베르톨트 브레히트, 셰어바르트 등과 같이 기존 질서를 야만적으로 해체하기 시작한 인문, 과학, 예술, 건축 분야의 인물들을 제시한다.

그는 새로운 야만성Barbarentum을 제시한다. 애플Apple의 광고 〈Think Different〉가 있다. 해당 광고에는 아인슈타인, 밥 딜런, 마틴 루터 킹, 존 레넌, 토머스 에디슨 등 우리 생활에 큰 영향을 끼친 인물들이 나온다. 광고의 마지막 장면에는 〈Think Different〉가 선명하게 떠오르면서 끝난다. 애플의 광고 문구인 〈다르게 생각하라〉는 베냐민이 말한 야만인의 야만성과 유사하다고 생각한다. 그는 비주체적으로 시대의 조건과 제한에 갇혀 살아가기를 거부하고 주체적으로 자신들의 생각과 상상을 표현한 인물들을 언급하면서 새로운 야만성만이 경험의 빈곤을 극복할 수 있다고 말한다. 새로운 야만인들은 기존 시스템과는 다른 상상을 하면서 기존의 정치·경제적 권력에 웃음으로 대응한다.

베냐민은 운명과 성격의 인과적 결정론을 거부한다. 특히 그는 사람들이 운명에 순응하는 태도를 거부한다. 사람들은 성격 개조를 통해 새로운 인간으로 거듭날 수 있다. 즉 무엇이 자유로운 성격 형성에 방해가 되는지 살펴보아야 한다. 그는 개인의 성격 이모저모를 살피면 그 사람의 운명을 알 수 있다고 생각하는, 성격에 대한 통념을 거부한다.

학교는 다양한 성격의 아이들이 모이는 공간이다. 선생님의 부당한 요구를 묵묵히 잘 따르면 선생님들은 그런 학생을 좋은 성격이라고 말한다. 반면 선생님의 기대에 사사건건 문제를 제기하는 학생이 있다면, 그런 학생은 성격이 이상하다고 비난받는다. 그렇다면 성격의 좋고 나쁨을 구별하는 과정 역시 사회적 문제로 볼 수 있다. 예컨대 공익 제보는 법적으로 위법 사항이 아니다. 또한 윤리적으로 비난받을 이유는 더더욱 없다. 그럼에도 불구하고 우리 사회에서 공익 제보자는 성격이 이상한 사람으로 취급받기도 한다. 그렇지만 공익 제보자의 이상한 성격은 우리 사회를 해방시켜 주는 윤활유 역할을 하기도 한다.

개인의 성격은 내적이고, 운명은 외적이다. 그런데 성격과 운명의 넋은 개인의 문제로만 귀속된다. 만약 개인의 성격과 운명의 문제만을 생각한다면, 개인이 특정 성격과 운명의 문제와 관련된 사회문제를 다룰 수 없게 된다. 베냐민은 운명과 성격을 사회와의 관계에서 파악해야 한다고 말한다. 나쁜 성격인데도 운명이 좋은 사람이 있을 수 있다. 반면 좋은 성격인데 운명이 나쁜 사람도 있다. 이처럼 성격과 운명의 불일치를 해결하려면 성격과 운명의 문제를 사회적 관점에서 살펴볼 필요가 있다. 예컨대 성격과 운명의 불일치가 얼마나 개인을 허망한 순간으로 빠뜨리는지 쉽게 알 수 있다. 성격은 나쁜데 성공하는 상사를 본 적이 있지 않은가? 비극적 운명에 빠진 개인의 성격을 어떻게 생각해야할까? 모든 사람의 성격을 착하게 만든다면, 비극적 개인은 완전히 없어지는 것일까? 결국 운명과 성격은 사회화 과정에서 어떻게 변형되는지를 살펴보아야 한다.

베냐민은 법에 종속된 운명을 극복하기 어렵다고 생각한다. 그래서 법의 운명을 비방하는 아웃사이더의 성격을 옹호하려고 한다. 결국 운명과 성격을 저울의 양측에 배치하고, 개인은 자신의 삶을 살아야 한다. 인간은 운명과 성격 둘 중 하나만으로는 온전하게 살 수 없다. 운명을 모르는 개인은 오만하고, 성격을 모르는 인간은 자만한다. 그렇기 때문에 인간은 운명과 성격의 양 축을 오가며 중립적 시각을 지닐 필요가 있다.

## 햄릿의 비애

영국의 극작가 윌리엄 셰익스피어William Shakespeare는 인간의 비극을 성격에서 발견했다. 인간의 성격은 무엇일까? 인간은 기질적으로 다양한 모습을 보인다. 인간은 분노, 공포, 불안, 우울 등 내면의 목소리에 귀 기울인다. 특히 무의식의 지배를 받으며 비극적 상황에 다가서기도 한다. 그는 인간이 후천적으로 자신의 의지와 무관한 상황에서 합리적으로 처신하지 않는다는 점을 비극을 통해 보여 준다.

햄릿의 독백과 그의 삼촌이자 덴마크의 왕인 클라우디우스의 독백은 이중적이다. 햄릿은 클라우디우스가 자신의 정치적 야욕을 위해 전쟁을 벌이는 태도가 올바르지 않다고 생각한다. 그는 클라우디우스의 욕망 때문에 백성들이 고통에 처해 있다고 생각했다. 클라우디우스는 햄릿과는 달리 정치적 부패가 극에 달한 상황을 수용하면서도 윤리적으로 고민한다. 그는 죄, 법, 정의, 위선 등 인간의 행위를 상대적으로 생각하면서, 정치를 외면한 윤리적 참회가 반드시 올바르다고 생각하지 않는다.

햄릿의 삼촌 클라우디우스는 반윤리적 행동을 일삼으면서 정치적 권력을 쟁취했다. 신이 사라진 시대에, 인간은 신의 예언에 의지하지 않고, 매시간 개인에게 달려오는 불운과 행운의 경계에서 주체적으로 생각하고 행동해야만 했다. 햄릿은 우유부단하기보다는 신중하게 복수를 감행했고, 클라우디우스 역시 햄릿의 복수심에 대응하기 위해 노력했다.

베냐민은 《햄릿》에서 비애극이 완성되었다고 말한다. 햄릿의 우울은 자신의 삼촌에 대한 복수심을 즉각 행동으로 옮기지 않았기 때문에 발생했다. 비극은 소포클레스의 《오이디푸스 왕》처럼 신화적 세계에서 비극적 영웅의 모습을 반영한다면, 비애극은 역사적 사건과 관련을 맺으면서 삶의 모순을 극복하는 과정에서 발생하는 폭군과 군주의 몰락을 다룬다. 그는 비애극을 운명극이라고 말한다. 운명극에서는 유령의 등장이 중요하다. 바로크 시대는 중세적 신의 구원이 존재하지 않는다. 바로크 시대는 종교개혁의 영향을 받아 초월적 세계를 부정하고 세속적 세계를 중시한다. 왜냐하면 신이 인간을 구원해 줄 가능성이 없기 때문이다. 비애는 현세적이고 세속적인 세계가 구원받지 못한 상황에서 개인과 사회가 붕괴하는 과정을 외면하지 않고 응시할 때 발생한다. 햄릿이 삼촌을 살해하려는 욕망이 좌절된 후 죽음에 처할 때, 그는 신을 부르지 않는다. 그는 오로지 자신이 본 역사와 사건을 있는 그대로 받아들인다. 그는 덴마크의 운명과 파국을 비애의 대상으로 여기면서도 신의 구원을 바라지 않고 죽음에 이른다. 신의 구원이 존재하지 않고, 인간적으로 운명을 극복할 수 없는 경계에서 개인이 할 수 있는 일은 도대체 무엇일까? 그저 멜랑콜리한 시선으로 파국의 풍경을 지독하게 응시할 수 있을 뿐이다.

## 몰리에르의 가면

17세기 프랑스의 극작가 몰리에르Molière의 《인간혐오자》, 《동 쥐앙》 등은 성격희극으로 유명하다. 몰리에르는 등장인물들을 심리학적 대상으로 표현하지 않는다. 그의 작품 중 《수전노》의 아르파공과 《상상병 환자》의 아르강은 각각 인색함과 우울증을 상징하지만, 그들의 성격 밑에서 작동하는 무의식을 발견할 수 없다.

수전노인 아르파공의 부르주아적 성격은 물질만능주의에서 비롯된다. 그는 자녀의 연애와 결혼 감정조차 경제적인 관점으로 파악한다. 그는 아들 클레앙트가 결혼하려고 하는 마리안과 재혼하려고 한다. 또한 딸 엘리즈가 발레르와 결혼하려는 것을 방해한다. 《상상병 환자》에서 상상병 환자인 아르강 역시 큰딸인 안

젤리크의 결혼을 좌지우지하려고 한다. 그는 지나칠 정도로 건강을 걱정한다. 그래서 그는 의사인 토마의 아들인 토마 디아포리우스를 사위로 삼으려고 한다. 아르파공과 아르강은 금권으로 타인에게 권력을 행사한다. 작품 속 다른 인물들은 이들에게 전혀 도발하지 못한다. 그들의 경제적 권력 행사가 당연하고, 그들의 부당한 권력을 수용하는 데 익숙하기 때문이다.

몰리에르의 성격희극을 읽으면서 주요 인물의 성격을 변화시키는 주변 인물들의 성격에 주목했다. 《수전노》의 라플래슈, 클로드 어멈, 브랭다부안, 라메를뤼슈와 《상상병 환자》의 투아네트와 같은 하인과 하녀들은 아르파공과 아르강 가족의 해체를 저지하면서 갈등을 해결하기 위해 노력한다. 그들은 주인들에게 충고하거나 조롱하기도 한다. 금권을 행사하는 주인에게 거역할 수 있는 성격을 지닌 인물들이 각자 연대해서 개인의 운명을 극복하기 위해 노력하는 태도가 중요하기 때문이다.

우리는 운명을 지양하고, 성격을 지향해야 한다. 인류는 신화적 세계의 운명을 거부하고 이성적 성격을 수용했지만, 과연 인간이 행복에 이르렀는지는 의문이다. 베냐민은 운명에서 배제된 성격, 성격에서 배제된 운명을 집요하게 타인의 시선에 신경 쓰지 않고 차곡차곡 쌓아 올린다.

우리는 가면을 쓴 채 자기와 타인의 실체를 파악하지 못한다. 그저 각자의 겉모습을 진실인 듯 간주하기만 한다. 베냐민은 〈몰리에르: 상상병 환자Molière: Der eingebildete Kranke〉에서 희극이 차지하는 의미를 설명한다. 인간은 자신을 위장하기 위해 가면을 쓴다. 가면은 인간의 내면과 외면을 구분 지으면서 안팎의 경계에 위치한다. 인간은 무의미한 가면을 쓰고 거짓 행복에 머물려고 한다. 그러나 거짓의 가면이 벗겨지는 순간이 다가올 때를 매 순간 두려워하기도 한다. 가면의 착용과 벗김이 동시에 이루어지는 순간 인간의 진면목이 드러난다고 생각할 수 있다. 그렇기 때문에 희극은 단순한 말장난이 아니라, 논리적이면서도 지적인 과정이다. 희극은 인간이 얼마나 무기력하며 자신들의 성격을 유지하기 위해 애쓰는지를 여과 없이 보여 주기 때문이다.

타인과 자신의 성격을 성찰할 수 있는 가장 효과적인 방법은 타인에 대한 글을 써 보는 과정이라고 생각한다. 학생들에게 〈타인소개서〉를 작성하게 하면 〈자기소개서〉 작성에는 별 무리가 없는 보통의 학생들도 매우 힘들어한다. 학생들은 중·고등학교 시절을 거치면서 자기중심적으로 생각하는 것에 익숙하기 때문이다. 학생들은 타인과의 관계 속에서 자아가 형성된다는 점을 잘 알지 못한다.

나는 학생들에게 **자기**를 버리고, 그동안 **자기**를 형성하는 데 도움을 준 사람의 이야기를 글로 표현해 보라고 말한다. 물론 〈타인소개서〉 작성 일주일 전에 삶에 가장 큰 영향을 끼친 사람들을 생각해 오라고 미리 말해 둔다. 수업 당일 〈타인소개서〉를 작성하는 학생들은 글을 쓰는 데 신중하다. 학생들은 부모님, 선생님, 친구 등 **자기**를 발견하는 데 도움을 준 대상을 성찰한다. 지금까지 자신만을 위해 살아온 시간을 돌아보고, 타인의 모습을 통해 진정한 자기를 발견하려고 한다. 학생들은 자신을 둘러싼 타인을 생각하며 글을 쓰면서 나와 너의 차이를 명료하게 인식하고, 현재의 혼놀족혼자 노는 사람과 미래의 관태기관계 권태기 사이에서 진지하게 성찰한다.

현재와 미래의 학생들이 혼자 그네를 타기보다는 함께 시소놀이를 했으면 한다. 시소는 절대 혼자 탈 수 없다. 시소놀이는 최소한 두 명이 좌우에 각각 자리를 차지하고 앉아 위, 아래로 움직이면서 각자 건너편을 응시한다. 그런 과정 속에서 각자가 성격 차이 때문에 갈등하거나 고민했던 순간을 생각하다 보면 어느 순간, 시소는 균형을 이루게 된다.


## 오이디푸스, 이성적 신화

현대인은 맹목의 시선에 갇혀 있다. 우리는 이성적으로 세계의 비밀을 파악할 수 있다고 생각한다. 시각의 운명은 이미 미래에 발생한 사건을 예감할 수 있다. 인간은 시각을 통해 타인과 세계를 이해한다. 그런데 우리가 두 눈을 볼 수 없는 상황에 처한다면, 어떤 일이 발생할까? 시각의 문제는 단순한 감각에만 국한되지 않는다.

고대 그리스의 비극 시인 소포클레스Sophocles의 《오이디푸스 왕》은 신탁의 덫에 걸린 한 인간의 비극적 모습을 보여 준다. 소포클레스의 비극을 읽으면서 인간이 얼마나 무지한 존재인지를 생각해 본다. 인간은 지속적으로 타인에게 관심을 표한다. 타인이 자신을 어떻게 평가하는지에 몰두하면서 정작 자신의 내면은 성찰하지 못한다.

운명은 현재 자신에게 닥친 불운과 행운이 미래에도 계속된다는 신념에서 발생한다. 그런데 운명의 비밀은 과거에 있다. 과거에 자각하지 못한 어떤 사건이 무의식에 저장되어 있을 수 있기 때문이다. 오이디푸스는 과거 자신의 경험을 성찰하지 못한 채, 현재 일어나고 미래에 발생할 일들을 신탁으로 돌렸다. 물론 그가 과거의 비밀을 성찰한다고 할지라도, 그의 운명은 예정대로 진행되었을 것이다. 그의 비극적 운명을 시간 순서대로 나열해 본다.

과거: 테베의 라이오스와 이오카스테는 오이디푸스를 출산한다. 그들은 오이디푸스가 아버지를 살해할 수 있다는 예언을 듣고 그를 내다 버린다. 라이오스는 목동에게 그를 강가에 버릴 것을 명령했으나, 목동은 오이디푸스를 불쌍하게 여겨 코린트의 신하에게 넘겨준다. 오이디푸스는 자신이 아버지를 죽이고, 어머니와 결혼하게 된다는 점을 알게 되고, 코린트를 떠난다. 그러던 중 길가에서 라이오스 일행과 실랑이를 벌이다 결국 라이오스를 죽인다. 그 후 테베에 도착해 이오카스테와 결혼한다.

현재: 오이디푸스는 테베 도시의 파국을 막기 위해 노력한다. 신들의 예언에 따르면, 도시의 비극을 막기 위해서는 예언의 비극적 주동자를 처단해야 한다. 그는 도시 비극의 주범을 발본색원하여 도시를 구제하려고 한다.

미래: 오이디푸스는 자신이 라이오스를 살해하고 어머니인 이오카스테와 결혼하는 비윤리적 행위의 주범이라는 것을 알게 되고, 이오카스테의 황금 브로치로 자신의 눈을 찌른다. 그는 더 이상 앞을 보지 못하게 되고 추방당한다.

오이디푸스의 과거, 현재, 미래를 압축적으로 살펴보았다. 나는 오이디푸스보다 예언가인 티레시아스에 주목한다. 그는 이미 오이디푸스의 전 시간을 정확하게 파악하고 있으면서도 그의 비극적 운명을 막기 위해 최선의 노력을 다하지 않았다. 어쩌면 그는 오이디푸스가 스스로 자신의 운명을 확인하기를 기다려 주었다.

티레시아스는 오이디푸스의 운명을 예감하는 차원을 벗어나 저주에 가까운 예언을 했고, 예언은 적중했다. 오이디푸스는 그의 예언을 자신에 대한 정치적 대응으로 여긴다. 티레시아스는 오이디푸스 왕과 관련된 사건의 전후 과정을 예리하게 예언한다. 즉, 코린트의 저주를 불러들인 인물이 오이디푸스이고, 오이디푸스는 아버지를 살해하고 어머니와 결혼하여, 부친 살해와 근친상

간의 죄를 지었기 때문에 신이 징벌을 내릴 것이라고 말한다. 아울러 그는 오이디푸스가 자신의 죄에 대한 무지 때문에, 장님이 되어 천하를 떠돌아다니게 될 것이라고 경고한다. 그러면서 그는 자신이 말한 예언이 실현되지 않는다면 자신을 거짓말쟁이로 탄핵해도 무방하다고 강변한다. 오이디푸스는 티레시아스의 예언을 왜 합리적으로 판단하지 않았을까? 오이디푸스만큼 합리적 추론 능력이 뛰어난 인물이 자신의 미래에 대해 한 치의 의혹도 품지 않은 이유가 궁금하다. 오이디푸스를 둘러싼 일련의 사건들은 신탁의 예언대로 명확하게 진행되었다.

오이디푸스의 어머니이자 아내인 이오카스테는 그에게 티레시아스의 예언을 확인하지 말라고 말한다. 그녀는 오이디푸스가 자신의 아들이고 남편을 살해한 범인이라는 점을 이미 알고 있다. 그녀는 운이 지배하는 세계는 신경 쓰지 말고, 현세의 욕망을 충족하면서 살아가는 태도가 중요하다고 말한다.

《오이디푸스 왕》의 결론 부분에 나오는 코러스의 합창은 오이디푸스라는 비극적 운명에 처하게 된 인간의 모습을 통해 인간의 이성이 얼마나 허약한지를 경고한다. 코러스는 인간이 삶의 마지막 순간에 이르기 전까지는 인간의 삶에 행운과 불운이 지배하는지를 알 수 없다고 노래한다. 오이디푸스는 운명을 예감했으면서도 인간의 한계를 극복하고자 했다.

## 찰리 채플린의 웃음

영국의
희극배우이자 영화감독인 찰리 채플린Charlie Chaplin은 무성·
유성 영화를 통해 희극적 세계를 표현했다. 채플린과 히틀러는
비슷한 콧수염을 지니고 있다. 그들은 미디어와 이미지를 통해
군중 혹은 대중에게 자신들의 메시지를 전달했다. 채플린이 희극
적 메시지를 전달했다면, 히틀러는 비극적 메시지를 제시했다.
베냐민은 채플린의 영화를 논평하면서, 채플린의 영화 속에 드러
난 희극성을 중요시했다. 채플린은 미디어를 통해 파시즘을 선전
하고 대중을 선동하는 히틀러의 방식을 비판하고 싶었던 것이다.
베냐민은 채플린의 운명을 본다. 채플린은 특유의 뒤뚱거리는 걸
음걸이로 운명의 공간을 배회한다.

채플린은 운명을 억압하는 파시즘에 대항하고, 성격을 강요
하는 미디어의 폭력에 '웃음'으로 대응했다. 웃음은 풍자의 무기
이다.[4] 웃음은 운명과 성격을 동시에 극복할 수 있는 힘을 지닌
다. 영화 속 독재자를 현실의 독재자로 병치시키는 과정은 히틀
러 이미지를 변형시킨다. 이러한 변형은 일종의 이미지를 통한
프레임 전환에 속한다. 우리는 관습적으로 운명과 성격을 이해하
는 태도에서 벗어나, 자기만의 걸음으로 운명에서 벗어나고 성격
으로 나아가기 위해 노력해야 한다. 채플린이 무성 영화에서 다
양한 희극적 몸짓으로 폭력적 삶을 개척하려고 했던 것처럼, 미
약하고 미세하지만 작은 움직임 하나하나를 예의 주시하면서 행

복한 삶에 도달하려고 노력해야 한다. 베냐민은 운명과 성격을 분리하며 운명은 종교적이고, 성격은 윤리적이라고 생각한다. 좋은 성격, 나쁜 성격처럼 타인과의 관계를 중심으로 성격은 윤리와 결합된다. 베냐민은 미래에 대한 무한 긍정을 비판하고, 과거와 현재의 단절을 지속적으로 코드 전환하는 과정을 거쳐 인간이 운명의 고유성을 극복하고 성격의 본질을 파악해야만 진정으로 행복에 이를 수 있다고 생각했다. 인간은 상처받지 않음(상처받지 않는 초연함)invulneralism과 상처받기 쉬움(상처에 취약함)vulneralism 에 머문다.[5]

근래 젊은 세대는 상처에 취약하다. 자신이 설정한 삶의 목표와 목적에서 이탈하기를 주저하면서 다가올 실패를 두려워한다. 대신 자아 존중감을 중시하기 때문에, 타인이 자신을 비방하는 행위를 견디지 못한다. 그들은 인간을 컴퓨터 게임의 이모티콘으로 간주한다. 타인과의 관계를 주저하면서도 인정 욕구는 강하다. 그들은 롤플레잉 게임을 하듯이 삶을 살아가려고 한다. 인간이 불가해한 운명에서 벗어나려면 고도의 이성적 판단을 거쳐 상처받지 않는 초연함으로 위장해야 한다. 젊은이들은 쿨함을 상처받지 않는 초연함으로 오해할 수 있다. 그런데 인간의 성격을 파악해야만 그 사람의 운명까지 이해할 수 있다는 주장도 있다. 과연 성격과 운명이 인과관계를 이루고 있다는 점을 무조건적으로 인정해야만 할까? 인간의 운명과 성격은 별개이다. 운명과 성격은 상호 무관하게 인간을 규정짓는 영역에 속하는 것으로 이해할 수 있다. 결국 고대인은 자연과 인간이 상호 간에 반응하면서 자연의 흐름에 역행하지 않으면서 인간의 생존을 위한 노력을 포기하지 않았다. 고대인의 유사성의 원리는 근대사회에서도 여전히 일상의 삶과 소통 중이다.

**미주__**

1 테오도르 W. 아도르노, 문병호·김방현 옮김, 《베토벤. 음악의 철학》, 세창출판사, 2014, 300~301면.
2 나성인, 《베토벤 아홉 개의 교향곡》, 한길사, 2018, 196~197면.
3 최현석, 《인간의 모든 성격》, 서해문집, 2018, 16~54면.
4 오노 히로유키, 양지연 옮김, 《채플린과 히틀러의 세계대전》, 사계절, 2017, 308면.
5 토드 메이, 변진경 옮김, 《부서지기 쉬운 삶》, 돌베개, 2018, 16면.

제3장

# 고흐는 〈별이 빛나는 밤〉을 위해 귀를 잘랐는가

## 고대인의 도취

발터 베냐민은 〈점성술에 대하여zur Astrologie〉에서 점성술의 예언이 어떻게 현대사회에서 소멸되었는지를 고찰했다. 그는 고대인과 현대인이 점성술을 대하는 태도의 차이를 설명하면서, 하늘과 인간이 상호소통하지 못하게 된 배경을 살펴보았다.

점성술은 고대 메소포타미아에서부터 시작되었다. 메소포타미아 점성술에서는 자연적 혹은 인간적 미래는 신의 주관하에 예정되어 있기 때문에 신의 신호를 사전에 알아차리는 과정을 통해 미래에 다가올 불운에 대처할 수 있다고 말한다. 특히 신의 신호는 천궁도를 통해서 전달된다고 믿었다. 천궁도를 통한 점성술은 숙명 점성술로 규정되어 있다. 숙명 점성술은 특정 계급만이 국가의 대사를 위해 사용하는 것에서 벗어나 개인도 점성술을 통해 자신들의 운명을 살필 기회를 부여했다. 이러한 숙명 점성술은 그리스 시대에 들어 개인의 출생 점성술로 체계화되었다. 개인이 태어난 시간의 별자리를 통해 개인의 운명을 알 수 있고, 그에 대해 해석을 내릴 수 있다고 생각했다.[1]

신적 유비는 고대인들이 대우주와 소우주를 감지하던 방식이다. 서로가 닮았기 때문에 각각의 영역 중 하나만 정확하게 알고 있으면 코스모스의 원리를 파악할 수 있었다. 신은 시간의 흐름을 신성하게 다루려고 한다. 진정한 코스모스의 구조를 파악하려면 유비의 법칙을 다룰 줄 알아야 한다.[2] 신만이 시간의 흐름에서 벗어난다. 그런데 인간이 신이라는 형이상학이 없어진 자리에, 신의 영역을 차지했다. 결국 인간이 대우주와 신성을 상실하는 순간, 미신과 사이비 예언 문화가 발생한다. 별자리는 자연의 일부로만 작용하지 않고, 인간의 운명, 성격과 밀접한 관계가 있다. 소우주와 대우주는 '위에서도 그러하듯이 아래에서도'를 표어로 삼는 헤르메스주의 근본 교리이기 때문에, 소우주인 인간은 대우주인 우주와 존재론적으로 거대한 고리를 형성한다. 위로는 하느님부터 아래로는 무생물까지 만물이 서로 유기적으로 연결되어 있고, 인간은 하느님과 만물의 중간 지점에 위치한다.[3]

점성술은 인간의 운명과 성격을 별자리의 운행을 통해 판단한다.[4] 그는 점성술을 인간과 자연이 상호 소통하기 위해 노력한 흔적으로 분석했다. 별자리는 고대사회에서 종교와 정치를 매개하는 수단이었다. 인류는 별자리를 다양하게 해석하는 과정을 거쳐 다가올 시간을 예측하기도 하고, 불운과 행운을 예방하기도 했다. 근대를 거치면서 밤하늘의 별자리는 인간과 교감하는 대상이 아니라 천문학의 객관적 인식 대상으로 전락했다. 현대인은 대상을 물질적으로 파악한다.

점성술사는 별자리를 통해 개인의 건강을 치료할 수 있다고 생각했다. 포괄적 예언은 일식과 월식 같은 황도상의 특정 궁과 주요 행성들의 회합과 임박한 사건에 주목하면서, 사회의 운명을 예지하는 것이다. 탄생 천궁도는 특정 개인의 출생일시에 따른 천체지도로서 아기의 출생 시점을 알려 주는 것이다. 택일시擇日時는 의뢰인의 출생에 관한 정보를 이용해 여행을 가거나 배우자를 선택해야 할 때를 알려 준다. 수시로 주어지는 의뢰는 점성술사가 의뢰를 받은 시점의 천체계 상태를 살펴봄으로써 점성술사에게 주어진 모든 문제를 해결할 수 있는 낙관적 가정을 전제하는 것이다. 이상과 같은 점성술의 활동과는 무관하게 점성술과 의료는 긴밀한 관계를 맺고 있었다. 점성술사는 별자리를 이용해 질병을 치료할 수 있다고 생각했다.[5]

베냐민이 점성술을 중시한 이유는 무엇일까? 그는 점성술에서 인간의 운명과 성격을 새롭게 규정할 방법이 있다고 생각했다. 전통 점성술이 하늘의 별자리를 통해 인간의 운명과 생존을 위해 예언력을 발휘했다면, 현대 점성술 혹은 천문학은 인간과 자연을 객관적 대상으로만 파악했다. 즉, 현대 점성술은 신비로운 예언을 포기한 채 인간의 내적 성격만을 단순하게 해석하려고 했다. 아울러 현대 천문학은 자연 운행을 과학적으로 이해하면서 객관적 도식을 마련하기에 급급했다.

베냐민은 우주적 경험의 감지 여부에 따라 고대인과 현대인을 구분한다. 고대인은 우주를 도취의 상태에서 경험했다. 현대인은 우주를 단순하게 시각적 관찰의 대상으로만 파악했다. 현대인은 문명과 기술의 발전을 일구었지만, 자연을 훼손했다. 인간과 자연이 교감하고 소통할 수 있는 삶의 터전이 없어졌다. 특히 현대인이 자연을 인식하는 객관주의적 태도는 선험적으로 인간의 생존만을 위한 것에 불과했다. 현대인은 생태와 환경을 인식하는 태도를 전면적으로 개조하는 과정을 거쳐야만 자연에 대한 실존을 확보할 수 있다.

디지털 시대에, 아날로그적인 표지에 매력을 느꼈다. 단순히 대중의 취향이 변해서 아날로그 세계를 소비하는 것은 아니다. 현대인은 사물과 소통하면서 온몸에서 작동하는 힘을 감지했다고 볼 수 있다. 아이들이 어릴 적에 언어를 배우는 과정을 유심히 살펴보면 엄마의 음성을 유사하게 모방한다. 사람들이 핸드폰으로 보내는 문자에서도 유아기적 언어 표현을 사용한다는 점을 보면 알 수 있다. 사람들은 다양한 표정을 담은 이모티콘을 이용해 다른 사람들과 의사소통한다. 그렇다면 언어는 단순하게 의사소통의 수단이기 이전에 원초적으로 인간의 마음을 고스란히 담아내는 영역이라고 할 수 있다.

季節이 지나가는 하늘에는
가을로 가득 차 있읍니다.

나는 아무 걱정도 없이
가을 속의 별들을 다 헤일듯합니다.

가슴 속에 하나 둘 새겨지는 별을
이제 다 못헤는 것은
쉬이 아침이 오는 까닭이오,
來日 밤이 남은 까닭이오,
아직 나는 靑春이 다하지 않은 까닭입니다.

별하나에 追憶과
별하나에 사랑과
별하나에 쓸쓸함과
별하나에 憧憬과
별하나에 詩와
별하나에 어머니, 어머니,

어머님, 나는 별하나에 아름다운 말 한 마디씩 불러봅
니다. 小學校 때 冊床을 같이 했든 아이들의 이름과 佩,
鏡, 玉, 이런 異國 小女들의 이름과 벌서 애기 어머니
된 계집애들의 이름과, 가난한 이웃 사람들의 이름과

비둘기, 강아지 토끼, 노새, 노루, 「푸랑시쓰 · 짬」, 「라이
넬 · 마리아 · 릴케」 이런 시인들의 이름을 불러봅니다.


이네들은 너무나 멀리 있읍니다.
별이 아슬이 멀듯이,


어머님,
그리고 당신은 멀리 北間島에 계십니다.


나는 무엇인지 그리워
이 많은 별빛이 나린 언덕우에
내 이름자를 써 보고,
흙으로 덮어 버리었읍니다.


따는 밤을 새워 우는 버레는
부끄러운 이름을 슬퍼하는 까닭입니다.


그러나 겨울이 지나고 나의 별에도 봄이 오면
무덤우에 파란 잔디가 피어나듯이
내 이름자 묻힌 언덕우에도
자랑처럼 풀이 무성할게외다.


- 윤동주, 〈별 헤는 밤〉 전문

〈별 헤는 밤〉은 시적 화자가 밤하늘의 별을 보면서 잃어버린 추억을 기억한다. 시적 어조는 단아하면서도 왠지 모르게 슬픔이 묻어난다. 시적 화자는 밤하늘의 별을 보면서 다가올 시간을 예언하거나 예측하지 않고 별자리마다 연상되는 기억의 풍경을 읊조린다. 시적 화자와 별이 하나로 연결되면서 서로의 경험을 충족시킨다. 시적 화자는 어머니와 시인을 호명해 본다. 별자리는 각각 고유한 이름을 지니고 있거나 시적 화자가 이름을 붙여 주기도 한다.

좋은 시는 해석을 거부한다. 그저 시인이 제시한 시어를 따라 읽으면 마음이 편안해진다. 좋은 시는 모국어를 정성스럽게 선택해 단아하게 행과 연을 배열한다. 시는 현실의 잡다한 언어와는 상관이 없다. 사람들이 마음속에 항상 갈망하면서 먹고살기 위해 잊어버린 순수한 단어의 세계가 시라는 생각이 든다. 시인은 사람들이 보려고 하지 않는 세계를 여전히 보고 있을 뿐이다.

베냐민의 언어 사유 방식이 시를 대하는 태도이다. 시는 사람들 사이의 의사소통 수단이 될 수 없다. 시는 실용적이지도, 생산적이지도 않기 때문이다. 그렇지만 현대사회에도 시를 쓰는 사람은 여전히 많다. 시는 현실에서 시 자체로 존재할 뿐이다. 시는 시어를 통해서가 아니라 시 자체로서 시인이 생각한 정신적 내용을 표현한다. 시가 전달하는 내용은 없다. 다양한 관점을 적용해 시를 정의할 수 있지만, 시는 개념과 정의를 거부하면서 시적 표현의 무한한 가능성을 향해 나아간다. 시는 언어가 표현할 수 없는 영역을 끝없이 추구한다. 시인은 마법사이다. 시어는 일상어가 예상하지 못한 영역에서 충격을 가한다. 어쩌면 시는 신만이 표현할 수 있는 언어이다. 그런데 근대사회에서는 인간이 신처럼 언어를 도구적으로 사용하면서 신을 흉내 내는 듯하다. 시는 하나의 매체에 불과하다. 시는 현실을 살아가는 데 전혀 쓸모가 없지만, 시는 쓸모없음에서 쓸모 있음을 추구한다.

17세기 프랑스 사회주의 혁명가 블랑키Louis Auguste Blanqui는 노동자 계급이 아닌데도 끊임없이 사회변혁의 꿈을 포기하지 않았다. 실제로 그는 파리 코뮌 당시 혁명의 모든 순간에 등장했다고 한다. 그는 토로 요새에 수감된 후《별을 통해서 본 영원성》을 작성했다. 일반적으로 혁명가가 감옥에 수감되면 자신의 정치적 생각을 글로 표현할 것 같다는 선입견이 있지만, 그는 감옥에서 우주론을 생각했다. 베냐민은 블랑키의《별을 통해서 본 영원성》이 우주론적 사변으로 가득 차 있다고 혹평했지만, 파국과 지옥의 관점에서 세계를 바라보는 블랑키의 시선이 지닌 독창성만은 인정했다.

블랑키는 미래를 인정하지 않았다. 블랑키의 우주론은 인간중심주의적 관점을 벗어나야 한다고 말한다. 나는 블랑키의 우주론이 동학의 후천개벽의 논리와 비슷하다고 생각했다. 현실의 정치적 문제를 개선하기 위해 혁명을 시도하는 과정 역시 기존의 시스템 안의 정치적 행위에 불과할 수 있다. 혁명의 조건을 생성하는 분기점을 발견해 극단적으로 완전히 새로운 정치적 조건을 만들어야 한다. 동학의 논리에 따르면, 선천시대의 폭력을 끊어버리고 후천개벽의 시대를 맞이해야 한다. 선천시대와 후천시대의 하늘을 완전히 전복하는 과정은 블랑키가 진보를 거부하고 파국을 발견하면서 혁명의 매 순간에 몰입했던 태도와 유사하다. 블랑키는 사람들이 시스템 안에서 외면하려던 것을 직시하는 과정을 거쳐야만 새로운 사회적 질서를 만들 수 있다고 보았다.

메시아적 시간과 지금 시간은 과거를 기점으로 현재를 연결해 시간을 하나의 성좌 구조로 파악하는 순간이다. 예컨대 베냐민은 저울의 양 끝에 메시아적 시간과 지금 시간을 올려 둔다. 각각의 시간이 균등하게 균형을 이루는 순간에 하나의 고정되지 않은 채 유동하는 별자리 같은 교감의 순간을 맞이할 수 있다. 우리는 보물찾기놀이처럼 일상의 이곳저곳에 숨어 있는 메시아적 시간의 흔적을 찾아야만 한다. 이러한 과정을 거쳐 메시아적 시간과 지금 시간을 플러그인할 수 있는 시공간에 도달할 수 있다.


## 천문관의 테크닉

베냐민은 〈천문관으로zum Planetarium〉에서 천문학Astronomie이 세계대전을 거치면서 어떻게 자연 지배Naturbeherrschung의 폭력에 이르게 되었는지를 비극적으로 살펴본다. 인간의 자연 지배는 인간과 자연의 관계를 파괴한다. 그는 자연 그 자체를 인간의 생존을 위해 훼손하는 과정을 비판한다.

자연은 모성애의 공간이다. 하늘, 공기 등 자연은 인간과 교감하면서 삶의 매 순간 생명의 자연스러운 생성을 인정하는 공간이다. 그런데 근대사회에서는 테크닉Technik의 정신이 삶의 모든 순간을 지배했다. 밤하늘에는 테크닉에 기반을 둔 온갖 문명의 부산물들이 지배하면서 자연을 테크닉을 적용할 수 있는 대상으로서만 파악했다. 테크닉의 정신은 경험의 빈곤을 초래했다.

문명과 문화의 테크닉은 여전히 우리 시대에도 하나의 유행처럼 자리 잡고 있다. 공학적 사유와 경제적 사유는 서로 교묘하게 결합하면서 삶의 풍요로움을 제시한다. 그런데 제4차 산업혁명과 관련된 신조어들이 과연 우리 삶을 행복으로 이끌 수 있을지 의문이다. 사물 인터넷, 3D 프린팅, 블록체인 등 온갖 신조어가 삶을 지배하기 시작하면서 과학과 경제의 진지전을 위해 사람들은 각자도생의 참호 속에 웅크리고 있다. 테크닉이 삶의 지도를 변경하는 과정은 인간이 자유롭게 정신을 표현할 수 있는 영토를 축소시킨다. 테크닉의 유혹은 실시간으로 인간의 지각을 사로잡는다. 어쩌면 한참 시간이 흐른 뒤에서야 테크닉의 실체를 알아차릴 수 있을지도 모른다. 별들이 고요히 반짝이던 하늘은 최첨단의 테크닉을 확인하기 위한 전시장으로 탈바꿈되었다.

근대인은 자연의 폭력에 대항하기 위해 테크닉을 발명했다. 삶의 테크닉은 편리성과 효율성을 제공해 주었지만, 역설적으로 삶의 시공간에 위험의 지뢰를 묻어 두었다. 근대인은 자연과의 충만한 교감을 경험할 수 없을 뿐만 아니라 문명과 문화의 미로에서 공허한 시간만을 보낼 뿐이다. 그러다 보니 근대인이 공허한 시간을 보내는 틈새로 점성술, 요가 가르침, 크리스천 사이언스, 수상술, 채식주의, 영지주의 철학, 스콜라 철학, 심령술이 사람들의 마음을 지배하기 시작했다.

파국을 초래하는 것은 근대적 테크닉이다. 근대적 테크닉은 현실의 모든 힘을 자석처럼 흡입한다. 이는 우리 시대에서도 발견할 수 있다. 제4차 산업혁명의 기술이 사람들의 시선을 독점하고 있다. 기술공학적 삶의 법칙만이 유일하게 사람들을 구원할 수 있다고 생각하는 태도는, 신이 세계의 문제를 해결할 수 있다고 확신하는 태도와 유사하다. 테크닉의 부정성을 세밀하게 분석하지 않고, 새로운 테크닉에만 열중하는 태도를 쉽게 볼 수 있다. 그렇다면 진보를 중시하는 근대적 테크닉에 대한 열망을 냉정하게 파악한 후, 현실의 활력을 복원하기 위해서는 무엇을 해야 할까?

인간은 자연재해에 속수무책이다. 자연재해는 계급 구분 없이 인간의 삶을 습격한다. 그가 말한 신적 폭력 이미지를 자연재해로 이해할 수 있다. 그런데 현대사회에서는 계급과 자본에 따라 자연재해의 피해가 다를 수 있다. 신은 이집트의 폭력을 응징한다. 신은 히브리인을 구제하면서 응징의 여지를 남겨 둔다. 히브리인 역시 오만에 빠져 신의 계시를 거역할 수 있기 때문이다. 그러나 그는 인간 사회에서 폭력 문제를 해결하기 위해서는 형이상학적 방안밖에 없다고 자각했다. 인간은 신의 눈초리를 매 순간 의식해야만 한다. 인간이 신의 시선을 외면하는 순간, 신적 폭력은 예기치 않은 상황에서 삶을 습격한다. 인간은 신적 폭력을 극복하기 위해서 자구책을 마련하지만, 속수무책으로 감당하지 못한다. 인간은 과학과 문명의 힘으로 신적 폭력에 저항한다.

우리 사회에서는 인간과 자연이 어떻게 상호 소통할 수 있을지를 고민해야 한다. 과연 인간과 자연이 소통할 수 있을까? 인간은 생존을 위해 자연을 활용할 수밖에 없다. 인간은 도구적 지식으로 자연을 인간화했다. 도구적 자연화 과정에서 부득이하게 자연이 훼손되었다. 이를 해결하기 위해 과연 생태학적 관점에 주목할 수 있을까? 자연 폭력을 중화하기 위해서는 신의 이름까지 거론할 필요는 없다. 인간 폭력을 단죄하기 위해 자연적·신적 폭력을 염원하는 태도는 일종의 신념 윤리로 간주할 수 있지만, 현실 모순을 실질적으로 개선하는 데에는 기여하지 못한다. 인간은 자연을 제외한 모든 세계를 창조했다고 볼 수 있다.


## 미메시스

베냐민은 〈미메시스 능력에 대하여Über das mimetische Vermögen〉에서 미메시스의 특징을 살펴보았다. 그는 현대인들이 미메시스의 힘mimetische Kraft과 미메시스의 관찰법mimetische Anschaungweise을 상실했다고 생각했다. 결국 현대인은 죽은 미메시스의 힘erstorbene mimetische Kraft만을 지닌 채 자연과의 교감을 망각했다.

미메시스mimesis는 유사성이다. 동일성이 아니다. 그렇다면 유사성과 동일성은 무엇인가? 유사성은 폭력적이지 않다. 반면 동일성은 폭력적이다. 유사성과 동일성은 최소한 둘 이상의 대상이 필요하다. 주체와 객체는 상호 간에 유사성과 동일성을 형성한다. 문명이 발달하기 이전, 인류는 최대한 자연과 비슷해지는 과정을 거쳐 생존할 수 있었다. 자연은 예기치 않은 상황에서 인류에게 위험한 상황을 제시한다. 인류는 자연의 습격으로부터 생존하기 위해서 자연과 최대한 비슷하게 처신해야 했다. 카멜레온이 자연과 피부색이 비슷해지는 과정을 거치면서 자신을 지우고 대상에 적응하는 변신처럼, 인류 역시 자연과 유사해지는 태도를 유지해야만 살아갈 수 있었다.

문명과 사회가 발전하면서, 인간은 자연에서의 생존 방식과 유사하게 문명과 사회구조에 적응하기 위해 노력했다. 무엇인가와 유사해지기 위한 과정은 다윈의 진화론적 관점을 적용해 살펴볼 수 있다. 생존하기 위해서는 주변 변화에 최대한 적응하고 변형시켜야만 한다. 그렇지 못하면 도태될 수밖에 없기 때문이다. '모방하다' 혹은 '재현하다'를 의미하는 미메시스는 베냐민의 생각을 이해하는 데 중요한 핵심어이다. 구글 검색창에 미메시스를 입력하면 많은 정보가 나온다. 플라톤과 아리스토텔레스 등 서양철학에서 현대의 시뮬라시옹에 이르기까지 미메시스에 대한 각종 정보를 확인할 수 있다.

학생들은 강의 시간에 글을 통해 자신의 생각을 자유롭게 표현하는 법을 배운다. 나는 학생들이 글을 쓸 때 거의 개입하지 않는다. 학생들이 작성한 글에 첨삭하지도 않는다. 대학원에서 박사 과정을 마치고 처음으로 학생들을 가르쳤던 때가 기억난다. 과연 내가 학생들에게 무엇을 가르칠 수 있을지 의문이었다. 막막하기 그지없었다. 그러다 보니 학생들의 글을 비판적으로 바라보려고 했다. 어법과 문법에 어긋난 글, 단락이 없는 글 등 학생들이 작성한 글을 빨간색 펜을 들고 매섭게 첨삭했던 적이 있다. 학생들에게 공격적으로 질문했고, 막무가내로 그에 대한 답변을 요구했다. 학생들은 첨삭과 논평의 지적을 받은 후 글쓰기를 더욱 두려워했다. 결국에는 학생들과의 소통이 어려워졌다. 수업 시간은 일방적 강의로 진행되고, 학생들은 시험에 대비해 내가 하는 말을 기계적으로 필기했다. 이때 나는 한동안 학생들을 가르치는 일의 어려움을 체감했다.

이때 《우리글 바로쓰기》를 읽었다. 아울러 시간이 지난 뒤 EBS에서 제작한 〈'글짓기'하지 마세요〉라는 영상을 보았다. 〈'글짓기'하지 마세요〉에는 어린이들에게 글짓기를 하지 말고 글쓰기를 하라는 메시지를 담고 있다. "자신이 평소 하던 말 그대로 써도 좋아요, 착한 어린이가 된 것처럼 쓰지 마세요, 슬프고 괴로운 일, 부끄러운 일도 괜찮아요. 잘 쓴 글이라고 해도 그것을 흉내 내지 마세요"라는 문구가 화면에 등장한다. 그러면서 이오덕 선생님과 어린이들이 같이 쓴 시를 모은 시집이 펼쳐진다. 그 당시 가장 충격을 받았던 구절은 "네가 살아가는 이야기를 너의 말로 쓰렴"이라는 문장이었다. 그때 이후로 나는 교수법을 고민했다. 학생들도 어린이처럼 자신의 마음속에 깃든 이야기를 자유롭게 표현하고 싶어 한다는 점을 깨달았다. 학생들이 자신의 생각을 자유롭게 표현하지 못하게 하는 방해 요소는 바로 나였다. 나는 학생들의 마음을 헤아리지 못한 채 비판적으로 첨삭과 논평을 가했을 뿐이다. 즉, 학생들의 글과 말에 '무지'했다고 볼 수 있다.

이오덕 선생님을 글쓰기 지도의 '롤 모델'로 삼고, 이오덕 선생님의 글과 교육 철학을 **모방**하려고 노력했다. 학생들에게 무지했다는 점을 깨닫게 된 후, 학생들의 생각을 경청하려고 했고, 학생들의 표현력을 응시하려고 했다. 그랬더니 학생들이 점점 자신의 생각을 글과 말로 표현하기 시작했다. 매 학기 초 학생들에게 이오덕 선생님의 〈'글짓기'하지 마세요〉 동영상을 보여 준다. 학생들은 동영상의 메시지를 각자 마음속에 새기기도 하고, 간단하게 종이 위에 메모하기도 한다. 그리고 학생들은 동영상 속의 어린이들이 글쓰는 모습을 **흉**내 내려고 한다.

학생들이 글과 말 앞에서 두려워하는 태도를 극복하면 정말 자유롭게 글을 쓰고 말하는 풍경이 펼쳐진다. 이 순간을 맞이하기 위해 나는 무척 조바심이 난다. 마음속으로 내가 개입하면 훨씬 좋은 글을 작성하고 멋지게 말할 수 있을 텐데 하고 생각하기도 한다. 그래도 학생들이 온전하게 표현할 때까지 기다리면서 관찰하려고 한다. 그러면 어느 순간 학생들은 글쓰기와 말하기를 아이 때 했던 '놀이'처럼 자유롭게 여기기 시작한다. 이 점이 이오덕 선생님을 '롤 모델'로 삼아 배운 교육 철학이다. 이오덕 선생님을 롤 모델로 삼고 그분의 생각을 닮기 위해 노력했다. 이러한 모방의 과정을 거쳐 이제는 무지의 글쓰기와 말하기라는 나만의 교수법을 마련하게 되었다. 무엇인가를 닮고 흉내 내는 과정을 거쳐 사람들은 자신만의 개성을 온전하게 획득할 수 있다.

베냐민은 사람들이 태곳적부터 살기 위해 자연과 유사한 태도를 취했다고 말한다. 인간은 주위의 변화에 능동적으로 대처하면서 자신의 피부색을 주어진 환경에 맞게 변화시킨다. 보호색은 인간이 생존하기 위한 조건이다. 인간은 외부 환경의 변화에 능동적으로 유사하게 맞추면서 자신만의 본색은 상실하지 않았다. 이러한 것을 미메시스 능력이라고 부를 수 있다. 결국 미메시스 능력은 자기 삶을 유지하면서도 타인의 삶과 유사해지려는 태도로 이해할 수 있다.

**유사성의 데칼코마니**

베냐민은 〈유사성론Lehre vom Ähnlichen〉에서 인간의 유사성에 대한 능력이 어떻게 생성되고 소멸되었는지를 살펴보았다. 유사성은 공감 능력이다. 나와 네가 서로 유사해지려는 모습은 상대방의 장점을 알아채고 있다는 점을 말한다. 그런데 사람들은 유사성을 동일성으로 착각한다. 동일성과 유사성은 어떻게 다를까? 동일성은 주체와 객체가 동일한 관계를 맺은 후에 서로 인정한다. 예를 들면 어떤 남자들은 여자들의 머리 스타일에 간섭하기도 한다. 남자들은 자신이 원하는 스타일을 동일하게 여자가 수용하기를 바란다. 그런데 과연 남자가 원하는 머리 스타일을 여자가 완벽히 동일하게 꾸밀 수 있을까? 단지 남자가 원하는 스타일에 근접할 수 있을 뿐이다. 동일성은 주체와 객체의 권력 관계를 형성한다. 성별과 나이를 막론하고, 타인에게 동일성을 강요해서는 안 된다. 그래서 유사성의 정신이 중요하다. 남녀가 좋아하면 서로 얼굴과 성격도 비슷해진다고 한다. 남녀는 서로 비슷하면서도 각자의 차이를 인정해야 한다. 부모가 자녀에게 자신의 꿈을 강요하는 태도는 동일성의 폭력이다. 자녀는 부모의 기대에 어긋나지 않으려고 노력하는 척한다. 부모의 기대에 부응하려고 공부한다면, 자칫 자녀의 꿈은 사라져 버릴 수 있다. 그래서 부모와 자녀가 각자의 꿈을 위해 노력해야 한다. 결국 유사성은 상호 간에 친밀한 공감력을 공유하는 자세이다.

도쿄에 출장을 간 적이 있다. 일본 서점에 들러 일본 학계의 동향을 살폈다. 일본 서점은 기노쿠니야와 츠타야 서점으로 양분되는 듯하다. 츠타야 서점은 전반적으로 당대 독자의 취향에 부합하는 책 진열과 공간 배치이다. 반면 기노쿠니야 서점은 전통적 서점 구조이다. 아울러 일본에는 곳곳에 책을 중심으로 다른 문화와 융합하는 문화가 만연해 있다. 메이지유신 이후, 서구 문명을 통해 자국과 타국의 공통점을 매개로 새로운 문화를 만들던 방식이 일상에 깊숙이 뿌리내리고 있는 것이다.

　서점에서 책을 구입한 후, 롯폰기에 들러 롯폰기힐을 걷는 것이 내가 일본에 가서 자주 하는 습관이다. 롯폰기힐 근처에 NHK 방송국이 있다. 그날도 여느 날처럼 아무 생각 없이 이곳저곳을 돌아다니면서 구경하는데, NHK 방송국 근처에서 웅성거리는 소리가 들렸다. 소리의 근원지를 찾아 나섰다. 어른과 아이들이 섞여 가설무대에서 무엇인가가 나오기를 간절하게 기다리고 있었다. 나는 객관적 시점으로 그 풍경을 바라보았다. 가설무대에서는 도라에몽이 등장하고, 경쾌한 음악이 흘러나왔다. 그 순간 가설무대 앞에 서 있던 아이들이 환호성을 지르고, 도라에몽의 작은 움직임을 유사하게 흉내 냈다.

　반면 아이들 옆에 서 있던 어른들은 그저 무미건조하게 박수를 치거나 자기 아이들의 예쁜 몸짓을 핸드폰으로 사진 찍기에 여념이 없었다. 아이들은 자신을 비우고 대상의 미세한 움직임조차 그대로 흉내 냈다. 어른들 역시 한때 아이였던 적이 있다. 어른은 어느 시점을 기준으로 아이 때의 유사성 능력을 잃어버리고 생존을 위해 살아가고 있을 뿐이다. 아이들은 생존이 아니라 실존의 유사성에 동참한다. 그렇다면 어떻게 하면 어른들의 잃어버린 유사성 능력을 회복시킬 수 있을까 하는 생각을 했다.

　베냐민은 감각적 유사성sinnliche Änlichkeit과 비감각적 유사성

unsinnliche Änlichkeit을 구분한다.

감각적 유사성은 고대인이 자연과 교감하는 방식이다. 그들은 유사성의 법칙에 따라, 인간과 자연이 서로 유사해지려고 노력했다. 고대인은 자연과 인간이 상호 간에 반응하고 자연의 흐름에 역행하지 않으면서 생존을 위한 노력을 포기하지 않았다. 예를 들면 근래 반려견과 반려 식물을 집집마다 기르거나 가꾸기도 한다. 인간이 동물과 식물을 하나의 사물로만 생각할까? 반려는 짝이 되어 친구가 되는 과정이다. 즉, 인간이 동물, 식물과 짝이 되어 서로 간에 감각적으로 반응한다. 동물과 식물은 언어가 없는데도, 서로 이야기를 나누듯 서로의 존재를 인정한다. 과거에는 유사성의 법칙에 따라, 인간과 자연이 유사해지면서 서로 소통했다. 그런데 현대인은 자연과의 교감을 단절한 채 하루하루를 살아간다.

우리는 일상에 침입하는 마법의 순간을 감각적으로 느끼고 있을까? 인간은 인간대로, 동물과 식물은 서로를 변형시키지 않으면서도 서로에게 호응할 수 있다. 인간은 자연과 유사해지면서 자신에게 닥칠 위험을 감각적으로 예감하면서 그에 대비하는 현명함을 지니고 있었다. 그런데 현대인은 자연과 교감하는 유사성의 능력을 상실했다. 무엇인가와 유사해지려는 과정에서 인간은 새로운 세계로 진입할 수 있다.

비감각적 유사성은 감각적 유사성의 흔적이 문자와 언어에 있다는 점을 뜻한다. 고대인은 자연과 유사한 몸짓을 일삼으면서 생존을 유지할 수 있었다. 그런데 근대인은 자연과의 교감을 단절했다. 즉 감각적 유사성을 잃어버린 성과成果 사회의 주역으로 살고 있는 것이다. 근대인은 자연과 불화를 겪으며 감각적 유사성의 능력을 상실했다.

그렇다면 인간이 자연과 유사하게 관계를 맺을 수 있는 영역은 어디에 있을까? 베냐민은 감각적 유사성을 발휘할 장소가 언어와 문자라고 말한다. 언어와 문자에는 태곳적 인간이 자연과 소통했던 방식처럼 인간의 미래를 감지할 수 있는 요소가 담겨 있다. 그는 유사성의 원리가 언어에서 여전히 작동한다고 생각했다. 언어는 음성과 문자로 이루어진다. 특히 그는 '문자'에 주목한다. 어떤 문자는 자연을 모방해서 만든 상형문자에서 시작한다. 문자에는 자연의 흔적이 남아 있다. 우리에게는 그저 대상을 피상적으로 바라보는 태도가 아니라 세계의 신비를 반드시 읽어내고 말겠다는 의지가 중요하다. 그는 인간이 행복에 이르기 위해 감각적 유사성과 비감각적 유사성의 세계를 새롭게 해석했다.

## 성좌의 커튼

학기가 끝날 때마다 마지막 수업에서 출석부에 적힌 학생들의 이름을 예의 바르게 불러 본다. 학생들은 출석부 순서대로 차례를 기다리다가 자기 이름을 부르면 응답한다. 학기말에 출석부에 기재된 학생들이 한

명도 빠짐없이 대답하면 다행이다. 어떤 경우에는 이름을 불러도 대답하지 않는다. 대답이 없는 학생은 대체로 휴학하거나 자퇴한 경우이다. 그 빈자리는 무척 크게 보인다.

내게 학생들은 아름답게 빛나는 별과 같다. 학생들이 지닌 고유성과 개성을 인정하기 위해 학기 내내 노력한다. 학기 초에 제 빛을 강렬하게 발하는 학생도 있지만, 그 빛을 숨긴 채 은은하게 수업에 참여하는 학생도 있다. 또는 자신의 빛을 아직 발견하지 못한 학생도 있었다. 다양한 빛을 내는 학생들이 모여 한 학기 동안 수업을 진행하며 그들만의 별자리를 만들어 간다. 그런데 어떤 학기말에는 각각의 별이 모여 이루어졌던 별자리가 제 모습을 형성하지 못하기도 한다. 앞서 말한 것처럼 휴학 혹은 자퇴한 학생의 별들이 보이지 않기 때문이다. 학기말까지 굳건히 공부하고 수업에 참여한 학생들이 대견한 만큼, 학기말에 보이지 않는 학생들이 어디에서 무엇을 하는지 걱정되기도 한다.

베냐민의 별자리는 개별적인 것이 모여 전체를 이루지만 개별적인 것이 소중하다는 점을 말한다. 전체를 이루는 개별성의 고유한 개성을 인정하려는 태도가 참으로 인상적이다. 이념과 개념이 별자리라면 현상은 별이라고 생각할 수 있다. 전자가 한 학기 수업이라면, 후자는 수업에 참여한 학생들이다. 이념이라는 별자리가 존재하기 위해서는 현상의 개별적 별이 제자리에서 제빛을 내고 있어야 한다. 이념과 현상 중 어느 쪽이 더 우월하다고 말할 수 없다. 그런데 우리는 이념만 중요시하고 현상을 소홀히 하는 경향이 있다. 전체 수업만 중요하다고 여기고 학생들의 개별적 학습 능력을 고려하지 않은 채 수업 진도를 나가려는 것과 같다. 학생들이 어떻게 수업에 참여하고 있는지, 어떤 부분을 어려워하고 있는지 세심히 살펴보아야 한다. 학생들은 수업의 주체이다. 학생들이 자유롭게 수업에 참여하는 순간 수업은 완성된다. 물론 학생들이 자기 주도적으로 수업에 참여하는 과정만이 중요하고, 강의는 중요하지 않다는 것은 아니다. 학생과 수업이 상호 간에 연결되어 있다는 점이 중요하다. 마치 이념과 현상처럼 말이다.

박두진 시인은 청록파로 알려져 있다. 그는 자연의 아름다움을 묘사하면서 인간 세계의 성과 속을 명징한 시어를 통해 표현했다. 〈거미와 성좌〉는 거미를 시적 대상으로, 거미줄을 성좌에 비유한다. 거미는 거미줄을 만들기 위해 긴장한다. 거미는 공중부양을 한 상황에서 황혼의 순간에 거미줄을 성좌처럼 만들려고 분주하다. 거미줄을 만드는 과정은 평화롭지 않다. 거미는 폭식의 시간을 견디는 와중에 밤에 우는 사람들의 울음소리를 듣는다. 거미는 인간의 슬픔을 받아들인다. 거미의 시선에서 본 인간의 삶은 어머니가 없는 아이의 울음소리, 사연 많은 사람의 울음소리로 가득하다. 거미도 인간의 슬픔에 동참한다. 자연과 인간의 동병상련의 모습이 연출된다. 거미는 밤하늘의 성좌를 보면서 눈을 뜬다.[6]

점성술은 단순하게 하늘의 별자리를 관찰하는 과정이 아니다. 고대인은 생존을 위해 자연의 변화에 민감할 수밖에 없었다. 그들은 자연의 급격한 변화를 미리 감지하고 그에 대비해야만 했다. 그들은 자연에 순응했던 것처럼 보이지만 자연의 변화에 능동적으로 대처했다고 볼 수도 있다. 그들은 별의 운행을 관찰하면서 다가올 자연 변화의 패턴을 알 수 있었고, 자연 변화의 패턴은 인간의 삶에 대한 변화와도 관계가 있었다.

점성술은 하늘의 별자리를 통해 인간이 어떻게 하면 생존할 수 있는가에 대한 예감의 방식이다. 고대와 현대의 점성술은 예언 능력이 있는지에 따라 구별할 수 있다. 고대 점성술이 미래에 대한 예언을 중시했다면, 현대의 점성술은 예언을 부정하고 개인의 심리적 분석을 중요시한다. 현대의 점성술은 과학적 시스템을 만들려고 한다. 현대 점성술의 관점에서 보면, 고대 점성술의 예언은 비합리적이다. 이러한 지점이 고대와 현대를 구분 짓는다. 현대 점성술은 고대 점성술의 예언의 위력을 배제하면서 개인의 성격만을 설명하려고 했다.[7] 밤하늘에서 사라진 별들을 보기 위해 삶의 공간에 드리워진 커튼 너머의 세계를 은밀하게 바라보아야 한다.


## 아름다움에 눈먼 자

도시에서는 밤하늘의 별자리를 볼 수 없다. 휘황찬란한 조명이 도시 곳곳을 가득 메우고 있기 때문이다. 밤하늘에 반짝이는 별을 보기 위해서는 천문대에 가야 한다. 인간이 밤하늘의 별을 멀리 혹은 가까이에서 보는 행위는 어떻게 다를까? 별을 초근접해서 보기 위해서 대형 망원경을 이용하려는 사람들의 욕망은 무엇일까? 혹은 흐릿한 별 그 자체를 막연하게 쳐다보는 의미는 무엇일까? 인간은 밤하늘의 별을 그저 우두커니 보려고 하지 않고 극사실의 대상으로 여기려고 한다. 이른바 도시의 빛 공해는 별을 볼 수 있는 기회마저 없애 버렸다.

별은 단순하게 자연의 일부가 아니다. 별의 운행은 인간의 삶과 소통하면서 자연의 흐름을 유지한다. 그런데 별을 단순하게 신비주의적 혹은 신화적으로 접근할 필요는 없다. 인간이 별을 보면서 다가올 시간을 어떻게 대비하고 현재를 새롭게 인식하기 위해서 무엇을 할 것인지를 고민하는 시간이 중요하다. 즉 인간과 자연이 서로 배려하면서 인간의 시간과 자연의 시간을 조화롭게 여기려는 태도를 고민해야 한다. 별자리의 유동적 이미지를 예의 주시하면서 자연의 시간에 역행하지 않고 사전에 불운한 기운 등을 대비해야 한다. 대도시의 불 꺼진 곳곳에서 반짝이고 있을 별빛의 흔적을 찾아 별빛이 제시하는 신호를 감지할 필요가 있다.

영화 〈반 고흐, 위대한 유산〉(핌 반 호브, 2013)은 반 고흐의 일대기를 다루었다. 반 고흐와 그의 동생인 테오의 편지를 중심으로, 고흐의 창작에 대한 열정과 고갱과의 불화 등을 그린다. 아울러 테오의 아이인 발렘이 반 고흐의 그림을 팔기 위한 과정을 보여 주기도 한다. 반 고흐는 독창성과 진실성을 중시하지만, 자신의 개성을 존중하지 않는 세계에 절망한다.

일반적으로 사람들은 반 고흐를 광기, 착란의 고통을 그림으로 승화시킨 인물로 간주한다. 그는 가족과 사회로부터 소외당하고 한곳에 머물지 못한 채 스스로 유배의 길을 떠난다. 그는 도시와 문명에서 인간의 원초적 열정을 발휘할 수 없다고 생각하여 아를로 떠난다. 그곳에서 그와 고갱이 함께 그림을 그리는 장면이 나온다. 고갱은 현실의 대상을 단순하게 그림으로 표현하지 않고 상상력을 통해 보이지 않는 세계를 재현하고자 했다.

그에 반해 반 고흐는 고갱의 방식을 수용하지 못하고 불안감을 느낀다. 그는 밤하늘의 별을 그리며 스스로 자연과 인간이 하나로 만나는 과정을 체험한다. 고흐는 고갱이 자신과 예술 공동체를 일구기 위해 방문한 것으로 생각했지만, 고갱은 테오의 부탁을 받고 반 고흐를 보호하기 위해 온 것에 불과했다. 특히 반 고흐는 고갱이 그린 자신의 초상화를 본 후, 광기에 사로잡힌 것으로 표현된 자기 모습에 절망한 나머지 스스로 귀를 잘라 버렸다. 고흐는 주술에 가까운 독백을 일삼았다. 그는 세계의 진실을 알려고 하지 않았다.

아름다움은 해석을 거부한다. 그저 예술가가 제시한 아름다움을 따라 읽으면 마음이 편안해진다. 그림은 현실의 잡다한 언어와는 상관이 없다. 사람들이 마음속에 항상 갈망하면서도 먹고

살기 위해 잊어버린 순수한 단어의 세계가 그림이라고 생각한다. 화가들은 흔히 사람들이 보려고 하지 않는 세계를 여전히 보고 있을 뿐이다.

예술은 그 자체로서 예술가가 생각한 정신적 내용을 표현한다. 예술이 전달하는 내용은 없다. 예술은 개념과 정의를 거부하면서 시적 표현의 무한한 가능성을 향해 나아가며 언어가 표현할 수 없는 영역을 추구한다. 우리는 예술을 포함한 미적 표현을 당연하게 여기면서 일상을 살아간다. 그림을 보거나, 음악을 듣거나, 책을 읽는 순간 우리는 잠시 행복한 시간에 머물 수 있다. 행복의 신호는 우리 주위를 맴돈다. 행복의 신호는 인간이 수신하기를 원한다. 그런데 행복의 발신자가 누구인지 알 수 없다. 인간은 발신자 불명의 행복을 아름다움의 시공간에서 발견해야 한다. 아름다움은 낡은 것들을 본다. 그늘에 갇혀 누구의 관심도 받지 못하는 곳에 아름다움이 숨겨져 있다.

괴테Johann Wolfgang von Goethe는 《시와 진실》에서 인간이 육체적으로 변하는 과정에서 어떤 정신적 방황으로 헤매었는지를 고백하고 있다. 그는 초감각적 세계와 자연종교 등 인간의 정신이 도달할 수 있는 모든 곳으로 도피했다고 볼 수 있다. 그렇지만 인간은 정신적 방황을 자처하는 동안에도 데몬적인 것으로 돌아갈 수밖에 없는 운명이다. 데몬적인 것은 단순하게 악마와 사탄의 영역을 지칭하는 것이 아니다. 데몬적인 것은 인간이 살아가면서 자신의 내면에서 솟아나는 이해할 수 없는 영역을 의미한다. 데몬은 선악 개념과는 무관한 창조력의 기원을 나타낸다.

베냐민은 괴테의 마성적인 것의 개념을 차용해서 법, 점성술, 운명의 문제를 살펴본다. 괴테는 점성술과 데몬의 성격을 어떻게 변용시킬 것인지를 고민했다. 괴테는 인간의 탄생이 별자리와 밀접한 관계가 있다고 생각했다. 그는 태양의 유성이 부여한 인간의 운명을 거부할 수 없고 운명의 예정된 공식에 따라 살아갈 수밖에 없다고 말한다. 하늘의 별자리가 부여한 인간의 각인된 운명은 약간의 변형은 있겠지만, 성장 과정을 거치면서 인간은 운명을 확인할 수밖에 없다.

예술은 다가오지 않은 미래를 감각적으로 표현한다. 예술가들은 예술 작품에서 미래에 대한 독특한 상상력을 발휘하면서 사회 변화의 조건을 예술 작품에 고스란히 담아낸다. 베냐민은 이러한 점을 염두에 두면서 예술과 예언의 역사를 동일하게 취급한다. 예술가들은 사이비 예언가와 달리 삶에 대한 예언을 비폭력적으로 표현한다. 예술가들의 예언은 즉각적으로 실현되지 않는다. 예술가들은 미적인 아름다움을 인류에게 제공하기도 하지만, 시대의 파국을 미리 예감한 후, 시대에 대한 불안과 공포를 대중에게 전달하려고 한다.

근현대 대중은 예술가들이 전달하는 신호를 수용하지 않기도 했다. 그들은 미래의 공간에서 발생할 일을 직접 이야기하지 않는다. 그들은 사람들에게 닥칠 미래의 위기를 사전에 예언하고 사람들이 자발적으로 미래의 위급한 상황에 대처하기를 간절하게 바랄 뿐이다. 결국 예술을 통한 예언의 복원은 감성과 연결되면서 마법의 순간을 촉진시킨다. 예술가는 경제적 이익이 없어도 타인의 고통을 외면하지 않는다. 그들이 타인의 고통에 반응하는 태도는 감각적이고 즉각적이다.

근현대사회에서 대중의 출현은 급작스럽다. 대중은 혁명과 반혁명 모두의 주인이 될 수 있다. 예술가들의 예언이 실현되기 위해서는 특정한 시간이 필요하다. 이른바 고전이 그가 말하는 예술의 예언에 포함된다고 볼 수 있다. 인류의 위대한 예술가들은 당대의 삶에서 인정받지 못한 채 생활고를 겪으면서도 예술에 대한 열정을 포기하지 않는다. 인류는 예술가들에게 부채 의식을 가지고 있다.

〈별이 빛나는 밤〉은 인간이 자연과 교감하던 시대를 벗어나 인간중심주의를 표방하면서 자연을 지배하는 과정을 나타낸다. 고흐는 광기 어린 화가이기 이전에 성숙한 종교적 심성을 지니고 있었다. 그가 자연을 재현하는 과정은 신성한 신의 세계를 화폭에 담기 위한 길이었다. 그의 그림은 밤하늘의 무수한 별자리를 특유의 색감으로 터치하면서 만들어졌다.

네덜란드 암스테르담에 위치한 빈센트 반 고흐 박물관에서는 반 고흐의 그림과 관련된 자료를 볼 수 있다. 특히 반 고흐가 살았고 작업했던 장소를 보여 주는 반 고흐 루트에서 그가 그림을 그리기 위해 방랑했던 흔적을 엿볼 수 있다. 그는 자신만의 빛을 표현하기 위해 네덜란드, 파리 등을 유랑하면서 하나의 별자리를 그리려고 했다. 밤하늘의 별을 화폭에 담을 수밖에 없던 세대의 마지막 색감이 〈별이 빛나는 밤〉이다.

근대인은 더 이상 밤하늘의 별과 교감하지 못한다. 그런데 예술가만큼은 자연의 풍경을 그림으로 수용한다. 어쩌면 평범한 밤하늘을 우러러보는 순간, 인간은 고대인들처럼 숭고미를 느낄 수 있다.

**미주**___

1 강승일, 〈고대 메소포타미아의 점성술과 구약성경에 나타나는 그 흔적들〉, 《서양고대사연구》 29, 한국서양고대역사문화학회, 2011, 11~17면.

2 그리오 드 지브리, 임산·김희정 옮김, 《마법사의 책》, 루비박스, 2016, 291면.

3 크리스토퍼 델, 장성주 옮김, 《오컬트, 마술과 마법》, 시공아트, 2017, 151~152면.

4 Jennifer Lynn Zahrt, *The Astrological Imaginary in Early Twentieth-Century German Culture*, Berkeley: University of California, 2012, pp.103~111. Retrieved from: www.escholarship.org/uc/item/1210x15f

5 키스 토마스, 이종흡 옮김, 《종교와 마술 그리고 마술의 쇠퇴》 2, 나남, 2014, 222면.

6 신대철, 〈박두진 연구 6 ―「오도」와 「거미와 성좌」를 중심으로〉, 《어문학논총》 6, 국민대학교 어문학연구소, 1987, 154면.

7 이현덕, 《하늘의 별자리 사람의 운명》, 동학사, 2002, 14면.

제4장

도시 산책자는
쇼윈도에 비친
얼굴 속으로 들어간다

## 가면고

이탈리아 철학자 움베르토 에코Umberto Eco는 자연적 골상학에서 관상학으로 이행하는 역사적 과정을 설명하면서 관상학의 문제의식이 어떻게 현대사회와 연결되는지를 살펴본다. 그는 아리스토텔레스, 헤겔Georg Hegel, 라바터Johann Kaspar Lavater와 갈Frannz Joseph Gall의 논의를 활용하면서 관상학을 둘러싼 찬반의 입장을 수용하고 인종주의, 범죄학에서의 관상학 활용 등을 다채롭게 다루었다. 그는 현대 대중매체인 만화와 캐리캐처에 나타난 캐릭터에서 "자연적 관상학의 편견(그리고 일부는 고대의 지혜)을 이용"해 인간의 영혼과 풍속의 역사를 살필 수 있다고 생각했다.[1]

독일의 철학자 헤겔은 인간의 정신을 중시한다. 인간은 드러난 얼굴과 표정을 통해 정신과 내면의 본질을 발견할 수 없다. 인간은 자신과 타인의 얼굴에 나타난 표정을 통해 각자의 내면세계를 성찰하기도 하지만, 겉으로 드러난 표정의 이미지에 현혹되어 선입견에 사로잡히기도 한다. 인간은 얼굴의 이미지대로 살아가거나, 얼굴 이미지와 무관하게 이성에 기반을 둔 자유의지를 중심으로 살기도 한다. 인종주의와 외모 지상주의는 얼굴 이미지와 연결된다. 반면 얼굴 이미지와 무관하게 살아가는 태도는 자칫 인간의 이성적 판단만을 중시하기 때문에 이성의 한계에 처할 수 있다.[2]

발터 베냐민은 게르숌 숄렘Gershom Scholem에게 보낸 편지에서 러시아 대백과사전 신판에 실린 〈괴테〉 항목을 마르크스주의적 관점에서 써 달라는 청탁을 받았다고 말한다. 러시아 사전 편찬위원회에서는 그의 의도와 무관하게 문맥을 변형시키거나 생략했다. 그럼에도 그는 부르주아적 문학사와 유물론적 문학사의 한계를 동시에 극복하기 위해, 〈괴테〉에서 괴테의 주요 작품과 실제 삶을 동시에 다루면서도 괴테의 정치적 입장과 역사적 현실의 관계를 촘촘하게 살펴보았다.

괴테는 《시와 괴테 자서전 ― 시와 진실》의 제19장에서 자연과 여행 이야기를 하면서, 서양의 관상학자 라바터와 얽힌 이야기를 고백한다. 그는 라바터의 관상학을 전적으로 신뢰하지 않았다. 라바터는 인간의 얼굴을 관찰하면 인간의 내면세계를 파악할 수 있다고 주장했다. 라바터의 인간 기호론은 인간의 얼굴을 관찰하면서 인간의 내면을 독해한다. 그의 독해가 타당하려면 인간의 얼굴은 고정 불변이어야 한다. 그런데 얼굴은 탈처럼 고정적이지 않고 변화한다. 얼굴은 불운을 맞이하거나 혹은 나이가 들면서 미묘하게 변한다. 그는 삶의 과정에서 발생하는 변수를 고려하지 않았다. 그도 얼굴과 내면의 불일치를 고민한 나머지 얼굴과 내면의 실루엣을 파악하고자 했다.

괴테는 얼굴과 영혼의 관계를 파악하는 관상학자의 해석이 전적으로 옳지 않다고 말한다. 사람들이 관상에 의존한 채 자신의 내면을 성찰하지 않을 수 있기 때문이다. 얼굴의 세세한 부분을 결합하고 분해하면서 인간 내면을 해석하는 행위는 자칫 얼굴과 내면의 불일치를 간과할 수 있다. 예컨대 얼굴 표정이 포악스럽지만 내면이 순박한 사람이 있을 수 있고, 얼굴 표정은 온순하지만 내면은 불온한 사람이 얼마든지 있을 수 있다. 그렇다면 관상의 편견으로 다른 사람을 관찰하는 태도가 올바르지 않을 수 있다.

괴테는 인간의 얼굴과 내면을 전체적으로 보지 않고 분해하는 과정이 역설적으로 관상의 편견을 만들 수 있다고 생각했다. 그는 라바터와 달리 얼굴과 내면의 일대일 대응만을 고려하지 않고, 사회학·문화학적인 시각을 통해 신분, 습관, 소유물, 의복까지 관상학의 대상으로 삼았다. 라바터는 겉으로 나타나는 얼굴을 통해 인간의 내면과 성격을 확인할 수 있다고 보았지만, 괴테는 정신과 내면의 외적 요소가 인간을 판단하고 구별하는 데 도움이 된다고 생각했다.

괴테는 흥미로운 대상을 종이 위에 스케치한 다음, 제대로 표현하지 못한 경관을 간략하게 글로 남겨 두었다. 현대인은 사물과 대상을 거리를 두고 바라보지 않는다. 핸드폰으로 사물을 찍으면서 모든 대상을 소유하려고 한다. 즉 적당하게 거리를 두고, 사물을 응시하는 과정을 생략한 채, 맹목적으로 풍경을 담아내려고 한다.

현대의 관상학은 관상학적 기호에만 집중하지 않고, 인간과 사회를 둘러싼 풍경의 세부를 응시하는 것으로 전환되어야 한다. 관상학은 골상학, 인상학과 관련 있다. 관상학은 개인의 운명이 정해져 있기 때문에 수동적 운명론으로 간주하지만, 인상학은 개인의 운명을 스스로 개척할 수 있기 때문에 능동적 운명론으로 규정되어, 근래에는 고전적 관상학을 탈피해 미래에 적극적으로 개입해 진취적으로 임할 수 있는 인상학으로 개념이 정리되고 있다.[3]

최인훈의 〈가면고〉에서도 인간의 얼굴에 드러나는 실루엣에 대한 이야기가 나온다. 주인공인 민은 연인인 미라와의 관계가 순탄하지 못했다. 그는 현대무용단 가을 공연을 위한 무용 각본을 작성하면서 스트레스를 받는다. 그는 정신적으로 방황하면서 타인들과 원활하게 소통하지 못한다. 그는 미라에게 자신의 고통을 진지하게 토로하지 못한다. 아울러 현실에서 경험한 불만을 해소할 방안도 마련하지 못한다. 민은 외적 혹은 내적 영역의 일체와 조화를 포기하지 않는다. 여자의 순결을 인식하는 그의 태도는 타인의 내면을 완전하게 이해하지 못한 자아의 왜곡된 심성이 얼굴에 투영된 것에 불과하다. 그는 자신의 시선 내부에 있는 '얼굴의 본'을 통해서 타인을 해석한다. 표정은 후천적인 요소이기 때문에 본성을 투영할 수 없다. 표정은 세속적인 경험에 따라 만들어진다. 그림자 관상은 표정이나 얼굴의 빛깔 등을 최대한 배제할 수 있기 때문에 사람의 본성을 그대로 드러낸다. 그래서 민은 **실루엣**에 주목한다. 그는 얼굴의 형태적 기호를 통해 내면의 성격을 파악할 수 있을지 주저하는데, 내면적 성격은 외적·내적 조건을 일정하게 갖춰야 한다고 생각했다. 그는 성격의 내적 요소의 인식 가능성과 인식 불가능성 사이에서 고민한다. 그는 타인의 얼굴에 드러나는 표정과 형태가 내면의 정신 영역을 온전히 표현하지 못한다면, 얼굴의 이미지만이 진실일 수 있다고 생각한다.


## 도시 관상학

도시는 산업화를 거치면서 탄생했다. 도시는 익명의 공간을 만들었다. 도시의 속도는 빠르다. 이전 시대에는 상상도 못 했던 다양한 공간에서 사람들이 모였다 흩어진다. 그렇게 도시인은 도시 공간을 배회한다. 밀실과 광장 사이를 배회하는 부류들은 자신의 정체성을 도시 경관에서 발견한다. 익명의 인간들이 하나둘 광장에 모여 군중을 형성한다. 군중은 어느 순간 대중으로 변한다.

도시는 현대인의 원심력과 구심력이 동시에 작동하는 곳이다. 사람들은 도시에 살고 싶어 하면서도 도시로부터 탈출을 꿈꾸기도 한다. 전근대사회에서는 생각지도 못 했던 온갖 상상의 부산물이 도시에는 집약되어 있다. 생활의 편리를 위한 공간들이 늘어 가는 만큼, 도시의 뒷골목에서는 범죄가 늘게 마련이다. 결국 우리 삶이 어떻게 진행되고 있는지를 알기 위해서는 도시의 세세한 모습을 읽을 줄 알아야 한다. 이러한 과정을 거쳐 진정으로 도시에서 살아간다는 것의 의미가 무엇인지를 알 수 있다. 특히 근래에는 신경 도시학의 관점에서 '스트레스와 도시'의 관계가 다루어지고 있다.[4] 도시인은 도시 공간에서 다양한 정신적 고통에 처할 수 있기 때문에, 개인의 정신적 스트레스 해소 방법은 무엇이고, 그에 대한 대안을 마련하고자 한다. 도시 안의 소음, 인간과의 만남 등이 어떻게 도시인의 삶을 피폐하게 만드는지와 도시 생활이 어떤 의미가 있는지를 살펴보기도 한다. 도시는 신속하고 번화하게, 그리고 다양하게 공간을 재편하면서 도시인의 삶을 유혹한다.

베냐민은 괴테의 사회문화적인 관상학을 수용했다. 괴테가 이탈리아 기행을 통해 질풍노도의 시기를 거쳐 고전주의로 나아갔듯이, 베냐민 역시 나폴리 등 유럽의 도시를 여행하면서 사유의 깊이를 더해 갔다.

그는 도시를 하나의 관상으로 보았다. 얼굴을 통해 인간의 운명과 성격을 파악할 수 있는 것처럼, 그는 도시의 골목과 건물

속을 응시하며 도시에 숨어 있는 요소를 끄집어내려고 노력했다. 그는 화려한 도시의 불빛 속에서 꺼져 가는 인간의 숨소리를 들으려고 한 것이다. 베냐민은 라바터 식의 인간중심주의적 관상학에 머물지 않고, 괴테의 사회문화적 관상학을 비판적으로 수용하면서 도시 관상학을 추구했다.

베냐민은 도시 관상학자이다. 그는 도시를 하나의 얼굴로 파악하면서 도시의 변화무쌍한 모습에서 도시의 운명을 발견했다.[5] 그는 관상학과 골상학의 얼굴에 대한 전통을 답습하지 않고 현대적으로 변용했다. "예언적 관상학이 미래지향적이고 개인적인 성격을 지니는 반면, 성격 분석적 관상학은 현재나 과거를 중심으로 다분히 사회적인 목적과 기능을 품고 있는 것이었다. 이후 점성술이 가미되면서 예언적 관상학은 중세를 풍미하지만 과학혁명과 더불어 급격히 쇠퇴하게 되고, 분석적 관상학은 그 후로도 오래 살아남게 된다. 하지만 생명을 유지하기 위해 관상학은 변화하는 문화적 맥락 속에서 끊임없이 탈바꿈"해야만 했다.[6]

그는 도시 경관을 관상학적 시선으로 응시하면서 인간의 얼굴에만 국한된 기존의 관상학을 도시 해석을 위한 방법으로 확장했다. 그가 개인의 운명과 성격을 고찰하는 방식을 사회적으로 확장하려는 태도의 이면에는 전통을 지속적으로 새롭게 인식하려는 태도가 자리 잡고 있다.

도시의 미로는 주름처럼 복잡하다. 도시의 건축물에는 인간의 꿈이 반영되어 있다. 인간은 의식주를 충족시키기 위해 공간

을 만들었다. 도시 공간 속에서 사람들은 각자의 꿈을 실현하고
자 한다. 그런데 도시 공간 중 눈에 보이는 경관이 과연 도시의
진실을 있는 그대로 표현하고 있을지 의문이다. 객관적으로 눈에
보이는 곳 이면에 도시의 진실이 묻혀 있을 수도 있기 때문이다.
따라서 그는 도시의 겉과 속을 동시에 파악해야 한다고 말한다.
휘황찬란한 건물의 이면에 숨은 도시의 진짜 모습을 보아야 한
다. 건물과 건물 사이의 주름이 숨겨 놓은 것을 제대로 볼 수 있
어야 한다. 도시의 내적 공간까지 파고들어 가, 애써 외면하거나
회피해 두었던 무엇인가를 발견해야 하는 것이다.

　그는 젊은 시절부터 여행을 자주 다녔다. 유럽 도시를 돌아다
니면서, 도시 곳곳에 공간의 알레고리를 확인했다. 특히 프랑스
파리를 알레고리의 시선으로 해부했다. 어쩌면 시간을 공간으로
파악하는 습관을 통해 인간이 시간의 상징에서 벗어날 수 있기를
갈망했을 수도 있다. 인간은 시간 앞에서 속수무책이지만 공간
앞에서는 두 발로 서 있을 수 있다. 특히 도시 공간에서 사람들
은 미로 속을 헤매는 과정을 거쳐 머뭇거리는 여유를 느낄 수 있
다. 알레고리의 시선으로 도시 공간에 접근하면, 성과 속이 교묘
하게 얽혀 있다는 점을 알 수 있다.

　교회와 백화점의 구조는 유사하다. 교회의 성스러움은 백화
점에 반영되어 있다. 교회의 성스러움을 배제하지 않고 변용한
곳이 백화점이다. 신의 자리에 자본이 들어섰다고 볼 수 있는 것
이다. 이탈리아 밀라노에 위치한 비토리오 에마누엘레 2세 갤러

이탈리아 밀라노에 위치한 비토리오 에마누엘레 2세 갤러리

밀라노 대성당

리와 대성당은 가까운 거리에 위치한다. 성스러운 성당과 세속의 백화점이라는 관점은 편견에 불과하다. 실제 갤러리와 성당은 유사한 공간 이미지를 창출한다. 이처럼 성과 속의 알레고리를 들여다보면, 세계는 이미지를 무한정적으로 변용하는 과정처럼 보인다. 영겁회귀의 허무주의에 빠질 필요 없이 성과 속의 공통점과 차이점을 두루 살피는 과정을 거쳐 세계의 작동 방식을 예의 주시하면 된다.

자본주의 사회에는 무수한 사물이 진열되어 있다. 백화점에서는 왜 연중 세일을 할까? 팔리지 못한 명품은 어떻게 처리될까? 진열대에 있는 사물들은 사람들이 카드 결제를 하는 순간 존재를 인정받을 수 있다. 사물은 개봉unboxing되는 순간 타나토스의 세계로 접어든다. 어쩌면 백화점은 사물의 진열 그 자체를 위해 존재하는 것처럼 보이기까지 한다. 베냐민은 인상학의 외면을 얼굴에서 사물의 세계로까지 확장시키면서, 다양한 개별 사물들이 정치·경제학적 작동 메커니즘에 따라 상호 간에 연결된 사물들의 연결망으로 이해했다.[7]

도시 관상학의 수준으로 확장해 보면, 현대 도시 경관이 과연 인간을 행복하게 만들고 있는지 의문이다. 도시 경관은 화려한 외관을 보여 주면서도 도시의 치부를 은폐하는 측면도 있다. 현대 도시 경관은 계량화된 도시 공간을 확정함으로써 인공 낙원을 생성하고 있을 뿐이다. 도시 경관에도 인간을 구제할 만한 행복한 이미지를 동반하지 않는다. 정보와 도시 관상학의 관점에서 보면, 현대인이 진정한 얼굴과 도시 공간을 대면하기 위해서는 현재의 정보와 도시 경관의 꼴을 정확하게 인식해야만 한다. 꼴의 다양성을 주도면밀하게 관찰하는 과정을 거쳐, 현대인은 상호 불신의 경계와 소외의 단계를 넘어 환대로서의 미래를 수용할 수 있다. 특히 백화점의 대형 쇼윈도는 도시인의 정체성을 단적으로 보여 준다. 쇼윈도는 미술관을 압축시킨 곳이다. 쇼윈도에는 마네킹이 있다. 마네킹은 최신의 유행품을 치장하고 있다. 도시 산책자는 처음에는 쇼윈도에 진열된 상품을 들여다보면서 자신의 소유욕을 충족시킨다. 그러면서 쇼윈도에 비친 자기의 모습이 진열 상품과 이미지가 겹쳐지는 모습을 본다. 이처럼 쇼윈도를 경계로 인간과 사물이 상호 간에 교차한다.

그렇다면 역설적으로 자신의 정체성을 알기 위해서 쇼윈도에 상품 이미지와 겹쳐지고 포개어진 풍경을 성찰해 볼 필요가 있다. 인조인간의 형상에서 정체성을 발견하는 과정은 자칫 비윤리적으로 보일 수 있지만, 도시 산책자는 인조와 인공의 세계에서 한 번도 고민하지 않았던 '인간은 누구인가'를 성찰한다. 쇼윈도는 죽음의 공간이다. 생동감이 전혀 느껴지지 않는다. 그렇지만 쇼윈도는 도시 산책자의 시선을 유혹한다. 상품을 소비하기 이전에 이미 상품은 인간의 존재를 설명한다. 결국 도시 산책자는 쇼윈도에 비친 자신의 얼굴을 통해 자기 구원의 길에 접어들 수 있다.

도시 관상학은 도시를 구성하는 사물을 수집한다. 사물의 운명은 정해져 있고, 수집가는 사물의 운명을 날카롭게 알아챈다.

수집가가 사물의 운명을 직시하는 태도는 관상학자의 태도와 비슷하다. 즉, 수집가는 수집한 사물의 과거와 미래를 마법적으로 꿰뚫어 본다. 베냐민은 세속적인 소유자의 시선과 관상학자의 시선을 구분한다. 전자는 사물을 단순하게 소유하기 위해 소비할 뿐이다. 반면 후자는 사물과 교감하기 위해 마술사처럼 사물의 비밀과 교감한다. 수집가는 관상학자의 시선으로 사물을 살펴보면서 사물에 숨어 있는 가치를 인정해 주려고 한다.

베냐민이 말하는 수집가는 골동품을 관상학적으로 관찰하는 것과 관련 있다. 수집가는 골동품의 가치를 살펴볼 줄 아는 안목이 있다. 수집가가 골동품의 진가를 알아보지 못하면, 골동품은 폐기된다. 이처럼 사물 세계는 과거, 현재, 미래가 마법적으로 연결되어 있다. 사물의 민낯은 수집가의 눈과 손을 기다리고 있다. 반면 골동품의 세계는 과거이다. 골동품은 시간의 무게를 견뎌 내면서 살아남은 영역에 속한다. 그렇기 때문에 수집품은 골동품의 과거를 수집가의 현재 시간과 연결해 골동품의 미래를 확정 짓는다.

## 군중 관상학

개인은 도시의 구석구석을 배회하면서 특정 공간에서 모였다가 흩어지는 과정을 반복한다. 도시가 탄생하면서 특정 집단이 익명 상태에서 움직이는 흐름이 형성되었다. 이른바 군중은 역시 도시 속에서 탄생했다. 분명히 개인으로 출현했지만, 도시 공간에서는 어느덧 군중 속으로 편입된다. 군중의 미세한 흐름을 어떻게 파악할 것인지 혹은 군중이 움직이면서 어떻게 유행을 형성하는지 생각하다 보면 도시의 생리를 이해할 수 있다. 개인들이 개별적으로 하나의 별자리이면서도 군중이라는 별자리를 형성하기도 한다. 개인과 군중의 운행이 도시의 삶을 규정짓고 있는데, 군중에서 벗어나 자기만의 공간을 확보하려는 사람들도 있다. 집 밖으로 나서는 순간, 개인은 자기 의지와는 무관하게 군중에 속한다. 군중이라는 자석은 모든 것을 끌어당긴다.

19세기에는 분명 사람들이 예측하지 못한 세계를 형성했다. 민주주의와 과학기술은 인간의 삶을 새롭게 만드는 데 기여했다. 그러다 보니 전통은 부정의 대상일 뿐이었다. 전통의 가치를 면밀히 살피지 않고 오직 반反전통의 기치를 내건 채 새로운 세계를 만들어 가기만 했다. 어쩌면 근대사회는 발명의 연속이었다고 볼 수 있다. 정치, 경제, 문화를 가로지르면서 발명된 것들은 여전히 우리 시대에도 영향을 끼친다. 특히 대중의 발명은 이전 시대에는 전혀 상상할 수 없었다. 대중 혹은 군중은 집단과 연결되면서 사회변화를 위한 동력을 발휘하기도 했다. 대중은 도시에서 발명되었다. 대도시에는 사람들이 유입되었다. 상호 간에 각자의 정보를 지니지 못한 채 사람들 사이에 교류가 이루어지면서 사람들은 대중 속에 편입되기를 원했다. 아울러 개인적 울분을 집단적으로 해결하려는 태도 역시 발생했다. 그러다 보니 전통사회에서는 고민하지 않았던 대중의 문제를 어떻게 해결할지를 고민하는 목소리들도 있었다. 특히 호세 오르테가 이 가세트José Ortega y Gasset의《대중의 봉기》에서는 대중의 기원을 면밀하게 살핀다. 대중은 질적 측면이 아니라 양적으로 충만한 가운데 생성된다.

도시 산책자는 도시 곳곳을 배회하며 인공 낙원이 거짓이라고 생각한다. 도시 산책자는 그저 발길 닿는 대로 어슬렁거리며 도시의 주름을 파악한다. 어쩌면 삶의 진실은 도시 곳곳에 숨어 있는지 모른다. 도시 산책자는 관상학자가 되어 도시의 풍경을 집요하게 응시한다. 그는 도시 구석구석을 면밀하게 마치 인간의 얼굴을 들여다보듯이 바라본다. 그는 도시 경관뿐만 아니라 도시가 은밀하게 감추려는 영역까지도 살펴보려고 한다.

도시에는 시각을 만족시키기 위한 이미지들이 넘쳐 난다. 도시 산책자는 사물 세계를 바라보면서 도시 속의 미궁을 돌아다닌다. 도시에서는 길을 잃을 수 있다는 점이 매력적이다. 도시에서 길을 잃어버린 채 이곳저곳을 돌아다니다 보면 어느새 처음 길을 잃은 곳에 이른다. 도시에는 인간의 시각을 붙잡기 위한 장치들이 가득 채워져 있다.

에드거 앨런 포Edgar Allan Poe의 작품〈군중 속의 남자〉에서 화자인 나는 런던의 D 커피점에서 커다란 유리 창가에 앉아 바깥을 바라본다. 그는 몇 달 동안 권태에 사로잡혀 있다가 기력을 회복해 행복하다. 커피점에 홀로 앉아 자신을 둘러싼 주변 사람들을 관찰하기 시작한다. 사람들의 외형, 옷차림, 태도, 걸음걸이, 얼굴, 표정 등 다양한 모습에 관심을 기울인다. 그가 타인들의 모습을 관찰하는 장면은 관상학자와 유사하다. 그는 타인의 미세한 부분까지 날카롭게 관찰한다. 군중을 두 그룹으로 분류한 그는 의복에서 신분 차이를 발견한다. 그러면서 사무원, 고위 사무관, 소매치기, 도박사들의 특징을 열거한다. 화자의 사람들에 대한 관심도는 시간이 흐르면서 심해져 갔다. 그가 사람들을 관찰하던 중 쉰다섯에서 일흔 살가량의 쇠약한 노인의 얼굴을 발견한다. 노인에 대한 의구심을 해결하기 위해 노인을 미행하기로 결심한다. 노인은 변덕스러울 정도로 여럿 상점을 방문하고, 극장에 들어가고, 악마의 궁전과 방종의 사원 앞을 서성이기도 한다.

베냐민은 군중과 개인의 관계를 고민하며 군중을 관상학적 시각에서 살펴보았다. 그는 도시의 안팎을 관상학적으로 세밀하게 관찰했다. 그는 도시를 범죄 현장으로 생각했다. 아울러 군중을 범인으로 여기면서 도시의 이곳저곳을 배회한다. 이러한 그의 모습은 흡사 추리소설의 탐정을 연상시킨다. 쫓고 쫓기는 자들의 긴박한 상황은 인간의 호기심을 자극한다. 대도시의 군중에 편입된 듯하면서 독자적으로 군중을 관찰하는 시선은 군중 속에 깃든 위험 요소가 무엇인지를 살펴볼 기회로 간주할 수 있다. 예를 들면 이른바 본 시리즈 ─〈본 아이덴티티〉(2002), 〈본 슈프리머시〉(2004), 〈본 얼티메이텀〉(2007), 〈본 레거시〉(2012), 〈제이슨 본〉(2016) ─ 의 주인공인 본은 미 중앙정보국(CIA)의 추격을 받는다. 그는 영화 속에서 광장과 골목길을 배회한다. 하지만 그는 도시 산책자가 아니라 도망자에 불과하다. 주인공은 자신의 정체성을 되찾기 위해 중앙정보국을 상대로 대결한다. 중앙정보국은 CCTV를 활용해 그의 동선을 확인해 추적 후 살해하려고 한다. 본은 암행과 미행의 경계에서 불안하게 살아간다. 특히 그는 군중 속에서 생사가 결정되기도 한다. 그는 미국 중앙정보국의 암살 요원이 자신에게 다가오는 것을 재빨리 파악한다. 그러면서 군중 속에 숨었다가 다시 나타나는 과정을 반복한다. 이러한 모습은 〈군중 속의 남자〉의 노인의 행로와 비슷하다. 〈군중 속의 남자〉의 주인공인 나 역시 탐정처럼 노인을 미행하면서 커피점에서는 볼 수 없었던 대도시의 안팎을 보게 된다. 그는 노인을 미행한 후 D 호텔로 다시 돌아온다. 화자는 노인 미행을 포기한다. 그는 노인이 쉼 없이 도시와 군중 속에서 헤매고 다니는 과정을 통해 고독의 시간을 거부하는 모습을 발견한다.

군중에서 대중이 탄생했다는 결과는 중요하지 않다. 군중과 대중을 탄생시킨 요인이 무엇인가를 살펴보아야 한다. 건물이 들어서고, 건물과 건물 사이에 온갖 유흥 공간에서 사람들은 각자의 취향을 소비한다. 무의식적으로 군중은 전체주의로, 대중은 자본주의로 빠져들 수 있다. 전체주의 군중은 자유로부터 도피한 채, 전체 속에서 정서적 안정을 찾는다. 반면 자본주의 대중은 평등에서 탈출한 채, 자본 소비에서 정신적 만족을 느낀다. 군중과 대중은 결국 집단주의이다.

보편성이 괴물이 될 수 있다는 가능성에 두려움을 느낀다. 그러나 보편성을 거부하는 순간, 나의 주체는 무수한 특수성 때문에 당혹스럽다. 우리 사회에서 특수성은 보편성을 훼손시키고 있다. 특수성을 다시 미시적으로 보면, 차이를 옹호하면서 개별성을 유지하려는 움직임이 있거나 혹은 차이만을 옹호하면서 궤변을 늘어놓은 발화 역시 존재한다. 그러나 궤변조차도 상대주의적 인식을 유지해야 한다고 주장하는 자들도 역시 있다. '궤변의 기준은 무엇인가?'라고 질문을 던지면서, 모순을 증폭시키는 말더듬이가 주위에 너무나 많다. 보편성의 긍정적인 기준을 합의하지 않은 채 특수성만이 활개를 치는 상황에서 보편성의 이름으로 특수성을 다시금 억압해야 하는가라는 문제에 직면해 있다.

보편성은 일차적으로 우리 사회에서 억압적인 권력으로 작용해 왔다. 그러나 삶이 무수한 특수성만으로 존재할 수 있는지는 의문이다. 즉 무수한 특수성 속에도 보편적인 인간의 의식 윤리를 유지할 수 있는 능력은 필요한 것이 아닐까 하는 생각이 든다. 보편성의 학습이 없으면, 보편성의 억압에 부합되는 특수성의 궤변과 소음이라는 고역을 견뎌야만 하는 상황을 초래한다. 반사회적이고 비윤리적인 표현들이 특수성의 이름으로 남발되면서 사회 공동체가 지향해야 할 정의의 보편적 가치가 훼손되었다.

특수성의 궤변이 활개 치는 동안, 삶의 근간인 보편적 가치는 모든 곳에서 파괴되고 있다. 그러나 파괴된 보편성을 유지하기 위해서 특수성을 다시 억압하는 괴물이 되어서는 안 된다. 객체

적 삶을 인정해야만 한다면, 악의 객체는 어느 선까지 허용해야
만 하는가에 대한 질문을 제기할 수 있다. 물론 이러한 문제 제
기에 대해 특수성은 무엇이 악의 범주인지를 제시하라고 하는 질
문을 할 것이다. 인간은 자신의 관점에서 세상을 이해할 것이다.
탈주체를 논하는 시대에, 과연 주체를 벗어날 수 있는 가능성이
있는지 의문이다. 부정적 특수는 긍정적 보편조차도 거부하고,
부정적 보편은 긍정적 특수로 혼동하는 괴상한 시대이다.

## 주름과 흔적

베냐민은
〈사진의 작은 역사Zur Geschichte der Photographie〉에서 아우구스트
잔더August Sander의 사진 초상을 언급한다. 베냐민은 부테리가街
에서 평범한 일상 속에 숨어 있던 사내의 표정을 본다. 그는 노
동과 세월의 무게가 새겨진 사내의 얼굴 표정을 본다. 소시민 가
족들은 자기 존재를 적극적으로 표현하지 못한다. 얼굴에 삶의
피곤함이 가득 묻어난다. 조야하고, 거칠지만 한 인간의 얼굴에
들어찬 주름은 인간다움이 무엇인지를 말해 준다. 아울러 단념은
무엇일까? 단념은 무엇인가를 포기하는 행위일 뿐만 아니라 그
저 자신에게 다가오는 운명의 시간을 묵묵히 받아들이는 태도이
다. 단념의 주름은 실패한 사람들이 현실에 항변하는 몸짓이다.
단념의 주름 속에 가득 찬 시선이 아름다움을 형성하기도 한다.

단념의 주름은 그로테스크하다. 관상학은 타인의 얼굴에 스며든 과거의 흔적을 현재라는 시간에서 바라볼 수 있는 순간 마법으로 거듭날 수 있다.

스마트폰이 보급되면서 사람들은 셀카를 많이 찍는다. 셀카 속 얼굴은 자기와의 일회적 만남이다. 페이스북은 현대인이 사회적 연결망을 통해 인적 교류를 하는 수단이다. 페이스북은 현대인의 일상을 사진에 담거나 글로 작성해 개체로서의 인간이 타인과 교감하기에 적합하다. 특히 페이스북은 개인의 얼굴을 전경화한다. 베냐민의 관상학론에 따르면, 인간이 타인의 얼굴을 인식하면 삶의 구체적 결을 지각할 수 있다. 페이스북에 업로드된 얼굴 사진은 타인에게 자신의 얼굴을 전달하려는 측면도 있지만, 자기 얼굴에 함몰된 나르시시즘적 측면이 더 강하게 작용한다. 얼굴은 단독으로 존재할 수 없다. 얼굴이 존재하기 위해서는 타인의 얼굴을 직시할 수 있는 시선이 필요하다. 현대인은 셀카 사진에 담긴 생생한 얼굴을 보면서 나르시시즘을 느낀다. 셀카 사진을 SNS에 업로드하면서 다른 사람과 공유한다. 그러면서 다른 사람이 자신의 셀카 사진을 어떻게 평가할지 기다린다. 게다가 셀카 사진을 찍고 난 후 색을 첨가하거나 보정하기도 한다. 이는 자신의 관상을 좋게 보이기 위해서이다. 현대인들이 셀카 자화상을 통해 자신의 일상을 솔직하게 표현하고 있는 듯하지만, 보정 없이 실제 자신의 모습과 성격 등을 진솔하게 표현하고 있는지는 의문이다.

우리 사회는 일체를 투명한 표백으로 만들고 있다. 투명 사회는 개인과 사회의 모든 영역을 투명하게 일사천리로 해결할 수 있다고 생각한다. 표백은 일체의 것을 화약 약품으로 하얗게 만들어 버리는 과정이다. 투명한 표백은 다름과 낯섦, 타인을 수용하지 않은 채 정신적인 획일화를 지향한다. 현대인은 오점을 남기지 않으려고 한다. 단 한 번의 오점은 사라지지 않고 평생 한 인간의 삶을 구속할 수 있다. 예컨대 인터넷에 실수로 남긴 글은 투명한 표백 상태에서 영원히 존속한다. 근래 인터넷에서는 '잊혀질 권리'의 문제가 떠오르고 있다. 그러나 투명한 표백은 망각을 거부하고 기억만을 중요하게 여긴다.

현대사회는 긍정성을 강조한다. 현대인은 무한 경쟁에서 살아남기 위해 최선을 다한다. 현대인은 승자가 되기 위해 자발적으로 시간과 돈을 낭비한다. 그들은 미래에 대해 부정적으로 생각하지 않는다. 긍정성은 부정성과 달리, 개인에게 주어진 한계를 무비판적으로 생각하게 만든다. 우리 시대는 긍정의 경제적 가치만을 중시하면서 부정적 사유를 전혀 인정하지 않는다. 현대사회가 투명성을 강조해 개인과 사회 간에 윤리적 신뢰성을 형성하는 긍정적 측면도 있지만, 역설적으로 투명성에 대한 지나친 강조는 개인을 사회 시스템에 종속시키는 결과를 초래할 수 있다고 주장한다. 한병철은 페이스북의 '좋아요'와 '싫어요'를 중심으로 현대인의 긍정성에 대한 태도를 분석한다. 현대인은 '좋아요'의 횟수가 늘어날 때마다 묘하게 쾌락을 느낀다. 다른 사람들이 자신을 좋아하고 있다는 착각이 들기 때문이다. 하지만 과연 온라인에서 좋은 관계가 오프라인에서도 좋은 관계로 발전할 수 있을지는 의문이다. '좋아요'를 통해 온라인에서 투명하게 상호 인정하고 있는 동안, 페이스북은 플랫폼으로 경제적 이익을 취하고 있을 뿐이다.[8]

## 미주 __

1  움베르토 에코, 조형준 옮김, 《글쓰기의 유혹》, 새물결, 2005, 126면.
2  G.W.F. 헤겔, 임석진 옮김, 《정신현상학》 1, 한길사, 2005, 346면.
3  강선구, 〈인상학 얼굴유형과 성격특징에 관한 연구〉, 《동방논집》 3(1), 한국동방학회, 2010, 175면.
4  마즈다 아들리, 이지혜 옮김, 《도시에 산다는 것에 대하여 — 도시의 삶은 정말 인간을 피폐하게 만드는가》, 아날로그: 글담출판사, 2018, 16~17면.
5  그램 질로크, 노명우 옮김, 《발터 벤야민과 메트로폴리스》, 효형출판, 2005, 24면.
6  설혜심, 《서양의 관상학 그 긴 그림자》, 한길사, 2002, 42면.
7  이재준, 〈얼굴과 사물의 인상학 — 근대 신경과학과 광학미디어에서 기계의 표현을 중심으로〉, 《미술이론과 현장》 22, 한국미술이론학회, 2016, 76~77면.
8  한병철, 김태환 옮김, 《투명사회》, 문학과지성사, 2014, 26면.

# 제5장

# 카피라이터의
# 만년필에서
# 무슨 일이 일어났는가

## 이름 없는 시대

사람들은 자기 이름의 비밀을 알고 싶어 한다. 부모는 아기가 태어나면 이름을 짓기 위해 고심한다. 어떤 부모는 작명소에 가서 아기의 이름을 짓는다. 혹은 작명소에 가지 않고 자신들이 짓기도 한다. 아기들은 이름에 대한 주권이 없다. 아기들은 출산 전후로 부모들이 강제로 지어 준 이름을 고스란히 부여받는다. 부모가 아기의 행복한 미래를 위해 이름을 지어 준다. 그렇다면 신생아를 포함한 모든 인간은 행복해야만 한다. 그런데 과연 이름을 지을 때의 행복한 염원이 실현되었을까? 아기들은 성장해 자기 이름에 한 번도 의구심을 보이지 않은 채 학교, 직장, 결혼 생활을 한다.

모두 행복한 운명을 위해 열심히 하루하루를 살아가다가도 운명의 습격을 받으면 우왕좌왕한다. 부모는 분명 아기의 행복을 위해 이름을 지어 주었을 텐데, 모두가 행복의 문턱에서 배회할 뿐이다. 아기들은 성장해 성인이 되면 자신의 삶이 왜 행복의 문턱에서 머뭇거리는지를 알기 위해 처음으로 자기 이름에 의구심을 품는다. 어떤 사람은 세월이 흐른 후 자신의 이름을 지어 주었던 작명소를 찾아간다. 그러면 작명가는 좋은 이름이 아니라고 말하면서 개명을 권유한다. 그는 부모가 지어 주었던 이름을 작명소에서 다시 바꾼다. 아울러 그는 또 이제 자신의 아기를 위해 작명소를 찾아간다. 그러면 작명가는 이름을 지어 준다. 사람들은 평생 이름의 고유성을 생각하지 않은 채 작명가의 이름에 종속당하는 것이다.

작명은 신만이 부여할 수 있는 능력이다. 신은 인간을 창조하면서 명명권도 주었다. 베냐민은 이를 아담의 언어라고 말한다. 이름의 정신적 본질이 이미 언어에 포함되어 있다. 인간은 신처럼 사물에 언어를 부여할 수 있다. 인간은 언어 속에 있는 정신적 본질을 발견해 순수 언어를 지켜야 한다. 그런데 인간은 인간과 사물을 판단한다. 베냐민은 인간이 언어를, 판단하고 판정하는 기호로 타락시키고 있다고 말한다. 이름 속에는 이미 정신적 본질이 담겨 있다. 철저하게 타락한 인간의 언어에만 주목한 채, 이름의 순수한 지점을 놓치고 있는 것이다.

우리 시대의 대학에는 벌레들이 버글거린다. 요즘 학생들은 친구들에게 벌레 이름을 붙여 부른다. 인간을 벌레 취급하는 것도 못마땅하지만, 지성과 교양을 겸비한 대학생들이 동료 학우를 버젓이 벌레 취급하는 것을 당연시 여기는 태도를 더욱 이해할 수 없다. 아침에 침대에서 눈을 떠 보니 가족이 그레고르 잠자 Gregor Samsa를 벌레 취급을 하는 카프카의 〈변신Die Verwandlung〉이 떠오른다.

대학의 입학 전형은 매우 다양하다. 학생들은 수시와 정시를 포함해 각자의 역량에 따라 입시 전략을 짠다. 험난한 입시 경쟁을 치르고 있는 학생들의 모습은 참으로 안타깝다. 그러한 경쟁의 문을 통과한 학생들은 대학에 입학한 후 드디어 학문을 연마하고 다양한 인간관계를 맺으려고 한다. 하지만 이 시기에 매우 차별적 단어들이 교정을 떠돌아다닌다. '수시충수시전형 입학생', '지균충지역균형전형 입학생', '편입충편입생', '분교충분교생'이라는 단어가 그것이다. 같은 대학의 입학생이라고 해도 정시 합격생들이 가장 대우받는다고 한다. 그 외에 다른 전형으로 입학한 학생들은 친구들 사이에서 벌레 취급을 당한다. 학생들은 동일 공간에 벌레가 돌아다니는 모습을 불쾌하게 여긴다. 벌레로 표현되는 학생들은 대학에 입학한 후, 따로 대학 생활을 하는 경우가 있다. 홀로 밥을 먹고, 홀로 공부하고, 다른 학생들과 정상적인 인간관계를 맺지 못한다.

정시로 들어온 학생들이 그 외 다른 전형으로 입학한 학생들을 벌레로 취급하는 이유는 간단하다. 그들은 자신보다 노력하지 않았고, 실력도 없으면서 운이 좋아 경쟁에서 살아남았다고 생각하기 때문이다. 정시로 무한 경쟁을 뚫고 들어온 승자만이 정식 학생으로 대우받기를 원한다. 그 과정에서 승자는 경쟁자를 인간으로 취급하지 않고 벌레로 간주한다.

인간의 언어와 사물의 언어는 이름을 부여할 수 있는 능력이 있는지에 따라 차이가 난다. 사물의 언어는 이름을 지을 수 없다. 오직 인간만이 사물과 세계에 이름을 부여할 수 있다. 중세 사회에서는 신이 모든 것을 주관했다. 근대사회는 신 중심의 사회에서 인간 중심의 사회로 변모했다. 근대사회에서는 신이 자리 잡을 터가 없다. 신이 존재하지 않는 곳에 인간이 신처럼 행세하는 것이다. 신이 사라진 것이 아니라, 인간이 신의 흉내를 내고 있다. 신의 가면을 쓴 인간은 다른 인간을 벌레 취급한다.

그렇다면 언어가 인간들끼리 의사소통의 수단이라고 말할 수 있을까? 현실은 인간과 벌레의 투쟁만이 있을 뿐이다. 현대사회에서 이름은 단독자의 존재를 해명하지 못하고, 경제적 부가가치를 형성한다. 예컨대 사물의 이름을 어떤 브랜드로 정하는가에 따라 경제적 효과의 미래를 예측할 수 있다. 현대사회에서 광고어가 난무하면서 사물의 미래는 인간학적으로 세속적 가치를 형성한 측면도 있지만, 사물의 고유성이 휘발하는 상황도 직면해 있다.

현대사회의 낙인찍기는 전형적으로 인간을 어떤 특정 프레임에 가두어 개별 인간성을 억압한다. 현대인은 타인에게 주홍 글씨를 부여하는 방식을 거쳐 개별 인간이 온전하게 자율성을 확보하려는 기회를 원천적으로 제한한다. 우리 사회는 출신 성분에 따라 계급을 구분한다. 밥은 생존을 위해 필요하다. 사람은 수저를 사용해 밥을 먹는다. 흙수저, 금수저 논의는 생존을 위해 사용하는 도구부터 차이가 난다는 이야기다. 흙과 금이 상징하는 바는 다르다. 흙은 노동의 조건이다. 흙수저는 인간이 노동을 통해 생존을 유지한다는 것을 의미한다. 금수저는 선천적으로 생존에 필요한 노동과는 무관하다는 인상을 받는다.

흙수저와 금수저 이야기가 어떻게 사람들 사이에서 공유되었는지는 알 수 없다. 어찌 되었든 대중은 자신들의 삶을 흙과 금으로 구분해서 생각한다. 흙과 금에 대한 이분법적 생각은 단순히 표현에만 그치지 않는다. 실제 흙과 금은 서로 섞일 수 없다. 흙수저는 겉으로 금수저를 증오하지만, 실제로는 금수저를 동경하고 욕망한다. 반면 금수저는 흙수저가 자신들과 유사해지려는 태도를 못마땅하게 여긴다. 금수저는 금 이상의 상태로 자신들을 바꾸기 위해 노력한다. 흙수저와 금수저 간의 구별 짓기가 유지될 수 있는 이유는 흙수저가 금수저를 모방하려고 하기 때문이다. 반면 금수저는 흙수저들의 모방을 거부한다.

베냐민은 인간과 사물을 인간들끼리 규정짓는 태도를 경계한다. 다수의 흙수저가 아무리 소수의 금수저를 모방하려고 해도 흙수저는 금수저가 될 수 없다. 그렇다면 흙수저와 금수저의 조건을 교란시킬 방법은 없을까? 그는 그것이 가능하다고 생각한다. 흙수저와 금수저의 문자 프레임을 바꾸면 된다. 프레임은 우리가 세계를 보는 특정한 관점이다. 프레임은 지속적으로 다른 세계를 꿈꿀 수 있는 방식을 제한한다. 사람들은 흙수저와 금수저라는 프레임에서 벗어나 기존의 프레임에 갇혀 살펴보지 못한 새로운 시공간을 고민할 필요가 있다. 흙수저와 금수저를 벗어나 사람들이 새롭게 고민할 수 있는 프레임을 만드는 과정이 필요하다. 새로운 프레임을 만들면 마법의 순간이 숨결처럼 사람들의 입가를 맴돌 수 있다.

인간이 서로 벌레 취급하는 차별 단계를 지나면, 인간은 사라지고 결국 지옥에 도달한다. 헬조선은 인간이 신의 말씀을 거부하고 인간의 언어만으로 생존을 위해 무한 갈등을 벌이는 언어적 파국이라고 생각한다. 신, 인간, 사물이 조화로운 관계를 유지하던 낙원은 존재하지 않는다. 인간의 말은 원죄를 거치면서 언어의 마법적 능력을 잃어버렸다. 현대인은 언어의 지옥에서 방황하고 있다.

베냐민은 낙원에서 추방당한 인간은 기호로서의 말, 판단하는 말, 추상적인 말 등의 언어를 사용한다고 말한다. 기호로서의 말은 순수한 이름의 언어를 수단으로 여기는 태도이다. 판단하는 말은 인간과 사물을 이성적으로 구별하는 말이다. 추상적인 말은 판정과 판단의 말이다. 인간 언어의 타락은 법전의 세계에서 가장 명증하게 나타난다. 인간은 법전으로 신을 흉내 낸다. 법전은 인간의 죄를 판단한다. 인간이 죄가 있는지를 판단하기 위한 하나의 수단이 법전이다. 재판관은 법전을 수단으로 삼아 신처럼 판정을 내린다. 법전이 인간의 이름으로 판단 내려지는 곳이 바로 헬조선이다. 헬조선에서는 인간의 소통이 불가능하다. 인간은 선악을 구별 짓고, 유무죄를 판별하는 동안 번잡하고 시끄러운 소음 속에서 생존을 위해 살아갈 뿐이다. 헬조선에서는 소통이 되지 않기 때문에 다른 사람에 대해 폭력적이다.

베냐민은 신성한 말씀이 사라진 곳에 세속적 말이 수다처럼 유행하는 것을 경계한다. 수다의 반대는 침묵이다. 침묵은 신성과 세속의 경계에서 유일하게 인간적 만남을 이루어 낼 수 있다. 인간의 언어가 자의적으로 인간과 세계에 이름을 붙이고, 소음 속에서 시간을 낭비할 때, 침묵하는 이는 소음과 수다의 세계를 응시한다. 자연의 언어는 침묵의 언어이다. 헬조선에서는 침묵하고 있는 자연, 침묵하고 있는 개인을 향해 일방적으로 언어 폭력을 구사한다. 헬조선은 인간과 세계에 자의적으로 언어를 부여하면서 탄식이 시작되는 곳이다. 현대사회에서는 문자를 도구적으로 사용한다.

대학에서는 전자 출결을 한다. 교수자와 학생들이 각각 전자 출결 관련 애플리케이션을 핸드폰에 설치한다. 교수자가 출석 확인 버튼을 누르면 학생들의 핸드폰과 연동되어 자동으로 출석을 확인할 수 있다. 전자 출석은 시간상으로 매우 효율적이다. 최대 3분 이내에 학생들의 출석, 지각, 결석 사항을 일괄적으로 확인할 수 있게 해 주기 때문이다. 학기말에 별도로 학생들의 출결석 사항을 확인할 필요도 없이 학생들의 출석 데이터를 확인하게 된 것이다. 수강 인원이 많은 반에서는 전자 출석이 강의 시간을 확보하는 데도 도움이 된다.

그러나 전자 출결의 효율성이 반드시 긍정적이지만은 않다.

전자 출석을 시행한 이후로, 학생의 이름을 외우지 못해 학생들에게 미안한 마음이 든다. 교정에서 서로 지나치면서 학생들이 알아보고 인사를 할 때, 전자 출석 이전에는 때로는 학생의 이름을 외워 해당 학생의 이름을 불러 주었다. 교수자와 학생이 서로 반갑게 인사하고 서로의 이름을 불러 주는 과정을 통해 좀 더 친밀함을 느낄 수 있었다.

전자 출석은 출석자와 결석자를 구분한다. 출석, 결석, 지각이 자동으로 확인되기 때문에 출석 여부만이 중요하다. 학생들이 고의로 결석과 지각을 하지는 않을 것이다. 분명 학생들도 저마다 결석과 지각에 대한 사연이 있을 것이다. 그런데 전자 출결 버튼을 누르면 아직 이름도 채 외우지 못한 학생들의 출결석 여부를 가차 없이 자동으로 처리한다.

그래서 종이 출석부를 별도로 출력한다. 학생들의 이름을 한 명씩 부르고 얼굴도 쳐다보면서 학생들의 얼굴과 목소리를 기억하려는 노력의 일환이다. 수업을 마친 후 연구실로 가서 온라인으로 전자 출결과 관련한 행정 처리를 마무리 짓는다. 온·오프라인에서 출석 관련 일을 이중으로 처리하는 과정이 다소 번거롭지만, 학생들의 이름을 외우기 위해서 노력할 뿐이다. 학생들의 이름을 직접 불러 출석 여부를 확인하면 한결 이름을 외우기가 수월하다. 학교에서 학생들을 만나도 이름을 불러 주면서 대학 생활과 공부 등에 대해 물어본다. 그만큼 학생들과 소통하기 위해서는 학생의 이름을 암기하려는 노력이 필요하다.

이름은 개인의 존재를 명확하게 표현한다. 인간, 사물, 자연을 포함한 일체의 세상은 다양한 이름의 전시장일 수도 있다. 이름을 함부로 지어서는 곤란하다. 아울러 이름을 함부로 불러서도 안 된다. 어릴 적에 자신의 이름을 가지고 친구들이 장난을 치면 화가 난 적이 있지 않은가? 물리적으로 때리는 행위를 한 것도 아닌데, 이상하게도 이름을 가지고 장난을 치면 몹시 화가 났다. 학생들의 출석을 확인하다가 실수로 이름을 잘못 부르면 반드시 학생에게 사과한다. 그리고 해당 학생의 이름을 정중하게 다시 불러 확인한다.

교수자는 학생들의 이름을 진지하게 불러 주어야 한다. 학생들을 가르치는 일을 시작했을 때, 은사님께 교수법에 대해 문의한 적이 있다. 은사님께서는 입가에 미소를 지으시면서 다음과 같이 담담하게 말씀하셨다. "학생들의 이름을 외우고, 자주 학생들의 이름을 불러 주게." 처음에는 고차원적 교육학 방법론을 말씀해 주실 줄 알았다. 그런데 은사님의 말씀은 상식적 이야기에 불과해서 당혹스러웠다. "예. 알겠습니다. 감사합니다." 간략하게 답변했다. 이후 나는 무의식적으로 은사님의 말씀처럼 학생들의 이름을 정중하게 불러 주기 위해 노력했다. 자기 이름이 불린 학생들의 표정은 밝아지고 수업 태도 역시 좋아졌다. 학생들은 자기 이름이 불릴 때, 자신의 정체성을 발견한다.

우리 시대에도 새로운 신조어들이 넘쳐 난다. 특히 기술 발전과 연관된 신조어들이 경제적 부가가치를 창출할 수 있다는 신념하에 사람들이 신조어를 무한정 활용하려고 한다. 그런데 신조어의 마술이 펼쳐지는 무대를 실상으로 간주하는 착시 현상이 발생할 수 있다. 인간은 시각을 통해 이성적으로 판단한다. 그런데 온갖 신조어의 마술에 현혹되어 맹목적으로 현상을 파악하는 관행에서 자유롭지 못하다.

베냐민은 문자에 신의 신성한 기운이 담겨 있다고 생각했다. 그는 신이 인간과 세계를 말로 창조했다는 점에 주목했다. 신의 언어는 신이 창조한 인간에게 부분적으로 내재하고 있다고 간주할 수 있다. 아담의 언어는 신의 목소리를 포함하고 있었다. 특히 인간은 신처럼 이름 언어를 사용해 인간과 자연, 인간과 세계를 매개할 수 있었다.

그런데 인간은 근대사회에 진입하면서 판단의 언어를 구사했다. 판단의 언어는 현상을 즉물적으로 파악하고 이성을 중점으로 해석하는 수단으로 전락했다. 아울러 신의 목소리가 고스란히 담겨 있는 문자를 인간은 판단의 언어로 활용하면서 신성한 말과 문자의 세계를 타락시켰다. 베냐민은 문자 혹은 언어를 의사소통의 수단으로만 간주하지 않고, 신성한 신의 숨결을 체험할 수 있는 유일한 매개물로 생각했다. 인간은 문자 혹은 언어를 기호로 사용하면서 신의 신성함을 배제하고 속俗의 세계를 관철했다.

　　다카다 아키노리高田明典는《나를 위한 현대철학 사용법》에서 '나'의 문제를 언어, 가치, 사회의 관점에서 파악한다. 그는 '나'의 문제를 해결하기 위해 '나'의 존엄성을 인정하지 않는 조건이 무엇인지를 살펴본다. 그는 현대사회를 부패한 세계로 규정한다. 아키노리는 개인을 괴롭히는 속박에서 벗어나기 위해 '소유' 개념을 새롭게 해석한다. 그는 인간이 소유하지 못한 것을 소유하는 과정을 거쳐 인간의 권리를 얻을 수 있다고 말한다. 이 책에서 나는 특히 언어가 어떻게 개인을 자유와 억압의 상태에 머물게 하는지에 대한 그의 관점을 유심히 읽어 보았다. 개인은 언어를 소유하지 않으면 타인과 소통할 수 없다. 개인은 언어를 소유하면서 자신과 타인의 차이를 발견할 수 있다. 개인은 타인과의 보편적 소통을 위한 언어 문법을 습득해야 한다. 그런데 인간은 언어를 습득하면서 언어의 본질을 잊어버린다. 인간은 언어를 전달 도구로만 파악하기 때문이다.


## 브랜드 정글

　　　　　　　　　　　　　　　　　　　　　　백화점은 브랜드의 천국이다. 백화점에서는 상품이 중요하지 않다. 백화점 곳곳을 채우고 있는 브랜드가 사람들의 주목을 받는다. 상품은 이제 하나의 사물에 불과하다. 인간은 사물에 이름을 붙일 수 있는 능력을 부여받았다. 인간이 이름을 붙일 수 있는 능력은 신을 배제하면서 가능해졌다. 요즘 부모는 자녀를 사물처럼 과다 명명하는 듯하다. 아이들은 각자 개성을 자유롭게 발휘하도록 내버려 두어야 한다. 어릴 적 아이들은 미래의 직업을 상상한다. 그런데 아이들은 학교에 입학하면서 자기 꿈이 아닌 부모의 꿈을 실현하려고 한다. 부모는 아이에게 다양한 꿈의 언어를 과다 명명한다. 그러다 보면 아이는 자기 꿈을 상실하는 것이다. 이처럼 인간은 사물과 아이들을 슬픈 존재로 만들어 버린다.

베냐민은 신만이 인간과 세계에 대해 이름을 부여할 수 있다고 생각한다. 그런데 신은 인간을 창조할 때 인간에게 이름을 부여할 권한을 주었다. 인간의 언어와 사물의 언어는 이름을 부여할 수 있는 능력 유무에 따라 차이가 난다. 사물의 언어는 이름을 지을 수 없다. 오직 인간만이 사물과 세계에 이름을 부여할 수 있다.

우리가 사는 세계는 자본주의 사회의 법칙을 따라야만 생존할 수 있다. 우리는 자본의 소유에 따라 상이한 삶을 선택할 수 있다. 자본은 개인의 자본을 빼앗으려고 한다. 개인은 무의식적으로 자본의 법칙을 따르지만 결국 자신의 지갑이 점점 텅텅 비어 간다는 점을 뒤늦게 알아차릴 뿐이다. 온갖 옵션을 개인에게 제공하면서 개인의 이익을 증대시켜 주는 것처럼 보이지만, 결국 개인은 카드를 결제하기에 급급하다. 자본의 증산 방식에 대한 전략적 사고가 없다면 자본의 순환 고리에서 맴돌 뿐이다.

우리 시대에 상품은 어떤 의미인가? 상품은 인간이 살아가는 데 필수 불가결한 대상일까? 상품의 소비를 무조건 부정할 수는 없다. 상품이 신격화되는 과정을 거치면서 인간은 상품의 이미지를 단순하게 관찰하는 대상으로 전락했다. 과연 백화점에 진열되는 상품들이 합리적 소비 과정을 거쳐 인간의 삶과 소통한다고 볼 수 있을까? 상품 이미지는 상품의 생산 과정을 숨겨 둔다. 누구도 상품에서 노동의 흔적을 보려고 하지 않는다. 상품의 물신적 성격은 인간을 지배하면서 숭배의 대상으로 전환한다. 현재 우리 삶의 방식은 19세기의 유물이다. 경제와 기술의 발전이 사람들에게 마술을 걸면서 맹목적으로 경제적 가치와 기술의 진보만을 중시했다. 물론 19세기의 발전이 인류에 끼친 긍정적 영향도 크지만, 인간이 한번 경제와 기술의 마술에 걸려 든 이후에는 스스로 새로운 삶에 대한 상상력을 포기했다.

## 가십 사회

오스트리아 작가인 후고 폰 호프만슈탈Hugo von Hofmannsthal은 근대사회에서 언어 표현 능력을 상실한 찬도스라는 인물을 창조했다. 〈찬도스 경의 편지〉의 화자인 바드 백작의 차남 찬도스 경이 프랜시스 베이컨 Francis Bacon에게 저술 활동을 포기한다는 내용을 담은 편지를 보낸다. 그는 정신적 경직 상태에서 벗어날 수 없는 상황에서 세계와 소통하지 못한다. 그는 20대에 다양한 문필 활동을 전개했다. 인간과 자연을 하나의 조화로운 통일체로 생각했다. 그런데 그는 시간이 흐르면서 생각하거나 말로 표현하는 능력을 상실하는 자신을 발견한다. 그렇다면 그는 왜 언어 표현 능력을 상실하게 되었을까?

찬도스 경의 언어 회의는 우리 시대의 언어 문제를 성찰하는 데 도움이 된다. 현대인은 사물과 자연에 인간의 시각에서 마음 대로 이름을 부여하거나 지운다. 그는 자신이 생각하는 언어와 타인이 생각하는 언어의 불일치를 몸소 체험하면서 인간이 개별 언어를 통해 존재, 사물, 자연을 마음대로 규정짓고, 폭력적으로 대하는 태도에서 벗어날 시점에 도달해 있다고 보았다. 마침내 그는 소통하는 데 절망했다. 어쩌면 인간이기에 완벽한 소통을 꿈꿀 수 없는 측면이 있다. 인간은 자기만의 언어로 세계와 타인을 이해하기 때문이다. 그러다 보니 상호 간에 각자의 언어만을 사용할 뿐이다. 그럼에도 인간은 타인과 세계에 대해 소통하려고 한다. 기계는 매끈하게 소통을 추구한다. 기계는 입력된 정보에 따라 데이터를 처리하면 그만이기 때문이다. 그런데 인간은 기계처럼 매뉴얼대로 살아가지 않는다.

우리가 사는 세계는 전문용어들이 세계를 분석한다. 전문용어들은 세계를 이해하는 데 도움을 주기도 한다. 그런데 전문의 영역에 포함되지 못한 비전문가들은 전문가의 생사여탈권에 종속될 수밖에 없다. 언어의 빈부 격차가 커지면서, 사회적으로 전문용어를 중심으로 소통하기가 무척 어려워졌다. 사회는 한 개인의 개성을 총체적으로 파악하지 않고, 객관적 수치를 토대로 평가하려고 한다. 우리 사회는 개인을 무수하게 세분화시키고 있다.

이른바 가십거리는 실체 없는 소문에 불과하다. 그런데 사람들은 가십거리를 통해 인간을 둘러싼 사건을 단순하게 파악하려고 한다. 특히 언론이 가십거리를 무책임하게 유통한다. 특정 개인에 대한 가십거리가 대중에게 노출되면서 그들의 일거수일투족을 선정적 제목과 내용으로 도배한 기사가 온·오프라인에서 떠돌아다닌다.

휴머니즘은 종말을 맞이하고 있다. 인간이 만물의 영장이라는 주장은 더 이상 설 자리가 없다. 인간이 근대적 이념을 실현하기 위해 노력한 바를 완전하게 부정할 수는 없지만, 인간이라는 이름으로 자행된 폭력의 실체를 응시한다면, 인간에 대한 기대를 접을 필요가 있다. 특히 사적 영역에서 인간이 보이는 태도는 기만적이다. 질투와 시기심에 사로잡힌 인간은 결국 주체만을 중시할 뿐이다. 인간에 대한 환상만으로 삶을 살기에는 고단하기만 하다.

휴머니즘의 종말에 샤덴프로이데Schadenfreude가 자리 잡고 있다. 타인의 불행에서 행복감을 만끽하는 태도는 비윤리적이지만 인간의 실체를 보여 주는 측면도 있다. 특히 집단주의 성향이 강한 우리 사회에서는 개인의 진실한 행위조차 집단의 표준을 기준으로 억압한다. 아울러 이타적 징벌을 통해 개인을 부정하는 태도가 현실에서 버젓이 일어나고 있다.

개인이 타인의 불행에서 쾌락을 느끼는 과정을 개인만의 문제로 인식할 필요는 없다. 특정 개인이 왜 타인의 불행에 관여하는지에 대한 사회적 성찰이 중요하다. 경제적·정치적 관점에 따라 타인의 불행이라는 범주는 다를 수 있다. 그렇다면 샤덴프로이데를 극복하기 위해서는 사회적 관점에서 타인을 어떻게 고찰하고 있는지를 살펴보아야 한다. 이러한 과정을 거치지 않는다면 샤덴프로이데에 대한 논의는 개인의 정신병리학적 관점으로만 접근할 수 있다.

미숙하고 저열한 수준의 언행을 일삼으면서 시간을 허비하는 사람들이 많다. 현대사회의 인간관계는 피상적이다. 자기애에 기반을 둔 도구적 지식만을 숭배한다. 그러다 보니 타인의 행복조차 경시하고 시샘한다. 결국 개인의 복수성을 인정하지 않고, 개인과 타인의 구분을 통해 인간관계의 경계를 폭력적으로 인식한다. 개인과 개인의 존엄성을 인식하지 못한 상황에서는 나르시시즘적인 욕망만을 충족시키기 위해 혈안이다.

특히 적대적 귀속 편견에 사로잡힌 현대인은 타인을 윤리적으로 험담하는 과정을 거쳐 자신만의 정체성을 형성했다고 스스로 만족한다. 타인에 대한 무례한 공격성을 기반으로 스스로 공존의 윤리를 포기한다. 결국 타자가 아니라 타인을 어떻게 인식하는지가 훨씬 현대인의 병리성을 극복할 수 있는 방안을 제시한다고 볼 수 있다.

근래 타인이라는 유령과 시간을 보내면서 소중한 시간을 허비하는 것은 아닐까 하는 생각을 하기도 한다. 불필요하게 나의 시간을 침범하는 부류의 인간들과 어떻게 교류해야 할지를 고민한다. 그런데 인간은 직업을 가지고 있어야 사회와 소통할 수 있다. 인간은 사회적 동물이라는 규정은 자칫 인간을 사회에 종속시키는 것은 아닌지 의문이다. 인간은 사회라는 환상에 무조건적으로 귀속된 상황에서 생존을 위해 자기만의 자긍심을 상실하면서도 살아가야 한다.

세상에 타인은 없다. 무수한 자신만이 존재할 뿐이다. 그런데 인간은 개인의 정체성을 유지하기 위해서 타인을 발명했다. 타인을 발명의 대상으로 생각하기 때문에, 인간은 상호 간에 윤리적일 수 없다. 애초 타인은 존재하지 않기 때문이다. 개인들이 자신들의 생존을 위해 만들어 둔 환상에 불과하기 때문이다.

사람들은 공명심을 중시한다. 자신의 이름을 대외적으로 공표하는 것을 대단한 행위라고 생각하는 것이다. 그러나 공명심의 이면에는 철저하게 개인적 이익을 추구하려는 마음이 자리 잡고 있다. 타인이 자기 이름을 알아주기를 바라는 것은 공허한 자기 마음을 보여 준다. 공명심으로 포장된 말과 행동은 자아를 파괴할 뿐만 아니라 타인의 삶까지 개입하려고 한다. 이른바 심리조정자들은 공명심을 무기 삼아 타인을 헐뜯기에 급급하다. 현대사회에서는 공명심이 아니라 공평심이 중요하다.

우리는 자기 브랜드를 위해 살아간다. 자기 브랜드는 타인과 구별되는 자기 역량을 추구한다. 결국 타인의 이름을 기억하지 않고 자기 이름만을 타인에게 강요하는 식의 태도이다. 이러한 태도는 명품 소비에서도 동일하게 작용한다. 인간과 사물 모두 저마다 자기 이름값을 해야 한다는 강박증이 작동한다. 이름의 매트릭스에 갇혀 또 다른 삶의 영역이 있을 수 있다는 가능성을 염두에 두지 않는다. 결국 이름은 자기를 증명하는 수단이기도 하지만 역설적으로 자기 부재를 드러내는 방편이 될 수도 있다.

커튼이 쳐진 곳은 어둡다. 커튼 너머의 세계가 분명히 있다. 그러나 사람들은 이름의 커튼을 걷을 줄 모른다. 현대인은 미스터리를 좋아한다. 미스터리가 인기를 끄는 요인은 현실 문제를 음모론의 관점에서 파악하기 때문이다. 사건의 진실은 현실의 은폐된 영역에 위치한다. 미스터리는 인간이 현상과 사건을 파악할 수 없는 조건에서 발생한다. 인간은 불가해한 현상에 매료당한다. 인간은 미스터리를 해결할 수 없다. 미스터리는 신의 영역이다. 그렇기 때문에 인간이 미스터리의 해법을 해결하는 순간은 신의 영역에 다가서는 행위이다.


## 이름의 링크

근래 우편물을 받으려면 행정 편의상 도로명을 사용한다. 지번 주소는 땅에 번호를 매겨 주소를 정하는 방식이다. 반면 도로명 주소는 도로명

＋건물 번호＋상세 주소를 기재하는 방식이다. 지번 주소와 도로명 주소 중 어느 한쪽이 편리하다고 말할 수 없다.

도시는 미로의 연속이다. 도시를 배회하는 사람은 길을 잃어버리지 않으려면 자기가 지나가는 곳의 이정표를 기억해야 한다. 광고 간판, 공공 건물, 편의 시설 등 위치와 지점을 짐작할 수 있는 표식에 주목한다. 특히 타지와 타국에서 길을 잃지 않으려면 거리 곳곳의 풍경을 예의 주시해 기억해 두어야 한다.

인간은 도시라는 공간에 다양한 이름을 부여한다. 도시에서의 이름은 자기만의 정체성을 표시하기 위한 전시장이다. 도시 간판은 정비되어 점점 타인의 주목을 받기 위한 시설로 거듭나고 있다. 인간은 도시에서 신처럼 온갖 작명의 요술을 부리면서 살아간다. 즉, 사람들은 자기가 사는 곳을 신처럼 이름을 부여하면서 그 도시만의 정감을 형성할 수 있었다. 그러다 보니 행정명이 바뀌면 사람들은 혼란스러워한다. 그동안 자신들이 시간의 흐름 속에서 간직한 풍경이 행정 조직 단위로 변화되는 점을 견디지 못한다. A라는 지명이 어느 순간 A′라는 도로명으로 전환되면 택시를 타더라도 혼선이 생길 수밖에 없다. 지명의 개명은 인간의 경험까지도 바꾸어 버린다.

지번 주소에서 도로명 주소로 변경되면서 각각의 주소를 유지해야 한다는 의견이 있을 수 있다. 예를 들면 특정 지역 주소가 선입견을 유발할 수 있기 때문에 새롭게 도로명 주소로 바꾸는 것을 선호할 수 있다. 반면 행정 편의를 위해 일괄적으로 지번 주소를 도로명 주소로 바꾸는 것은 그동안 지번 주소에 담긴 삶의 모습을 잃게 한다고 생각할 수도 있다.

베냐민은 양극적 사유를 보여 준다. 그는 서로 상이한 두 대상을 하나로 섞어 각각의 영역을 유지하면서 신비로울 정도로 제3영역을 만들어 낸다.

서울에 처음 갔을 때, 지하철을 타기 위해 고심했던 기억이 난다. 점과 선으로 이루어진 지하철 노선도를 보면서 어리둥절하기만 했다. 지하철역의 이름은 각각 다르다. 지하철역은 서로 다른 색깔로 호선을 구분한다. 그런데 서로 다른 지하철 호선 구분이 비슷하게만 보여, 목적지까지 어떻게 가야 할지 고심할 수밖에 없었다. 분명 한국어로 표기된 지명들이지만, 외국어처럼 보였다.

그러다가 이따금 지하철역에 있는 역명의 유래를 설명하는 간판을 보았다. 역명은 저마다 사연이 있었다. 때로는 하나씩 알아 가면서 역명을 기억했다. 역명은 각각 운명을 가지고 있다는 베냐민의 말은 서로 다른 이름을 지닌 지하철역의 고유성을 인정해야 한다는 말로 생각했다. 무수한 지하철역 중 하나의 역에서 사고라도 나면 지하철 전체 운행은 중지된다. 지하철이 안전하게 운행되기 위해서는 각각의 지하철 역시 유기적으로 연결되어 작동해야만 한다.

제6장

에드거 앨런 포의
〈도둑맞은 편지〉에는
무엇이 쓰여 있었는가

## 필적

발터 베냐민은
〈신구 필적학Alte und Neue Graphologie〉에서 독일 필적학의 역사를
개괄하면서, 클라게스Ludwig Klages의 필적학을 서술한다. 클라게
스는 프랑스 학파의 기호 이론에 동의하지 않았다. 프랑스 학파
의 기호 이론은 쓰인 기호와 성격을 연관 짓고 그들의 해석을 구
성할 수 있는 스테레오타입을 사용했다. 이와 반대로 클라게스는
필적을 제스처의 일환으로 표현되는 움직임으로 해석한다. 그는
특수 기호를 언급하지 않고, 개인의 철자상의 특수한 형식에도
제한을 두지 않는다. 그는 형식 수준Formniveau을 말하는데, 이는
필적의 견본으로 철자상의 특징을 포함한 해석 모드는 긍정적 혹
은 부정적 해석의 이중적 평가를 받기 쉽다. 긍정적 평가와 부정
적 평가를 결정하는 스크립터의 형식적 레벨에서는 각각의 케이
스에 적용될 수 있어야 한다. 즉 필적에는 일반적 형식 수준에서

부유함, 풍부함, 무거움, 따뜻함, 밀도, 심도가 담겨 있다. 필적이라는 시각적으로 드러난 형식만을 고려해 인간의 성격을 파악할 수 있다는 관점이다. 결국 필적은 고정된 표현의 움직임이고, 이를 통한 필적의 객관성만이 중시되기 때문에 필적 자체에 포함된 아우라를 간과할 수 있다. 그런데 필적 감정사가 단순하게 관찰한 바를 토대로 글씨체를 해석한다면 문제가 될 수 있지만, 다양한 글씨체를 수집하고 분류, 분석하는 과정을 거치면 나름대로 표본에 대한 해석의 관점은 형성될 수 있다고 생각한다.

아울러 베냐민은 〈아냐와 게오르크 멘델스존, 필적에 나타난 인간Anja und Georg Mendelssohn, Der Mensh in der Handschrift〉에서 필적 감정학이 근대사회에서 부패했다고 생각했다. 근대의 세속화 과정을 거치면서 필적 감정학은 단순한 기호로 전락했다. 필체는 시간의 흐름과 정지를 동시에 대변한다. 인간의 필적은 기록자의 운명과 성격을 고스란히 남기면서 인간의 미래를 추정할 수 있다. 그는 기존의 필적 감정학을 다룬 책들이 속물들의 호기심을 충족시켜 주거나 가십거리에 준하는 이야기를 전달하면서 다양한 사람들의 성격을 밝히는 것에 몰두했다고 지적한다. 그런데 관상학에서처럼 그는 세속화 과정의 부패 속에서 성스러움을 발견하고자 했다.

필체는 음성을 포함하지 않는다. 침묵 속의 필체에서는 객관적으로 표현된 문자만이 보일 뿐이다. 그렇다면 필체의 진실을 파악할 수 있는 방법은 무엇일까? 쓰인 필체 이면에 작동하는 쓰지 않은 필체의 비밀을 해독할 줄 알아야 한다. 문자라는 기호가 확실성을 중시한다면, 필체는 불확실성을 표방한다. 문자는 인간의 메시지를 전달하는 의사소통의 한 방편이다. 발신자와 수신자는 문자를 통한 소통을 지향하는 것처럼 보인다. 그러나 필체는 진실을 숨길 수 있다. 필체의 진실은 해석을 필요로 한다.

예컨대 '유서'를 생각해 보자. 유서의 진실은 유서를 작성한 사람만이 알 수 있다. 살아 있는 사람들은 유서의 진실을 자의적으로 해석할 수 있다. 유서의 진실이 고스란히 살아 있는 사람들에게 전달될 수 있을까? 죽음 직전에 작성된 유서의 숨은 의도를 파악하기 위해서는 유서에 적힌 문자 너머에 있을 쓰이지 않은 필체의 맥락을 재구성해야만 한다. 특히 억울하게 죽은 사람이 자신의 죽음에 대한 알리바이를 위해 작성된 유서의 필체에서 유서 작성자의 성격만을 유추하는 태도는 올바르지 않다. 죽음에 직면한 전후에 개인에게 엄습한 불안과 공포의 실체가 어떻게 필체 너머에서 호출하고 있는지에 귀를 기울여야 한다. 유서 속의 필체는 표백 상태가 아니라 백색 소음이다.

컴퓨터 자판으로 글을 작성하기 시작하면서, 글씨체의 경험이 빈곤해졌다. 개성적 글씨체는 개인의 성격을 나타낸다. 성격이 선악으로 구분될 수 있다는 편견을 배제한 채, 개성적 글씨체를 있는 그대로 관찰하면서 인간의 내면까지 들추어내는 과정이 바로 필적 감정의 세계이다. 컴퓨터 자판으로 작성한 글씨체는 글씨체의 경험을 앗아가 버렸다. 각자의 사연이 묻어나는 글씨체는 모두 동일하고 간결한 컴퓨터의 폰트font로 전환되었다. 사람들은 백지에서 공포를 느낀다. 백지에 글을 써야 한다는 중압감을 견디지 못할 때도 있다. 그런데 백지에 연필 혹은 볼펜을 쥐고 자신의 생각을 담은 자음과 모음을 표현하는 과정은 글씨체의 경험을 회복할 수 있는 마지막 기회인 듯하다.

나는 손글씨를 다른 사람들이 알아볼 수 없을 정도로 악필이다. 중학교 시절 필적이 뛰어난 친구가 있었다. 그 친구는 선생님이 칠판에 쓴 글씨를 한 글자도 빼놓지 않고 필기했다. 나도 선생님들의 수업 내용을 펜으로 메모했지만 시험 기간에는 필체가 뛰어난 친구의 노트를 빌려 보았다. 내가 필기한 내용을 잘 알아볼 수 없었기 때문이다. 아마 중학생 때, 내 필적에는 어떤 무의식이 작동하고 있었던 듯하다. 선생님들이 하는 말을 무조건 다수의 학생이 그대로 받아써야만 하는 과정을 삐딱하게 여겼지 않았나 싶다. 자기 생각을 표현하지 못한 채 교과서에 있는 내용을 굳이 받아써야 하는지 의문이 들었기 때문이다. 이러한 무의식이 삐뚤삐뚤한 필적으로 드러난 듯하다. 그 이후 컴퓨터 워드 프로그램을 이용해 반듯한 필체로 글을 쓸 수 있게 되었다. 그래도 일상생활에서는 육필로 써야 하는 경우가 많다.

글을 쓰는 사람이 자신의 육필을 통해 표현하는 과정에서는 무슨 일이 일어나는 것일까? 문자에는 반드시 글을 쓴 사람의 무의식이 하나의 이미지처럼 표현된다. 영화 〈샤이닝The Shining〉(스탠리 큐브릭, 1980)에는 괴팍한 등장인물(잭 니콜슨)의 예측 불허의 행동을 묘사하는 장면이 나온다. 그가 감독한 영화들이 대체로 반문화적이고 반교양의 형식을 띠지만, 〈샤이닝〉은 인간 행동의 근원에 작동하는 기이한 힘을 표현한다. 〈샤이닝〉은 공포 문학의 대가인 스티븐 킹Stephen E. King의 소설을 원작으로 삼아 스탠리 큐브릭의 독창적 상상력이 어우러진 영화이다. 유독 사람과 사물을 관통하는 듯한 잭 니콜슨의 눈빛을 무척 좋아한다.

흔히 인간은 이성적으로 생각한다고 말한다. 과연 모든 것을 이성적으로 판단하고 행동할까? 물론 이성적으로 판단하고 행동하는 과정이 인간을 이해하는 데 불필요하다고 생각하지 않는다. 대신 이성의 저편에 또 다른 인간의 모습이 있을 수 있다는 겸손한 시선을 더 존중하는 편이다.

근래 캘리그래피가 관심을 끌고 있다. 사람들이 손글씨에 주목하는 것이다. 대학생들이 노트와 수첩에 손으로 문자를 그리는 모습을 보면, 컴퓨터 자판을 두들겨 자신의 생각을 표현할 때와는 달리 매우 집중한다. 컴퓨터의 폰트에서 이성적 느낌이 든다면, 캘리그래피는 감성적 분위기를 연출한다. 캘리그래피는 획일적이지 않고 자신만의 개성을 자유롭게 표현할 수 있다. 특히 아날로그 정서 표현에 적합하므로 감성 마케팅을 위해서도 캘리그래피를 활용한다. 나는 강병인 캘리그래퍼의 필적을 좋아한다. '강병인 캘리그래피 연구소'를 방문해, 캘리그래피에 대해 쓴 단상을 읽어 보았다. 그는 어릴 적 붓을 잡은 이후 줄곧 붓으로 한글의 향연을 펼쳐 보였다고 한다.

그렇다면 현대인은 왜 문자를 자기만의 방식으로 표현하려고 할까? 베냐민은 인간이 태곳적에 자연을 모방하던 능력이 언어에 고스란히 남아 있다고 말한다. 태초에는 신에게만 언어가 있었다. 신적 언어가 유일하게 인간에게 전달되었다. 인간은 신의 언어를 순수하게 사용하지 못한 채 언어를 왜곡한다. 그러므로 인간이 훼손하기 이전의 언어에는 묘하게도 신성함이 있었다. 현대인은 특히 문자에 숨은 신성한 기운을 감지하기 시작했다. 캘리그래피는 문자를 다양하게 표현하면서 인간의 문자 이전의 모습을 나타내고 싶은 원초적 희망을 담으려고 한다.

사람들은 컴퓨터 자판을 이용해 머릿속의 생각을 표현한다. 나는 MS-Word의 맑은고딕체를 좋아한다. 맑은고딕체는 간결하면서도 말하고자 하는 바를 컴퓨터 화면에 정확하게 나타낼 수 있을 듯해서이다.

컴퓨터 자판을 두드리며 글을 쓰면서부터, 사람마다 제각각인 글씨체가 어느덧 동일하게 나타나기도 한다. 학생들은 컴퓨터를 이용해서 리포트를 제출한다. 컴퓨터로 작성한 리포트는 읽기도 편하고 평가하기도 수월하기 때문이다. 그러나 중간시험과 기말시험 때는 필기구를 이용해 자신의 생각을 표현해 작성해야 한다.

대학교 입학, 회사 취직 과정에서 특히 자기소개서 작성이 중요하다. 한 인간이 어떻게 살아왔는지, 다른 사람과 구별되는 자신만의 창의성은 무엇인지 알릴 수 있는 기회이기 때문이다. 컴퓨터를 이용한 문서 작성은 자신의 단점과 한계를 숨기고 질문에 충실하게 답변하는 자기소개서를 쓸 수 있다. 게다가 컴퓨터로 작성할 경우 인터넷 자료를 토대로 짜깁기와 표절 같은 비윤리적 방법을 이용해 자기소개서를 작성할 수도 있다. 나는 되도록이면 자필로 자기소개서를 작성해야 한다고 생각한다. 필기구를 이용해 자신만의 글씨체로 과거, 현재, 미래를 성찰한 자기소개서를 썼으면 한다. 자기소개서에 나타난 글씨체를 통해 지원자의 성격과 인성까지도 파악할 수 있기 때문이다.

인간의 글씨체란 무엇일까? 인간의 글씨체는 하나의 기호에 불과하다. 예컨대 묘비명을 생각해 보면, 한 인간의 탄생과 죽음에 대한 객관적 사실만을 전달할 뿐이다.


## 몸과 이미지—무의식

소설가 김훈은 몽당연필로 소설을 쓴다고 한다. 몽당연필이라는 단어의 울림이 아날로그적인 느낌이 들어 왠지 정감이 묻어난다. 임진왜란, 병자호란 등 역사적 사실을 기억하면서 역사적 사건 와중에 살아 있는 것 같은 인간의 모습을 몽당연필을 통해 묘사하거나 서술하는 과정이 장인의 품격을 드러내는 듯하다. 심이 다한 몽당연필을 칼로 깎듯이 그는 불필요한 문장을 한 치의 오차 없이 걷어 낸다. 김훈의 소설은 읽기 쉽지 않다. 소설이 단문으로 구성되어 읽기 수월해 보이지만, 오히려 실제로는 문장과 문장의 연결을 이해하기 위해 고도의 집중력이 필요하다. 그가 실제 원고지에 작성한 문장을 보면 글씨체가 예의 바르고 단아하기까지 하다.

베냐민은 이미지에서 필적을 고찰하는 멘델스존의 견해에 동의한다. 그는 아냐와 멘델스존이 필적과 어린아이들의 그림을 비교한 글을 인용했다. 그는 필적의 이미지 너머에 있을지도 모를 문자의 비밀을 해명하려고 한다. 베냐민이 어린아이의 세계에 주목했던 것처럼 필적과 어린아이의 그림이 유사하다고 생각했다. 그는 기존의 필적 감정학을 비판했다. 즉 필적의 외형에만 주목한 채 필적의 이면에 남아 있는 인간의 무의식을 탐구하는 진지한 태도가 기존의 필적학에는 부족하다고 생각한 것이다.

베냐민은 이미지 문자에 주목했다. 이미지는 고정적이지 않고 조건과 상황에 따라 변한다. 필적을 하나의 이미지로 파악한다면, 사람이 글씨를 통해 내면의 모습을 온전하게 드러낸다고 쉽게 가정할 수 없다. 그는 아냐와 멘델스존이 문명인의 필적을 이미지 문자로 파악하려는 태도를 높이 평가한다. 이미지 문자는 문장의 배치, 배열, 모양 등과 같이 외적 표현만을 탐구하지 않고 문자가 표현되는 이면에 유추와 은유가 있다는 점을 알아차리는 것에 주목한다. 제스처를 생각하면 이미지 문자를 쉽게 이해할 수 있을 듯하다. 사람들은 다양한 제스처를 표현한다. 자신의 감정과 정서를 몸짓을 통해 드러낸다. 몸짓을 드러내는 사람과 수용하는 사람 사이에 공통으로 몸짓의 의미를 파악하기도 하지만, 경험을 통해 몸짓의 이미지를 사전에 파악하기도 한다. 그는 필적 감정사가 필적을 통해 사람의 성격까지 알려고 하는 태도는 올바르지 않다고 말한다.

베냐민은 〈필적학에 대하여Zur Graphologie〉에서 우리의 삶이 필적을 통해 미지의 시간에서 전달되는 신비로움을 나타낸다. 글 씨는 하나의 이미지 공간을 형성한다. 글씨 속에는 미래의 암호 를 풀 수 있는 동력이 숨어 있다. 우리의 삶은 미지의 시간에서 전달되는 세계의 목소리를 감지할 수 있다. 필적을 고정된 실체 로만 보지 않고, 삶의 모습이 압축적으로 반영된 소우주로 생각 한다면, 우리는 필적에 나타난 이미지 분석 과정을 거쳐 미지의 세계 해석이 가능하다.

## 필사

필사筆寫는 베끼어 쓰는 행위로 특정인의 문구와 명언을 쓰는 과정이다. 근 래 많은 사람이 필사에 관심을 보인다. 조정래《태백산맥》, 박경 리《토지》와 같은 대하소설을 한 글자도 빠짐없이 필사하기도 한 다. 필사본은 원본에 견주면 가짜일 수 있다. 그런데도 사람들은 많은 시간을 들여 각자의 방식으로 글자를 옮겨 쓴다. 원본의 단 어, 문장, 단락을 복사하는 과정이 아니라 유사하게 모방하면서 원본의 가치를 훼손하지 않고 자기만의 필체를 표현할 수 있다.

사람들은 문자를 의사소통의 수단으로만 여기지 않는다. 문자에는 알 수 없는 힘이 내포되어 있다. 사람들은 각자의 필체를 통해 필사 과정 그 자체를 중시한다. 필체는 사람마다 다르다. 자음과 모음은 동일하게 있지만, 문자 표현 방식은 다르기 때문이다. 사람들은 각자의 필체를 통해 원본의 권위에 기대어 한순간의 정신적 불안을 극복하려고 한다.

허먼 멜빌Herman Melville의 《필경사 바틀비》는 근래 많은 사람이 관심을 보이는 소설이다. 필경사라는 단어가 낯설게 느껴지는가? 필경사scrivener는 소설에서 보듯이 변호사의 서류 작업과 관련된 일을 돕는 직업이다. 복사기가 없던 시절 소송 관련 서류에 직접 글씨를 쓰는 일련의 직업군이다.

소설 속 화자는 변호사이다. 그는 무사안일하게 사는 것을 생활신조로 여긴다. 그의 사무실은 월가 ○○번지 위층에 있다. 바틀비를 채용하기 전에 터키, 니퍼, 진저넛을 필경사로 고용했다. 그는 기존의 필경사들과 옥신각신하면서도 부동산 관련 변호와 서류를 정리하면서 생활하는 데 아무런 문제가 없었다.

바틀비는 입사 초기에는 필사에 매진했다. 그는 행정 서류 원본을 필사한다. 밤낮을 가리지 않고 필사에 몰두한다. 그는 원본과 사본의 경계에서 무료하게 시간을 보낸다. 결국 그는 사본의 세계에서 방황하다가 죽음을 맞았다. 여기서 사본은 두 가지 의미가 있다. 첫째, 사본死本으로서의 죽음의 세계이다. 그는 배달 불능 편지를 소각하면서 각자 다양한 삶의 내력을 지니는 인간들의 목소리가 사라지는 것을 목격한다. 더군다나 그는 우체국에서 쫓겨난다. 그는 타인의 죽음을 외면하지 않고 창백하게 응시했다. 둘째, 사본寫本의 거짓 세계이다. 그는 변호사 사무실에서 살아 있는 이들의 욕망을 위해 존재하는 온갖 서류를 무심하게 필사했다. 그 서류 뭉치에서 자기 목소리를 낼 수 없었다. 게다가 원본과 사본을 비교·검토하는 일도 해야 했다. 이상과 같이 그는 사본死本과 사본寫本에서 자신의 정체성을 발견하지 못했다. 어쩌면 진정한 삶은 자신의 생각을 온전하게 표현하고 타인에게 전달하는 과정을 거쳐야만 도달할 수 있다.[1]

## 언어와 표현 — 성격

필적筆跡은 글씨의 모양이나 솜씨를 뜻한다. 필적에는 저마다의 성격이 드러난다. 필적을 통해 각자의 성격을 존중하는 과정이 필요하다. 구본진의《글씨로 본 항일과 친일—필적은 말한다》는 간찰(편지)을 수집하고 분류하고 분석하는 과정을 거쳐 항일과 친일의 정신적 내면세계를 깔끔하게 정리했다. 저자는 오랫동안 검사 생활을 하면서 필적을 통해 피의자의 성격을 파악해서 사건을 해결했다고 한다. 저자는 '글씨를 보면 성격이 보인다'라는 전제하에 글씨 크기, 형태, 곧은 글씨와 굽은 글씨, 자간, 행간, 글씨의 규칙성, 글씨 속도, 정돈성 등을 면밀하게 살피면서 글을 쓴 사람의 성격을 추론한다.

저자는 "한 일一 자"만 가지고도 개인의 성격을 파악할 수 있다고 한다. 글자의 배치가 오른쪽, 왼쪽인지에 따라 개인의 성격이 드러나기도 한다. 사람들은 글씨체를 통해 성격을 파악하는 관점이 자의적일 수 있다고 반론을 제기할 수 있다. 즉 필적 감정사가 주관적으로 타인이 작성한 필적이라는 객관적 기호를 해석할 수 있다는 것이다.[2]

학생들이 중간시험과 기말시험에 자필로 작성한 글들은 무척 읽기 힘들다. 학생들이 필기구를 사용해 작성한 글의 필체가 저마다 다르기 때문이다. 간결하게 자음과 모음을 표현한 글씨체가 있는가 하면, 삐뚤삐뚤하게 표현된 글씨체도 있기 때문에 학생들이 작성한 글을 신중하게 평가하려고 한다. 글에서는 정서적으로 불안정한 학생, 우울한 학생, 공포감에 사로잡힌 학생 등 저마다 각자의 은밀한 성격을 감추고 있지만 은연중에 중간시험과 기말시험의 글씨체에는 학생들의 성격이 나타난다.


## 숨기기 전략

베냐민은 〈덮개가 벗겨진 부활절의 토끼 모양의 과자 혹은 숨기기에 관한 소론Der enthüllte Osterhase oder Kleine Versteck-Lehre〉에서 〈도둑맞은 편지〉를 언급한다. 그는 숨기기의 의미를 제시한다. 숨기기는 일종의 흔적 남기기인데, 보이지 않는 흔적을 남기는 것으로 정의한다. 숨긴 곳이 트여 있을수록 아이디어가 풍부하고, 아무것도 움직이지 않고서도 숨겨진 물건을 발견할 수 있게 숨기기를 권유한다. 그러면서 18세기의 사람들이 기이한 사실에 대해 박학다식한 글을 썼다는 사실을 언급하면서, 달걀 숨기기와 관련된 원칙을 제시한다. 숨기기 전략은 '집게의 원칙das Prinzipium der Klammer', '마게가득 채우기의 원칙das Prinzipium der Füllung', '시선의 고점과 저점의 원칙das Prinzipium der Höhe und tiefe'이다.

베냐민은 숨기기 전략을 말하면서 위장의 공간을 언급한다. 사람들은 생존을 위해 위장한다. 사람들은 상대방이 싫은 경우에도 겉으로 싫은 내색을 하지 않는다. 자신의 진심을 숨긴 채 상대방과 비슷하게 생각하는 척하고 말한다. 물론 동물들도 제 몸을 보호하기 위해 주위와 유사한 모양을 띠기도 한다. 이른바 동물은 의태라는 행위를 하는 것이다. 이러한 모습을 학생들의 글에서 볼 수 있었다. 대체로 모범생이었던 학생의 글을 보면, 공부를 하기 싫었지만 어쩔 수 없이 부모님의 의견에 따르는 듯한 모습을 취했다고 한다. 그런 학생들은 자신이 하고 싶었던 전공을 포기한 채 부모님의 말씀을 잘 듣는 착한 아이로 위장했다고 고백한다. 마치 자연의 동물이 생존을 위해 의태하는 것처럼, 착한 아이들은 부모님의 기대에 따르는 것처럼 위장한다. 그런 글을 보면 그저 씁쓸하기만 하다.

에드거 앨런 포의 〈도둑맞은 편지〉는 도둑맞은 편지에 얽힌 사건을 다룬다. 사립 탐정 뒤팽이 왕비의 도둑맞은 편지를 찾는다. 경찰국장 G는 뒤팽의 집에 방문해 사건을 의뢰한다. 왕비는 S공작의 편지를 받아 읽고 있는 동안, 왕과 D장관이 방으로 들어왔다고 증언한다. 왕비는 심증으로 D장관을 범인으로 지목한다. D장관은 S공작의 편지에 왕비의 약점이 있을 것으로 생각해 편지를 훔친다. 범인은 D장관이다. 그런데 도둑맞은 편지가 어디에 있는지를 알아야 하고, 편지의 내용이 공개되어서도 안 되는 상황이다. 경찰국장이 장관 집에서 물증 확보를 위해 노력했지만 허사였다. 뒤팽은 사건의 전모가 밝혀진 상황에서 왕비의 도둑맞은 편지를 찾아서 사건을 해결한다. 그는 장관의 입장이 되어 왕비의 편지를 어떻게 보관했을지를 추리한다. 대개 훔친 물건은 눈에 띄지 않는 곳에 숨기는 법이다. 그런데 장관은 사람들의 상식과 달리 훔친 편지를 눈에 띄는 곳에 보관한다. 뒤팽은 장관이 편지꽂이에 여왕의 편지를 감추었다는 점을 알아차렸다. 그런 다음에 그는 장관과 마찬가지로 여왕의 편지를 훔친 후 가짜 편지를 편지꽂이에 넣어 두었다. 왕비는 도둑맞은 편지를 받았고, 장관 역시 훔친 편지를 여전히 자신이 가지고 있다고 생각한다. 결국 장관은 훔친 편지를 다시 도둑맞았다는 사실을 모른 채 왕비에게 정치적으로 횡포를 부릴 것이다. 왕비는 도둑맞은 편지를 다시 찾았기 때문에 장관에게 정치적으로 부담을 가질 필요가 없다. 뒤팽은 도둑맞은 편지를 찾고 장관의 필체를 모방한 가짜 편지를 편지꽂이에 꽂아 두는 과정에서 필체를 조작한다.

사건의 진실은 현실의 은폐된 영역에 위치한다. 이와 마찬가지로 인간의 필적은 진실과 허위를 동시에 내포한다. 현대사회에서는 존재를 증명하기 위해 서명한다. 서명은 고유성을 증명한다. 그런데 서명할 때 매번 동일한 필적을 구사하지 않는다. 미스터리는 현실 문제를 음모론의 관점에서 다룬다.

일본 소설가 히라노 게이치로平野啓一郎는 〈사라진 꿀벌〉에서 필적 모방범의 비극적 삶을 통해 필적과 운명의 관계를 다루었다.

우편 배달부 K는 마을 사람들의 우편물의 필적을 모방하는 범죄를 저지른다. 필적 모방범이 원본 우편의 필적을 모방해 각자의 수신자에게 전달한다면, 수신자는 원본과 모방의 차이를 통해 알아차려야 한다. 그런데 사람들은 필적 모방된 우편물을 원본으로 생각했다. 사람들은 K의 특별한 능력을 처음에는 대수롭지 않게 여겼다. 그는 어릴 적 부모님을 일찍 여의었고 형과 함께 양봉을 하면서 생활했다. 그런데 어느 날 벌통에 애벌레만 남고 벌들이 사라지는 사건이 발생했다. 그의 형은 사라진 벌들이 근처 농가의 농약 때문이라고 생각했다. 그들과 마을 사람들 간에 재판이 벌어졌다. 재판에서 패소한 형은 마을을 떠났고, K만이 마을에서 혼자 생활하기 시작했다. 그는 마을 사람들의 우편물에서 필적을 모방하기 시작했다. 그가 모방한 필적은 유사성을 넘어 진실을 거짓으로 혹은 거짓을 진실로 둔갑시킬 수 있었다.

이러한 과정을 거쳐 수신자에게 전달된 우편물은 참과 거짓의 어느 쪽 경계에 있을까? 그가 모방한 필적에는 저마다의 사연이 담겨 있었다. 그는 결국 우편물 위반 혐의로 처벌을 받는다. 그가 타인의 필적을 모방하는 과정에서 원본과 복사본의 경계가 허물어졌다. 아울러 그가 보낸 거짓 우편을 수신자가 참으로 여긴다면, 필적의 정체성은 유지될 수 없다.

사람들은 자신만의 필적이 있다고 생각한다. 그런데 필적 모방을 통해 자신의 정체성이 불투명해진다면, 필적 정체성은 성립할 수 없다. 사람들이 매번 동일한 필적을 구사하지는 않는다. 필적은 매 순간 변경되고, 변화되면서 고정된 정체성을 유동적으로 표현한다.

**미주** __

1  최은주, 〈대도시 삶에서의 관계의 운명과 감정의 발굴 —「필경사 바틀비」를
   중심으로〉,《비평과 이론》18, 한국비평이론학회, 2013, 202~203면.
2  구본진,《글씨로 본 항일과 친일 — 필적은 말한다》, 중앙북스, 2009, 53면.

제7장

셜록 홈스와
악수를 하면
손금이 사라진다

## 악수 없는 세대

대중은 일상에서 근엄한 표정을 지으면서 타인과 비즈니스를 맺기에 급급하다. 악수는 주체와 객체가 동등하게 타인의 영역을 인정하는 과정이다. 현대인은 으레 낯선 사람을 만나면 악수부터 청한다. 악수하면서 서로에 대해 신뢰감을 형성한다. 현대인은 각자의 운명을 스스로 책임지기 때문에, 사회적 운명과 교감하지 않는다. 현대인은 손금과 같이 예정된 운명을 비판하지 않고 순응한다. 악수는 단순한 매너가 아니다. 현대인은 악수조차 비즈니스로 간주해 서로 악수하면서 이익과 수익을 창출하려고 한다.

사람들이 '혼놀족혼자 노는 사람들'과 '관태기관계와 권태기의 합성어'에 빠진 채 인간관계의 불필요한 감정 소모를 애초에 차단하려는 것은 아닌가 하는 생각이 든다. 혼놀족은 사람들이 서로 낯선 사람의 '성격'을 수용하고 배려하지 않은 채 각자의 성격만을 유지하면서 살아가는 태도를 편하게 여기기 때문에 발생했다. 혼놀족은 현대사회에서 타인과 관계를 맺지 않아도 생활하는 데 불편함이 없다고 생각한다.

현대인은 다양한 놀이 수단을 통해 각자의 시간을 편안하게 보낼 수 있다. 아울러 식당에서는 혼자 밥을 먹을 수 있는 별도의 자리를 설치하거나, 대형 커피 전문점에서도 개인 좌석을 마련하는 등 혼놀족을 위한 다양한 편의 시설이 늘어 가고 있다. 사람들은 각자도생의 시대를 온몸으로 실천하고 있다. 모든 일을 혼자 고민하고 해결하려는 습성이 몸에 밴 것이다.

혼놀적 정신으로 대학 생활을 한 학생들이 어느덧 졸업한다. 대학생에서 사회 초년생으로 바뀌면서 굳건하게 사회인이 되고 직장 생활을 시작한다. 직장 생활에 어느 정도 적응하면 각자 먹고살기도 바쁜데 굳이 불필요한 인간관계까지 맺을 필요가 없다고 생각한다. 직장 생활은 대학 생활보다 더 센 강도로 각자의 이익을 위해 무한 경쟁을 해야 한다. 그러다 보면 인간관계 자체를 권태로 여기며, 사람들과의 관계를 끊고 오로지 홀로 생활한다.

특히 관태기는 조직 내 과도한 경쟁 때문에 인간 자체를 혐오하는 과정에서 발생한다. 오카다 다카시岡田尊司는《나는 왜 저 인간이 싫을까》에서 '인간 알레르기' 현상을 설명한다. 인간이 신체적으로 알레르기 반응을 보이는 것처럼, 마음 역시 특정 대상에 불가해한 알레르기를 드러낸다고 한다. 우리 사회에 만연하기 시작한 관태기도 일종의 인간 알레르기 때문이다. 결국 우리 사회에서도 타인의 성격과 자신의 성격 차이를 인정하고 상호 존중하는 태도가 점점 사라지고 있다는 반증이다. 그렇다면 타인과 자신의 성격을 어떻게 성찰할 수 있을까? 심리 치료를 받을 수도 있고, 윤리적 내용이 담긴 책을 읽을 수도 있다.

영화 〈가위손〉(팀 버튼, 1990)은 가위손을 지닌 비극적 인물인 에드워드에 대한 이야기다. 인간의 손이 얼마나 폭력적일 수 있는지를 보여 준다.

화장품 외판원인 펙 보그스는 우연히 마을의 외진 곳에 있는 고성을 방문한다. 그곳에서 그녀는 에드워드를 만난다. 에드워드는 고성의 음침한 기운에 갇혀 혼자 살아가고 있었다. 그녀는 그를 마을로 데려온다. 그녀가 사는 마을은 현실 세계이다. 현실 세계는 경찰, 가족, 사회로 이루어져 있다. 그런데 에드워드는 현실 세계에서 살아갈 수 없다. 누구와도 악수할 수 없기 때문이

〈가위손〉(팀 버튼, 1990)

다. 에드워드는 인간도 인공적으로 만들 수 있다고 확신한 과학자의 부산물이다. 그런데 크리스마스에 두 손을 선물받기로 했는데, 그가 실수로 과학자를 죽이게 된다. 마을 사람들은 처음에 가위손을 지닌 에드워드를 환대하지만, 결국 그는 갖가지 모함과 음모에 휘말린다. 에드워드의 가위손은 낯설고, 이질적 대상으로, 무엇인가 온전하게 완성되지 못한 채 주변을 맴돌아야만 하는 인간의 모습을 상징한다. 가위손은 자신에게 상처를 입힐 수 있고, 타인을 위협할 수도 있다. 어쩌면 악수 없는 세대는 각자의 가위손을 지니고 살아간다고 볼 수 있다. 우리는 자기의 손끝이 세계와 닿으면 관계가 부서질지도 모른다고 염려한다.

## 손바닥 위 눈동자

수상학은 점성술과 유사하게 개인의 운명을 예언하는 측면이 강하지만, 특히 성격과 성향에 대한 관심이 두드러진다. 수상학의 성격 분석적 요인은 타인의 손이 아니라 자신의 손금을 통해 단정적 요소가 강하게 작용했다. 발터 베냐민은 손금 보기에서 성격과 운명이 합쳐진다고 말한다. 인간은 자신의 손금을 통해 앞으로 닥쳐올 일에 어떻게 처신해야 할지와 더불어 자신의 운명을 예상할 수 있다.[1]

오카모토 타로岡本太郎는 일본의 초현실주의 예술가이다. 그는 일상에서 볼 수 없는 상상과 환상의 세계를 표현했다. 그는 〈벽을 부수는 언어〉에서 자유, 예술, 언어의 문제를 스타카토식의 문장으로 표현했다. 타로는 인간은 자유를 추구해야 한다고 말한다. 자유는 자유로워지기 위해 자발적으로 삶을 선택하는 과정에서 발생한나. 그런네 사람들은 물리적 조건을 탓하며 자신의 자유를 스스로 억압한다. 자기 내면에 있는 무엇인가를 표현하기 위해 자연스럽게 예술의 단계로 진입할 수 있어야 한다. 예술은 인간의 생명을 활기차게 표현할 수 있는 수단이다. 자기만족을 추구하면서 타인과의 교감을 자연스럽게 형성할 수 있다. 문학, 음악, 미술 등 인간의 내면세계를 직접적으로 표현하는 과정을 거쳐 인간은 자유를 느낄 수 있다. 그런데 사람들은 스스로 벽속에 갇혀 지내면서 자신이 벽이라는 사실을 잊어버린다. 그래서 그는 벽을 자기라고 말한다. 예술을 숭고하게만 생각하면서 자기 삶을 예술적으로 변환하려고 하지 않기 때문이다.

우리는 예술의 변신 가능성에 주목할 필요가 있다. 예술은 동어 반복으로 흘러가는 삶의 매 순간마다 자기 자신을 새롭게 변화시켜 준다. 삶에 숨어 있는 위험을 스스로 선택하면서 삶의 영토를 교란시킬 수 있는 용기가 필요한 시점이다. 어쩌면 우리는 문명과 문화 속에서 화초처럼 무난하게 살기 위해 노력하고 있는지도 모른다. 각자의 본능적 충동을 충족시키기 위해 예술의 문으로 다가서야 한다. 그렇기 때문에 그는 예술은 주술이라고 말한다. 예술의 주술은 무상의 커뮤니케이션을 추구한다. 무상의 커뮤니케이션은 정치·경제적 이익 등을 고려하지 않고 예술 그 자체에서 삶의 생동성을 발견하는 과정이다. 그는 현실의 무료함을 '폭발'시키기 위해 예술의 창조성을 신뢰한다.

오카모토 타로 기념관에는 그의 예술 창작 과정과 관련된 다양한 전시물이 전시되어 있다. 기념관에는 일본의 초현실주의 세계를 다양하게 표현한 전시물들이 많다. 특히 손바닥 위에 눈을 그린 사진이 있는데, 손바닥에 그려진 눈은 세계에 진실을 전달하려는 손짓이다. 손은 세계를 장악하는 수단이다. 손에는 인간의 운명이 반영되어 있다. 그런데 그는 왜 손바닥에 눈을 그렸을까? 우선 자신의 운명을 들여다보려는 인간의 행위로 간주할 수 있다. 아울러 자신의 운명을 들여다본 그가 세계의 운명을 살펴보겠다는 행위로 읽힌다. 그런데 손바닥에 그려진 눈은 손을 쥐는 순간 우리의 시야에서 사라진다. 인간과 세계의 진실은 손바닥에 놓여 있지만, 자신의 손금에 그려진 운명을 해석하려고 한다. 손바닥 위 눈동자는 과연 어떤 세계를 바라보았을까? 그의 기념관에 전시된 작품을 보면 세계의 폭력에 속수무책으로 노출된 인간의 모습을 바라보고 보듬으려는 것으로 이해할 수 있다.


## 손금의 아이러니

오스카 와일드Oscar Wilde의
〈아서 새빌 경의 범죄Lord Arthur Savile's Crime and Other Stories〉는

아서 새빌 경이 수상가인 셉티머스 R. 포저스 씨의 예언을 자기만의 방식을 통해 극복하는 과정을 담았다. 아서 새빌 경은 윈더미어 부인 집에서 수상가인 포저스 씨를 만난다. 포저스 씨는 아서 새빌 경의 손금을 보고 나서 그가 살인할 운명이라고 예언한다. 아서 새빌 경은 처음에는 수상가의 예언을 대수롭지 않게 여겼다. 그런데 시간이 흐르면서 수상가의 예언이 실현될 수도 있다는 생각에 안절부절못한다. 그는 처음으로 운명과 파멸의 의미를 고민했다. 수상가가 자기 손금에 붉은 범죄의 표지가 있다고 예언한 것을 어떻게 받아들여야 할지 괴로워한다. 자신이 모르는 운명을 타인이 손금을 통해 확인하는 과정이 어떻게 가능한지 이성적으로 생각해 본다. 그는 플로라 양과 결혼하기로 되어 있었는데, 그녀가 범죄자의 아내가 되기를 원하지 않았다. 그는 어차피 미래에 자기가 살인자가 될 운명이라면 한시라도 빨리 살인자가 되어 운명에서 벗어나려고 한다. 그는 클레멘티마 보샹 부인을 살인할 계획, 치체스터 주임에게 사제 폭탄을 투척할 계획을 세운다. 그렇지만 살인 계획은 번번이 실패로 돌아간다. 그러던 중 그는 우연히 수상가인 포저스 씨를 만난다. 그 순간 그는 포저스 씨를 살해함으로써 자신의 운명을 실현한다.

　나는 아서 새빌 경이 손금 예언가를 살해하는 장면이 오스카 와일드적이라고 생각했다. 인간의 운명을 주관하는 일체의 외적 요소에 복수하는 과정이 참으로 통쾌하게 여겨졌다. 윈더미어 부인은 포저스를 협잡꾼으로 여기고 수상학도 싫어졌다고 말한다.

그러면서 그녀는 텔레파시를 좋아하기 시작했다는 말도 덧붙인다. 이에 아서 새빌 경의 아내는 그가 수상학을 아주 진지하게 여긴다고 말한다. 아마도 그가 포저스 씨의 예언대로 살인자가 되었기 때문일 것이다. 외견상 인간은 수상학과 텔레파시 같은 초현실적 세계를 부정하는 듯하지만, 오컬트의 세계를 교묘하게 수용하면서 살아가기도 한다. 원더미어 부인은 나이 마흔에 세 번 이혼했다. 그녀는 쾌락을 무절제하게 추구한다. 그녀는 쾌락을 위해 온갖 오컬트를 동원하려고 한다. 결국 아서 새빌 경의 범죄는 오컬트적 운명이 아이러니하게 구현된 인간의 모습이다.

영화 〈퓨리〉(데이비드 에이어, 2014)에서 미군 병사와 독일 여성이 사랑을 나누기 전에 미군 병사는 독일 여성의 손금을 봐준다. 그는 독일 여성에게 앞으로 행복할 것이라고 예언한다. 그들

〈퓨리〉(데이비드 에이어, 2014)

은 미국인과 독일인이기 때문에 언어를 통해 의사소통할 수 없다. 그들은 서로의 운명을 공감하면서 육체적으로 소통한다. 미군 병사가 바깥으로 나온 후, 폭격기의 폭탄이 독일 여성이 머문 집에 떨어진다. 미군 병사의 예언은 거짓으로 드러났다. 인간의 운명은 예정된 것이 아니라 외적 조건의 변화에 따라 역설적 결과로 이끌기도 한다. 독일 여성이 미군 병사의 예언과 달리 죽음을 맞이하자, 미군 병사는 그녀를 구제하지 못한 죄책감으로 오열한다.

## 장인의 손금

현대사회에서는 상품의 유통과 생산과 소비의 속도가 매우 빠르다. 예컨대 하루에도 수천 권의 책이 출간되어 나온다. 신간 서적을 보기가 겁이 날 정도이다. 특히 문학 서적은 참으로 많이 출판되고 있다. 하루가 멀다 하고 문학 서적이 쏟아져 나온다. 이름도 낯선 작가의 서적이 출간되지만, 무수한 책이 과연 생산적으로 유통되고 있는가라는 의문과 함께 과잉 생산의 결과가 두렵기조차 하다.

문학 지형은 자본에 종속된 형국이라는 생각이 든다. 무의식으로 도피한 문학, 고리타분한 후일담 문학, 전혀 난해하지도 않은 것을 난해하다고 주장하는 문학, 로또처럼 대박 작품이 출현하기를 바라는 문학, 여러 출판사에서 중복으로 출간되는 문학이 공통으로 점유하고 있는 의식은 **자본**에 대해서 절대 의문을 표하지 않는다는 것이다. **자본**에 대한 풍자를 거론하기에는 문학 지형이 처한 상황이 긍정적으로 보이지 않는다. 그러나 이러한 자본의 폭력이 횡행하는 시대일수록 문학은 좀 더 비판적 태도를 유지해야 하는데, 그러한 문학이 보이지 않고, 이를 타개할 수 있는 가능성을 형성하는 비평의 태도 역시 보이지 않는다. 외형적 문학 지형은 발전하고 있으나, 문학 지형을 형성하고 있는 자본의 역습에서 자유롭지 못한 문학이 안쓰럽기만 하다. 특히 불만스러운 것은 문학 전선이 붕괴되면서 문학 에콜école을 무시하는 듯한 작가들의 지면을 확보하려는 태도이다. 참으로 소중한 작가를 발굴하고, 창작의 능력을 유지할 수 있도록 지원하는 것은 유효한 일이지만, 이념적 지형을 고려하지 않고 단순히 판매 수익 창출이 가능한 작가들을 출판사 상호 간에 공유하는 태도는 자본에 종속된 문학의 풍경인 것 같아 안타깝기 그지없다. 자본이 있는 곳을 여기저기 기웃거리면서 출간되는 문학이 과연 진정성을 확보하고 있는지도 의문이다. 최종적으로 우리 시대 문학이 자본에 대한 대항 권력을 소유할 가능성이 있을지 고민해야 할 것 같다. 책에 대한 장인 정신이 보이지 않는 시대이다.

베냐민은 러시아 작가인 니콜라이 레스코프Nikolai Leskov의 작품을 말하면서, 경험의 빈곤이 이야기의 빈곤으로 이어지는 과정을 다루었다. 그는 전통과 근대 중 어느 한쪽을 일방적으로 옹호하지는 않았다. 나는 특정 입장에 치우지지 않으려는 그의 태도를 존중한다.

현대사회에서는 수공업적 장인의 노력과 연륜을 보기 힘들어졌다. 수공업적 장인은 느림의 미학을 지향한다. 장인은 자신의 손으로 직접 물건을 만들기 위해 노력했다. 장인이 사라지면서 경험과 이야기가 소멸 중이다. 베냐민은 경험 가치의 하락과 정보 우위의 세계가 다가올 것이라고 예언했다. 정보는 항상 새로운 것을 추구한다. 그런데 정보는 새로운 것이 탄생하는 순간 오래된 것이 되어, 효용 가치가 신속하게 떨어진다.

베냐민이 언급한 레스코프의 작품은 〈왼손잡이〉이다. 〈왼손잡이〉는 툴라 지역의 사팔뜨기, 왼손잡이, 뺨에 반점이 있고, 대머리인 무기 제조공이 겪는 경험담을 이야기한다. 그는 옹고집이고 처세에 능하지 않다. 알렉산드르 황제가 영국에서 가져온 인공 벼룩은 황제의 죽음 이후 니콜라이 1세 치세 때 재발견된다. 니콜라이 1세는 알렉산드르 황제를 보필했던 장군 플라토프에게 인공 벼룩의 출처를 수소문한다. 황제가 영국의 문물을 높이 평가하는 태도와는 달리, 플라토프는 러시아 자국의 문화를 숭상하는 태도를 보인다. 그래서 니콜라이 1세는 플라토프에게 영국에서 만들어진 인공 벼룩을 넘어서는 것을 만들라고 명령한다. 플라토프는 툴라의 대장장이들에게 인공 벼룩 이상의 것을 만들어내라고 엄명한다. 왼손잡이를 포함한 툴라의 대장장이들은 강철 벼룩의 발에 편자를 박고 자신들의 이니셜을 새긴다. 여기까지는 왼손잡이의 성격이 드러나지 않는다. 니콜라이 1세는 러시아

기술의 위대성을 알리기 위해 왼손잡이를 영국으로 보낸다. 영국인들은 왼손잡이 장인의 기술에 탄복한 나머지 그를 영국에 머무르게 하려고 회유한다. 그러나 그는 러시아로 돌아가기를 고집한다. 결국 그는 러시아로 귀환하는 배에 오른다. 왼손잡이는 배에서 영국인 갑판장과 술 마시기 시합을 벌이다 과음한 나머지 러시아 경찰에 인도되고, 갑판장은 영국인 의사에게 맡겨진다. 러시아 경찰에 체포된 왼손잡이는 부랑자 취급을 당하고 병원에서 죽음을 맞는다. 영국인 갑판장은 왼손잡이를 구하기 위해 사방팔방으로 수소문한 결과 병원에서 죽기 일보 직전에 그를 발견한다. 왼손잡이는 죽기 직전 영국인 갑판장에게 자신이 영국에서 알아낸 총기와 관련된 비법을 니콜라이 1세에게 전해 달라고 유언을 남기지만 황제에게 전달되지 못한다.

〈왼손잡이〉는 왼손잡이 장인의 죽음을 다룬 후, 레스코프의 생각을 전달하는 것으로 마무리된다. 레스코프는 전설과 허구의 옛이야기를 언급한다. 그는 왼손잡이를 특정 시대의 특정 인물로만 말하지 않는다. 왼손잡이를 '민초들의 상상력을 의인화한 신화적 인물'로 묘사했고, 당대의 보편적 정신을 간직한 인물이라는 점을 기억하려고 한다. 그러면서 그는 기계문명이 발달하면서 왼손잡이와 같은 장인의 인간적 영혼을 간직한 인물을 더 이상 주변에서 볼 수 없다는 점을 안타깝게 여긴다. 어쩌면 왼손잡이 장인은 고지식하고 융통성이 없는 인물로 보인다. 하지만 왼손잡이 장인은 불가능하다고 할 수 있는 문제를 묵묵히 극복하려는 순박한 인물로도 생각할 수 있다.

레스코프는 왼손잡이 장인과 같은 인물을 기억하고 그러한 인물들이 살았던 시대를 회상해야 한다고 말한다. 기억은 과거를 망각하고 미래만을 생각하는 과정에 제동을 거는 것이다. 그렇다면 레스코프와 베냐민이 기억하려는 것은 무엇일까? 나는 레스코프가 작품 제목을 〈왼손잡이〉로 정한 이유가 궁금했다. 왼손잡이 장인은 사라진 감정, 육감, 직감, 감각과 같은 능력이 근대문화에서 사라지고 있다는 점을 상징한다고 볼 수 있다.

## 손금이 사라진 시간

베냐민은 수상학을 비판했다. 손금이라는 육체적 표시를 통해 사람의 운명을 예언하는 행위는 불가능하기 때문이다. 손바닥 위에 표시가 선천적으로 고정되어 있다면, 특정 개인의 운명을 파악할 수도 있겠지만, 손금은 시간이 흐르면 변화한다. 이러한 상황에서 인간의 손금이 운명을 해명할 수 있다고 생각하는 것은 타당하지 않다. 아울러 그는 수상학 점쟁이에게 자신의 운명을 의존하는 행위에 동의하지 않았다. 개인은 자신의 운명을 스스로 책임지고 살펴볼 줄 알아야 한다. 그런데 사람들은 수상학 점쟁이에게 의존하면서 자율적 삶을 포기한다.

체코의 조각가인 야로슬라프 로나Jaroslav Róna가 카프카의 소

야로슬라프 로나의 청동상 〈승마〉

설을 형상화한 〈승마〉라는 청동상이 있다. 카프카가 얼굴과 두 손이 없는 사내의 어깨 위에 걸터앉아 있는 모습이다. 왜 얼굴과 두 손을 형상화하지 않았는지 궁금하다. 사람의 두 손이 없다. 아울러 사람의 얼굴은 텅 비어 있다. 왜 두 손이 없을까? 얼굴은 타인과 구별되는 신체 부위이다. 아울러 얼굴은 시각, 청각, 후각, 미각처럼 인간의 감각기관을 담고 있다. 손은 인간의 촉각과 관련 있다. 그렇다면 얼굴과 손이 없다는 점은 인간의 기본적 감각이 존재하지 않는 것을 말한다. 얼굴과 손이 없는 상황에서 인간은 무감각하게 일상에서 평범한 삶을 살아갈 뿐이다. 감각이 통하지 않는 상황에서 인간은 무엇에 의존해야 할까? 얼굴과 손이 없는 사내의 어깨 위에 카프카가 걸터앉아 있는 모습은 무감각한 인간을 카프카가 이끌고 가는 것으로 이해할 수 있다. 어쩌면 현대인은 무감각한 상황에서 자기와 타인의 삶에 무관심하다고 볼 수 있다. 특히 두 손이 없는 모습에서 타인과 악수를 할 수 없는 상황이 유추된다. 타인과 연결된 삶을 살 수 없는 인간은 자기만의 세계에 고립되어 살아갈 뿐이다. 카프카는 두 손이 없고, 얼굴이 없는 형상을 소설을 통해 형상화하면서 인간의 삶을 이끌고 가려고 한다.

손은 무엇인가? 손은 직립 보행을 하는 인간이 자신의 생각을 직접적으로 표현할 수 있는 수단이다. 손금이 전달하는 운명의 모습보다 운명과 성격을 드러내는 소통인 수화를 생각해 보자. 수화는 문자와 언어처럼 의사소통의 한 방식이다. 수화로 언어와 문자를 사용하지 않고 자신의 마음을 전달할 수 있다. 우리가 손금에만 주목한다면 수화의 소통 과정을 간과할 수 있다. 손금으로 개인의 운명을 좌지우지하지 않고 손 그 자체를 통해 개인의 운명을 극복하는 과정에 주목할 필요가 있다.

마술사는 마술쇼에서 현란한 손동작으로 사람들의 시선을 모으거나 분산시킨다. 마술사의 손짓은 수화처럼 의사소통 수단으로 여기지 않는다. 마술사의 손동작은 사람들의 주의를 조작하면서 거짓 환상을 만든다.

한때 지문 날인과 관련해 사회적으로 논란이 있었다. 지문이 한 인간의 정체성을 표시하므로 지문 날인은 개인과 국가와의 관계를 다시 생각하게 만들었다. 국가가 개인의 생체 정보를 독점하는 과정이 과연 타당한지 의견이 분분했다.

스마트폰의 터치 아이디를 통해 스마트폰을 조작할 수 있게 되었다. 자신의 지문을 연속적으로 스캔하는 과정을 거쳐 스마트폰에 저장해 두면 디지털 기기와 인간의 지문이 결합되어 디지털 기계에 진입할 수 있다. 이처럼 지문은 단순하게 신체의 일부분으로만 간주되지 않고, 개인의 정체성을 확인하는 수단으로 인식된다.

그런데 과연 지문을 사용하면서 개인의 고유성을 확인하는 절차는 타당한지 의문이다. 스마트폰에 지문을 인식하는 과정을 거쳐 국가와 사회가 개인의 정체성과 고유성을 독점한다면, 개인의 신체 정보를 관리하는 행위를 어떻게 생각할지에 대해 고민해야 한다. 전자 매체를 통해 자기 증명이 이루어지는 과정에서 역설적으로 인간은 자기 지문의 소유권을 타인에게 쉽게 넘겨주는 것은 아닐까? 그런데 지문이 인식되지 않는 사람들은 자기 존재를 증명할 수 없다.

## 클릭하지 않을 용기

현대인은 컴퓨터 마우스를 클릭하면서 생활한다. 마우스를 터치해 클릭하는 순간, 조회 수를 올리는 데 일조한다. 가상현실에서 유통되는 정보들이 과연 인간의 삶을 행복으로 이끌 수 있을지 의문이다. 그러나 우리는 무의식적으로 클릭하면서 가상현실에 몰두한다.

인간은 미래를 확인하기 위해 점쟁이들을 찾아간다. 그런데 인간과 점쟁이 중 어느 쪽이 자신의 미래에 닥칠 운명을 정확하게 맞힐 수 있을까? 행운이든 불운이든 미래의 운명을 자각할 수 있는 사람은 바로 당사자이다. 특히 불운을 두려워하는 사람은 스스로가 불운의 조건을 자각해야 한다. 예컨대 이별을 앞둔 연인은 상대방의 몸짓과 눈짓에서 이별의 신호, 암시, 징후를 감각적으로 파악할 수 있다. 평소와는 다른 상대의 언행을 통해 이별의 순간이 머지않았다고 느낀다. 때로는 이별을 앞둔 연인들은 자신의 생각을 담은 편지 혹은 문자를 상대방에게 보낸다. 이별을 결정한 사람이 보낸 글과 문자를 받고 해석하는 순간에는 이미 이별에 대처할 수 없다. 편지와 문자 속의 기호를 해석하기에 앞서 이별이 이미 정해져 있기 때문이다. 이처럼 개인 간의 불운한 운명뿐만 아니라 사회적 불운 역시 사전에 반응하고 그에 대응할 줄 알아야 한다.

사회 구성원들이 레드 오션을 향해 맹목적으로 달려갈 때, 스스로 블루 오션을 발견해 제 삶을 찾기 위한 노선 변경이 필요하다. 레드 오션을 파악하기 위해 점쟁이를 찾아갈 필요는 없다. 우리 삶에는 레드 오션의 운명에 미래로부터 타진되는 텔레파시적 신호가 도처에 흘러 다닌다. 자기만의 검색어를 찾아 나서야 한다. 물론 접속을 단절할 때, 자기만의 검색어를 확보할 수 있다. 그러나 미접속 상태만으로 미래 충격에서 벗어날 수 없다. 레드 오션의 징후가 나타나는 순간, 우왕좌왕할 겨를이 없다. 레드 오션에서 블루 오션으로 노선을 변경하기 위해서는 침착한 태도가 중요하다.

아즈마 히로키東浩紀는 〈약한 연결〉에서 구글의 정보에 종속되지 않고 구글 검색에 포착되지 않는 신규 언어를 만드는 과정이 필요하고, 이를 위해 타인이 거주하는 곳으로 여행을 떠나야 한다는 점을 주장한다. 즉, 검색과 관광은 현대인의 삶의 공간을 긍정적으로 형성한다. 정주의 삶은 강한 연결을 중심으로 나와 너의 자율성을 훼손한다. 탈주의 삶은 약한 연결을 중심으로 나와 너의 자율성을 승인한다. 정주와 탈주의 삶 중에서 어느 쪽 삶을 선택할지는 전적으로 개인의 몫이다. 그렇지만 현대인은 정주와 탈주의 삶에서도 여전히 선택 장애의 갈림길에 놓여 있다. 큐레이션, 검색, 여행이 우리 시대를 표상하는 표어로 등장하는 이유는 무엇일까? 정주의 일상적 삶에서 사람들이 행복을 느끼지 못한다는 것이다. 결국 현대인은 정주의 삶을 겸허하게 수용하면서도 탈주의 삶을 위해 경배하는 삶으로 이동 중이라는 점을 알 수 있다.

현대인은 자기 목소리를 상실했다. 현대인은 다수의 목소리를 통해 음모와 험담을 일삼으면서 대안을 제시하는 데 무기력하다. 구글에서 검색하기에 바쁘다. 구글 속 정보는 나의 것이 아니다. 그렇기 때문에 구글 검색에 포착되지 않은 자기만의 언어를 발굴해야 한다. 일종의 팩트 폭력이 얼마나 무기력한지를 우리가 생각한다면, 직관과 감각에 기반을 두어 자기 목소리를 정치 쟁점화로 유도할 역량을 지녀야 한다.

## 셜록 홈스, 손금을 보다

베냐민은 탐정의 시선에 주목했다. 그는 탐정 소설의 기원을 다루면서 현대인이 탐정과 유사하게 자기를 둘러싼 환경을 관찰한다고 생각했다. 탐정은 범죄가 발생하기 전후로 범죄자가 남겼을 만한 흔적을 찾으려고 애쓴다. 어쩌면 도시인들은 탐정처럼 도시 구석구석을 염탐하면서 범인을 색출하려고 한다.

〈미스터 홈즈〉(빌 콘돈, 2015)는 셜록 홈스에 대한 허구와 현실의 경계를 넘나들면서 셜록 홈스의 노년기를 다룬다. 왓슨 경과 큰형 마이크로프트는 모두 죽었고, 셜록 홈스는 90세에 접어들었다. 그는 고즈넉한 해변가의 시골 마을로 은퇴한 후, 자신을 보살펴 줄 가정부 먼로 부인과 그녀의 아들인 로저와 함께 생활한다. 은퇴하기 전 마지막 사건을 기억하기 위해 안간힘을 쓴다.

그가 탐정 생활을 마감하는 데 결정적으로 작용한 사건의 의미를 기록하기 위해서다. 노년기에 접어들었고 기억은 흐릿해졌다. 그는 먼로 부인의 아들인 로저와 많은 것을 함께하면서 자신에게 미스터리로 남은 사건의 전후 과정을 복원하려고 한다. 과거에 앤의 남편은 셜록에게 사건을 의뢰한다. 그녀의 남편은 그녀가 두 아이를 유산하면서 이상한 행동을 보인다고 말한다. 셜록은 사건을 수락한 이후 앤 부인을 미행한다. 그러다가 우연을 가장한 채 공원 벤치에서 그녀와 만나 손금을 본다.

그는 자신이 미래를 볼 수 있다고 말하고, 그녀에 얽힌 과거만을 이야기한다. 그는 그녀의 미래를 언급하지 않는다. 셜록은 그녀에게 남편을 살해하려는 사건을 가장해 스스로 자살하려는 계획을 포기하라고 말한다. 그러자 그녀는 구입한 독약을 길바닥에 뿌린다. 그는 자신의 추리가 완벽했고, 사건을 종료했다고 생각한다. 셜록과 헤어진 앤은 스스로 기차에 치여 죽음을 맞이한다. 그녀는 유산한 아이들을 잊지 못했고, 그러는 자신을 이해하

지 못하는 남편에게 실망감을 안고 있었다. 셜록은 그런 그녀의 마음속에 깃든 외로움을 이해하고 공감하지 못한 채 합리적으로만 접근했던 자신의 행동을 후회한다.

영화에서는 이외에도 다양한 사건이 전개되지만, 나는 영화에서 셜록이 앤 부인의 손금을 봐주는 장면에 주목했다. 그가 왜 그녀의 손금을 보려고 했는지 궁금했다. 그녀는 죽은 아이들을 기억하기 위해 악기를 배우고 연주하면서 정서적 위안을 받으려고 했다. 그런데 그녀의 남편은 그녀가 악기를 배우는 것을 중단시키고 경제적인 지원을 끊었다. 셜록이 그녀의 손금을 보고 난 후, 그녀는 그에게 셜록의 명함을 전한다. 그녀는 이미 그가 셜록 홈스라는 사실을 알고 있었던 것이다. 셜록은 앤의 손금을 보면서 그녀를 이해했다고 생각했지만, 실제로 그들은 소통하지 못했다.

**미주**

1  설혜심, 〈17세기 삶의 희망과 두려움 — 영국 수상학서(手相學書) 분석〉, 《서양사론》 66, 한국서양사학회, 2000, 29~30면.

제8장

넝마주이는 타로 카드를
주워 모은다

## 엔트로피와 넝마주이

사람들은
살아가는 데 필요한 물건만을 구입해 사용할까? 현대인은 불필
요한 물건을 구입하기에 급급하다. 우리는 엔트로피가 증가하는
시대에 살고 있다. 엔트로피의 수치가 증가하면서 현대인은 불필
요한 사물 세계에 빠져서 살아간다. 인간은 생존을 위해 사물을
활용한다. 그런데 사물의 총량이 증가하면서 인간은 사물을 어떻
게 사용해야 할지를 고민한다. 그러다 보니 주변에 숱한 사물을
쌓아 두기만 한다. 엔트로피의 운명에서 자유롭지 못한 사물들이
역설적으로 사람들과 분리된 채 배치되고 있을 뿐이다.

발터 베냐민은 진보하는 과정에서 불가피하게 발생하는 몰락
을 부정하지 않았다. 그는 세속적이고 타락한 형식, 떨어져 나가
고 부정적인 부분들에서 삶의 성스러운 기운을 마련하고자 했다.
즉 쓰레기Lumpen와 폐물Abfall을 수집하는 과정을 거쳐 진보에 열

중하는 사람들이 보지 못한 세계를 확인하고자 했다. 누구도 거들떠보지 못한 사물도 세계를 구제할 빛을 품고 있을 수 있다. 쓰레기학garbology의 관점에서 보면, 현대사회에서는 불가피하게 쓰레기가 다량으로 방출된다. 사회의 뒷골목은 화려한 겉모습과는 달리 온갖 쓰레기 더미가 쌓여 있다. 사회의 진면목을 알고 싶다면 역설적으로 쓰레기통을 뒤져 사람들이 무엇을 소비하고 욕망하는지를 살펴보면 된다. 이처럼 누구의 주목도 받지 못한 영역에서 우리 사회가 어떻게 작동하는지를 알 수 있다.

현대인은 큐브 속에 갇혀 있다. 큐브의 미로를 해결하기 위해 현재의 삶에 집중한다. 현대인은 큐브 속에서 탈출할 방법을 이미 마음속에 지니고 있다. 근래 젊은이들이 미래에 대한 불안을 일시적으로 해소하기 위해 카드 점을 자주 본다. 젊은이들은 불안 사회에서 감정 노동을 거치면서 미래에 다가가기를 거부한다. 그렇다면 현대인은 왜 타로 카드에서 자신의 미래를 예감하려고 할까? 타로 카드는 신비주의의 색채가 짙다. 타로 카드 점을 치는 곳은 현대사회에서 음지에 속한다. 타로 카드는 영화관, 버스 터미널과 같이 사람들이 붐비는 곳이면 어김없이 조명등을 켜둔 채 반딧불처럼 사람들이 방문하기를 기다린다.

엔트로피의 총량에 기여한 타로 카드에는 마법의 세계가 고스란히 남아 있다. 타로 카드는 투사 도구, 동시성에 대한 점성학적 해석, 운명에 대한 이해를 도와준다. 이 중에서 동시성에 대한 점성학적 해석은 내담자의 탄생일을 합산하여 성격 카드와 운명 카드를 선택해 내면세계에 접근하는 방법이다. 아울러 타로 카드의 운명에 대한 이해는 카드 선택을 통해 예측이 불가능한 삶의 경로를 파악하는 데 도움을 준다.[1]

현대인은 현실에서 벗어나 판타지의 세계를 발견하기 위해 타로 카드에 빠져든다고 볼 수 있다. 78장의 타로 카드의 조합을 통해 인간의 미래를 다양하게 해석하면서 예측하는 묘미도 있다. 현대인은 불확실성과 불예측성이 지배하는 현대사회에서 미래를 예측하려고 한다. 타로 카드의 예언자적 역할은 정신적·마법적 방법으로 타로를 사용하며, 미래에 대해 의견을 말하고 판단을 내리는 반응을 한다.[2]

## 운명의 수레바퀴 카드

무라카미 하루키村上春樹는 한국에서도 많은 독자를 확보하고 있다. 국내외를 막론하고 《상실의 시대》에서 근래 《1Q84》까지 많은 독자가 그의 소설을 읽었다. 그의 소설은 현실에서 배제된 인물들이 현실의 고통에서 벗어나기 위해 환상의 세계로 탈주하는 풍경을 담았다.

반면 그가 작성한 에세이는 작가의 소소한 일상을 담백하면서 감각적으로 표현한다. 〈짧은 점쟁이의 경력〉은 점을 믿으면서, 다른 사람의 점을 봐주던 경험을 다룬다. 타인에게 점을 쳐주기 위해 전문 서적을 간략하게 보았다는 이야기도 있다. 그런데 그는 자신 앞에 앉은 타인의 말과 행동을 유심히 관찰한 결과를 토대로 점을 쳐주었다고 한다. 그가 타인의 과거, 현재, 미래를 언급하면 타인은 그의 점 보는 솜씨에 놀라워했다고 한다. 젊은 시절 잠깐 점쟁이로 일상에서 시간을 보낸 이야기는 점쟁이와 소설가를 비교하는 이야기로 전개된다. 그가 점과 관련된 이야기를 단지 소개하는 것으로 마무리했다면 그저 평범한 글에 불과했을 것이다. 그는 점쟁이와 소설가는 유사하다고 말한다. 점쟁이와 소설가는 타인을 관찰하는 안목이 필요하다. 그런데 점쟁이는 복채를 받지도 못한 채 녹초가 될 정도로 타인을 관찰해야 했지만, 소설가는 원고료를 받기도 하고, 인간과 세계에 대한 예언이 적중하지 않더라도 야단맞지 않는다고 말한다. 인간의 미래를 과학적으로 예측할 수 있지만, 점쟁이의 예언에 의존하지 않고, 인간과 세계를 꼼꼼하게 관찰한 결과를 소설이라는 그릇에 담는 과정이 소중하다고 여긴다.

〈환상의 그대〉(우디 앨런, 2010)는 인간이 미래를 어떻게 생각하고 행동하는지를 유머러스하게 표현한 영화이다. 영화는 헬레나제마 존스가 남편 앨피앤서니 홉킨스와 40여 년의 결혼 생활이 파탄을 맞아 신경쇠약에 빠져 지내던 중 딸인 샐리나오미 와츠의 권유에 따라 카드 점쟁이를 방문해 자신의 미래가 어떻게 될지를 질문하면서 시작한다. 헬레나는 카드 점쟁이 크리스털폴린 콜린스에게 남편이 어린 영화배우와 재혼하려 한다고 말한다. 점쟁이 여인은 헬레나의 이야기를 들으면서 미래에 모든 일이 잘될 것이라고 예언한다. 그러면서 그녀는 헬레나 가족 구성원의 삶에 간섭한다. 딸 샐리는 갤러리 사장을 포기하지 말라고 한다거나, 사위인 로이조시 브롤린의 소설을 출판사에서 거절할 것이라는 등 헬레나의 가족에게 발생할 다양한 일을 예언한다. 헬레나는 카드 점쟁이의 예언을 비판하지 않는다. 그녀는 카드 점쟁이의 예언에 만족해 정서적으로 안정을 찾아 간다. 그녀는 항상 자신의 미래가 해피엔딩으로 끝날지 궁금해한다. 그녀는 남편, 딸, 사위 등 자신을 둘러싼 가족에게서 정신적 위로를 받지 못했다. 그리고 결혼 초에 아들이 태어나자마자 죽었다는 사실에서 헤어 나오지 못했다.

우디 앨런은 인간관계의 마법에서 사람들이 벗어날 만한 마법을 사용한다. 인간은 결국 외로운 존재이다. 사람들은 현실의 어려움에서 벗어나기 위해 환상의 세계에 빠져든다. 소설, 음악, 미술과 같은 예술적 환상은 인간을 일시적인 행복으로 이끈다. 그렇지만 예술의 구원은 찰나적이다. 그렇다면 인간을 영원한 행복으로 이끄는 것은 무엇일까? 그것은 바로 사랑이다. 사랑의 환상이 인간을 영원히 행복으로 이끄는 작은 문이라고 할 수 있다.

T. S. 엘리엇Thomas Stearns Eliot은 〈황무지〉에서 우디 앨런의 〈환상의 그대〉와 비슷한 시적 무대를 보여 준다. 시적 화자는 카드 점쟁이인 소소스트리스 부인Madame Sosostris을 방문한다. 천리안인 그가 감기에 걸렸다. 그는 영특한 카드 한 벌을 가지고 유럽에서 가장 슬기로운 여자로 소문이 자자하다. 그는 **운명의 수레**

바퀴인 타로 카드를 화자에게 보여 주고 설명해 준다. 운명의 수레바퀴는 카드 중앙에 커다란 수레바퀴가 그려져 있다. 수레바퀴는 불교의 윤회로 생각할 수 있다. 즉, 인간의 삶을 지배하는 과정이 수레바퀴처럼 끊임없이 운행하고 있다는 점을 말한다. 수레바퀴의 왼쪽에는 푸른 구름을 타고 상승하는 젊은이의 모습이 배치되어 있고, 오른쪽에는 새의 입에서 나온 채찍에 맞아서 고통에 빠진 인물이 표현되어 있다. 그렇다면 인간의 삶에 나타나는 희열과 고통이 수레바퀴처럼 반복적으로 나타나고 있다는 점을 알 수 있다. 그리고 타로 카드 정상에는 세 명의 천사가 아래를 바라보고 있다. 소소스트리스 부인은 화자에게 고통에 빠질 수 있으니 일상생활에서 조심해서 행동하라고 경고한다.

모더니즘은 시의 전통적 형식과 내용을 새롭게 표현한다. 모더니즘 계열의 시들은 전통 서정시와는 달리 산업화와 도시화 때문에 새롭게 대두한 문제들을 시적으로 표현한다. 그런데 새로움을 표현하는 모더니즘 계열의 시에서 오컬트 세계를 시적 제재로 삼아 시적 표현을 새롭게 만드는 과정을 엿볼 수 있다. 상징주의를 포함해 모더니즘을 추구하는 시에서 오컬트 세계를 현대적으로 새롭게 표현하는 경우를 볼 수 있다. 일례로 T. S. 엘리엇의 시를 읽어 보면, 시적 표현의 새로움에 깃든 비의적 세계를 확인할 수 있다. 베냐민 식으로 말하면, 모더니즘은 오컬트 세계와 결합해야만 온전하게 새로운 시적 표현에 도달할 수 있다. 서정시는 우리 시대에 유통 가치를 상실하고 있다. 시는 시조에서 현대시로 변화하는 과정에서 당대의 삶과 접속하면서 시적 세계를 보여 주었다.

서정시는 과거 양식을 배제하고 현재 양식을 새롭게 생성하기 위해 시적 혁신을 도모했다. 시는 현대성을 갈구하는 양식일 수밖에 없다. 서정시는 일차적으로 자연을 대상으로 시적 표현을 다루었다. 현대시가 자연을 시적으로 묘사하는 과정을 통해서만 시적 성취에 도달했다고 말할 수는 없다. 현대시는 도시를 시적으로 표현하기 시작했다. 현대시가 자연과 거리를 두고 도시를 수용하면서 이전 시대와는 다른 시적 풍경을 생성했다. 그런데 현대시가 도시를 시적 대상으로 표현하기 시작하면서 시는 난해성을 어떻게 다루어야 할지 고민했다. 현대시는 점점 난해해지는 과정을 거치면서 독자와 소통하기 어려워졌다.[3]


## 회상의 시간 카드

근래 우리 시대에는 레트로retro라는 현상이 사회적으로 주목받고 있다. 현대사회는 세련된 새로움을 중시한다. 이성적인 것이 고도로 발달하면 세련됨에 도달한다고 볼 수 있다. 세련된 새로움을 수용하지 못하는 세대는 세련된 것과 무관한 세계에 주목한다. 이른바 레트로 열풍에는 세련됨에서 배제된 인간의 인정 욕망이 깃들어 있다. 세련된 새로움은 경제적 격차를 유발한다. 그래서 이미 유행이 지난 시간에 머물러 있는 것들에 관심을 표한다. 이미 유통기간이 지난 세계와 은유적으로 동일시하는 시선에는 현재 자신들의 삶 역시 주목받지 못하고 배제되어 있다는 불안감이 겹쳐진다. 이러한 레트로에 기반을 둔 불안감에도 불구하고, 레트로 소비문화는 사람들을 장악하고 있다. 이처럼 레트로라는 회상의 시간에는 평등을 공유 가치로 여기려는 사람들의 마음이 서로 얽혀 있다. 그런데 레트로를 작동하는 힘의 중심에는 역설적으로 문화적 레트로만이 있다. 어쩌면 자본주의 사회에서는 인간의 집단 무의식조차 자본의 대상으로 삼는다고 볼 수 있다. 그러다 보니 공유 가능한 회상의 문화적 소비 패턴은 결국 인간의 자율성과 자립성을 소멸시킨 채, 각종 SNS에 보정 처리된 사진들만이 업로드되어 화보처럼 유통될 뿐이다.

베냐민은 기억과 회상을 통해 사람들이 미래로 질주하기만 하는 태도에서 벗어나려고 했다. 그렇다면 그는 기억하고 회상하는 과정에서 무엇을 중시했을까? 그는 배제된 사람들의 육성을 문화 자본으로 편입해서는 곤란하다고 말한다. 미래에 포섭되지 못한 억눌린 익명 혹은 무명의 역사적 실종자들을 시간의 무덤에서 호명해야 한다. 그런데 이러한 행위가 자칫 실종자에 대한 부관참시剖棺斬屍로 이어질 수 있다. 그렇기 때문에 과거를 기억하거나 회상하는 과정에서 실종자에 대한 윤리적 자각이 중요하다. 평상시에는 외면했던 사람들은 순간적으로 자아가 붕괴될 수 있다. 그들이 좀비처럼 보이기 때문이다. 좀비는 시각적으로 불편하다. 그럼에도 억눌린 이들은 현재에 세련된 모습으로 나타날수 없다. 어쩌면 살아남은 이들이 실종자들을 좀비처럼 간주할수도 있다. 현재를 살아가는 매 순간 과거를 기억할 수 없다. 그러나 과거로부터 들려오는 미약한 신호음에 반응할 줄 아는 감각은 필요하다.

우리 사회는 국가가 기억을 독점하는 경향이 있다. 국가가 주도하는 각종 기억의 스펙트럼에는 평범한 개인이 들어설 여지가없다. 국가가 추모와 애도의 방식을 차용하면서 공식 기억에 편입되지 못한 영역도 있을 수 있다. 국가 이념과 부합하지 않는영역은 철저하게 방치된다. 기억과 회상은 개인들이 자기만의 영역을 보존하면서 국가 주도의 기억 방식을 비판적으로 볼 줄 알아야 한다. 베냐민은 베를린 전승기념탑을 비판적으로 생각했다.그는 전승기념탑을 남성중심적 상징으로 파악했다. 일상의 곳곳에 남성중심적 상징이 들어서면서 사람들의 의식까지 지배할 수있기 때문이다.

기억을 복구하려는 과정과는 반대로 기억을 잊으려는 모습도보인다. 이른바 잊혀질 권리를 주장하는 사람이 많아졌다. 예컨대 인터넷에 남겨진 개인 정보를 어떻게 처리할지에 대한 사회적논의도 분분하다. 빅데이터 이론은 삶의 패턴을 관찰하고 분석하고 해석하는 과정을 거쳐 보편적 패턴을 추출하고 이를 토대로미래의 작동 방식을 예측할 수 있다. 개인이 사용한 신용카드 명세 데이터를 토대로 개인의 소비 패턴을 추출할 수 있다. 이를 토대로 개인이 앞으로 어떻게 소비할지를 예측할 수 있다. 카드점이 개인의 미래와 운세를 타로 카드를 통해 해석하고 미래를 예측하듯이, 빅데이터 기반 사회는 개인 정보를 통해 개인의 미래 소비 패턴을 사전에 확인한 후 대처할 수 있다.

베냐민은 미래를 회상 속에서만 파악할 수 있다고 말한다. 점술가들은 개인의 미래와 운명을 예언한다. 그들은 시간 속에 깃든 사람의 운명을 아직 경험하지 못한 미래에서 경험할 수 있다고 호언장담한다. 현대인은 자기만의 시간을 보내지 못한다. 기껏 휴가철 가족과 함께 국내외로 여행을 떠날 때 겨우 자신만의 시간을 보낸다는 착각에 빠진다. 대학생 역시 입학 후 자기만의 고독한 시간 없이 대학 생활을 보낸다. 고등학생 때는 획일적인 시간표에 따라 수능 준비를 해 좋은 대학에 들어가기 위해 노력한다. 다들 자기 내면을 들여다볼 시간이 없다. 오직 미래를 위해 헌신한다.

그런데 베냐민은 진정한 미래를 맞이하기 위해서는 회상의 시간이 필요하다고 말한다. 회상은 과거를 되돌아보는 성찰의 시간이다. 점술가들이 미래의 마술을 부리지 못하게 하려면, 미래로 향한 시선을 과거로 돌려야만 한다. 점술가처럼 개인의 미래를 독점한 사람은 누구일까? 예를 들면 부모, 선생님, 회사 간부들은 온갖 사회 제도에서 개인의 미래를 좌지우지한다. 아이들은 부모의 말을 잘 들어야 한다. 부모의 말을 잘 듣는 아이는 학교에서도 선생님의 말씀을 새겨듣는다. 부모님과 선생님의 말씀을 잘 따르던 아이는 회사에 취직해서도 회사의 규율을 지키기 위해 노력한다. 착한 아이는 오직 타인이 만들어 놓은 미래의 다리를 건널 때 단 한 번도 자기가 걸어온 길을 돌아보지 않는다.

우치다 타츠루內田樹의 《반지성주의를 말하다》, 《하류 지향》, 《일본 변경론》, 《유대 문화론》 등이 번역 소개되었다. 그는 사악한 것에 대처하는 인간의 조건을 설명한다. 인간은 불안에 빠지거나 공포를 느낄 때, 이를 극복하기 위해 아버지를 호명한다. 아버지는 세계의 무질서를 하나의 시스템으로 바꾸어 준다. 이른바 부권제 이데올로기에 사람들이 복종한다. 과연 아버지의 호명을 따르면, 시스템의 질서 속에서 행복하게 살 수 있을까? 점술가와 같은 아버지가 슈퍼맨이 되어 모든 문제를 해결한다면, 과연 우리가 행복하다고 말할 수 있을까? 아버지들이 만들어 놓은 세계에서 아이들은 어쩌면 하나의 도구에 불과할지도 모른다. 아이들은 미래로 열린 시선을 과거로 돌려 매시간 자신의 삶을 구제하려고 기다리고 있는 메시아를 발견해야만 아버지가 만든 사악한 것들의 세계에서 벗어날 수 있다.


## 거꾸로 매달린 남자 카드

12번째 타로 카드는 거꾸로 매달린 남자이다. 인간은 직립보행한다. 인간은 직립보행하는 대신 시각적으로 불편하다. 우리는 대상을 직시하는 과정을 중시한다. 인간과 사물을 새롭게 생각하기 위해서 별도의 노력을 기울이지 않는다.

현대사회에서는 구체적 사고를 중시한다. 구체적 사고는 데이터에 기반을 둔 정보를 표피적으로 수용한다. 구체적 사고는 기계적 사고방식이다. 인간은 기계와 소통하면서 즉각적으로 정보를 처리하려고 한다. 이러한 태도는 실제 인간관계에서도 기계의 즉각적 정보 처리를 요구한다. 그러나 인간은 기계와 다르다. 인간의 정신은 기계와 비교할 수 없을 정도로 복잡하다. 그런데도 현대인은 인간을 기계처럼 인식하려고 한다. 결국 서로가 상대방에게 기계가 선사하는 편리성과 효율성을 요구한다. 인간은 호모 사피엔스를 자처하지만 인간만큼 복잡한 대상도 없다. 인간을 기계로 취급하면 타인을 배제하고 자기 배려로 귀결될 수 있다. 철저하게 손익분기점을 채우기 위해 타인이 주는 불편함을 견디지 못하고 자기 배려를 위한 조건만을 탐색한다. 이러한 태도는 올바르지 않다. 자기를 배려하고 타인을 배제하는 과정은 자기 이익을 중시하는 태도에 불과하다. 그렇기 때문에 인간을 이해하기 위해서는 신중하게 추상적 사고에 매진해야 한다.

전통사회에서는 인격 도야를 중시했다. 현대사회에서는 지식의 실용을 중요시한다. 그렇다면 전통사회와 현대사회에서 공부관이 다른 이유를 인식해야 한다. 결국 현대사회는 구체성 신화에 매몰되어 있다. 구체성은 쉽게 말하자면 정보이다. 현대사회는 데이터 스모그에 처해 있다. 데이터 양적 팽창은 인간을 행복으로 이끌지 못한다. 현대인은 데이터의 확인만으로 사태를 이해하려고 한다. 그렇기 때문에 현대인은 생각의 보폭이 협소하다. 정보는 근거리 인식에 유용하다. 미시적으로 현상을 파악하는 과정은 인간과 세계를 유연하게 이해하지 못한다. 구체적 사고방식은 표피적 인식 태도이기 때문에 인간과 세계를 단정적으로 고찰한다. 단정적 태도는 나와 너의 거리를 폭력적으로 파악한다. 어떻게 보면 구체적 사고는 자아의 자유로운 사고력을 제어한다. 너와 내가 현미경과 엑스레이를 통해 상호 간에 투명하게 관찰되어야 한다. 결국 우리는 현실에서 벗어나지 못한 채 의무적으로 현실 원칙만을 받아들일 뿐이다.

우리는 어릴 때 추상적 사고의 유희를 즐겼다. 어린아이는 추상적 사고인 상상, 발상, 유추 등을 자유자재로 사용한다. 추상적 사고는 쾌락 원칙이고, 구체적 사고는 현실 원칙이다. 물론 현대인은 구체적 사고의 현실 원칙만을 중시한다. 일상적인 것을 의심한다, 평소의 것을 조금씩 바꿔 본다, 불현듯 무엇인가를 느꼈다면 다른 비슷한 상황이 없는지 상상한다, 늘 비슷한 것, 비교할 수 있는 것을 연상한다, 장르나 목적에 구애받지 말고 될 수 있으면 창조적인 것을 다룰 기회를 다룬다, 스스로 창작해 본다 등 추상적 사고방식을 위한 노력을 간략하게 제시한다.

추상적 사고력을 향상시키기 위해서는 교양을 습득해야 한다. 추상적 사고는 이미지를 추구한다. 흐릿한 인식을 통해 순간적으로 자각할 수 있다. 구체성의 신화는 논리적 사고를 중시한다. 논리적 사고는 배제 원칙이다. 비논리적인 것을 일절 수용하지 않는다. 그렇다면 공부를 위해 구체적 사고와 추상적 사고를 어떻게 매개할지를 고민해야 한다. 공부는 추상적 사고에서 시작해서 구체적 사고로 마무리되어야 한다. 추상적 사고와 구체적 사고는 구체적 행동으로 이어진다.

주위에 공부하는 사람들이 구체적 사고를 지향하는 것을 자주 목격한다. 그들은 참고문헌을 찾기 위해 불철주야 노력한다. 그러나 나는 구체성을 중시하는 태도는 연구가 아니라고 생각했다. 그렇게 많은 데이터를 동원했지만, 이를 토대로 제출된 결론은 빈약한 경우가 많았다. 투입만 과도했던 한계라고 생각한다. 혹은 걸러지지 않은 정보만으로 한 편의 논문을 작성하는 과정도 있다. 결국 공부 역시 추상적 사고를 거쳐야 한다. 추상적 사고가 동반되지 않은 연구는 데이터의 바벨탑에 불과하다.

그렇다면 현대사회에서 추상적 사고를 발휘하기 위해서는 어떻게 해야 하는가? 자기만의 시간을 확보해야 한다. 현대인은 추상적 시간을 낭비한다. 추상적 시간을 마련하지 못한 상황에서 구체적 사고에 매진한다. 그렇기 때문에 결과가 빈약한 것이다. 인간과 세계의 비밀을 오랫동안 궁리해야 한다. 아울러 표피적 인간관계를 정리 정돈할 줄 알아야 한다. 자신만의 정원을 가꿀 줄 알아야 추상적 사고의 영토를 마련할 수 있다. 그런데 현대인은 타인의 놀이터에서 추상적 시간을 허비할 뿐이다.

추상적 사고는 구체적 행동으로 이어진다. 사유의 정원을 가꾸기 위해서는 육체와 정신을 동시에 움직여야 한다. 구체적 사고의 논리가 얼마나 무너지기 쉬운지를 쉽게 알 수 있다. 구체적 사고는 정신의 도구화로 이어진다. 인간은 예기치 않은 운명의 시간을 추상적 사고를 통해 극복해야 한다. 그런데 현대인은 구체적 사고의 폭력을 스스로 수용하기에 급급하다.

인간은 홀로 살 수 없다. 개인은 타인과 더불어 행복하게 의사소통하면서 살기를 꿈꾼다. 그러나 개인이 곧 타인이 되는 상황에서 인간은 무의미한 관계를 단절하지 못해 안절부절못한다. 즉 인간관계를 정리하고 정돈하지 못하는 것이다. 그렇기 때문에 온갖 낭비로 시간을 허비하고 있을 뿐이다. 인간은 시간을 허비하고 남은 공허감을 채우기 위해 다시 인간관계를 맺으려고 한다. 과연 그럴 필요가 있을까? 그렇다면 인간관계를 정리하고 정돈하지 못하는 이유는 무엇일까? 그것은 인간관계에 대한 정리술과 정돈술을 고민하지 않았기 때문이다. 인간은 개인적 생활을 두려워한다. 인간은 집단에 속해 자신의 정체성을 숨긴 채 집단의 이름으로 살기 위해 발버둥 친다. 실제로 인간은 집단 속에서 개인의 온전한 삶을 꿈꾸기도 한다. 개인과 집단의 관계를 유연하게 조정하지 못한 채 삶을 낭비하고 있다.

현대인들이 인간관계를 정리 정돈의 관점에서 파악해야 할 시점이다. 현대사회는 복잡하고 다원화되었기 때문에 강한 친화력을 유지할 수 없다. 아울러 전자 매체가 발전했기 때문에 굳이 오프라인 인간관계를 맺으면서 관계 유지를 위해 노력할 필요가 없다. 현대인은 인간관계를 효율적으로 고민해야 한다. 《도요타의 정리술》에서는 5S(정리, 정돈, 청소, 청결, 습관화)에 대한 논의 중 정리와 정돈의 개념을 실제 사례를 거론하며, 경제적 효용성을 설명한다.

사람들은 정리와 정돈을 구분하지 못한다. 정리가 필요한 것과 필요 없는 것을 구분하고 필요 없는 것을 버리는 과정이라면, 정돈은 필요한 것을 필요할 때 필요한 만큼 꺼낼 수 있는 상황을 뜻한다. 현대인이 인간관계에서 상처받고 고민하는 이유도 결국 개인과 타인을 정리하고 정돈하는 과정을 고민한 적이 없기 때문이다.

인간관계의 네트워크에서 배제되는 것을 두려워한 나머지 독자적이고 주체적인 삶을 살지 못하고 타율적이고 비자율적 태도를 유지하면서 시간을 허비한다. 이러한 모습이 약자들의 헬조선에서 자주 등장한다. 특히 해당 책에서 인간은 자신에게 곤란한 것을 은밀하게 숨기려는 습성이 있다는 전제하에 업무의 효율성을 높이기 위해 정리 정돈을 주장하는 대목은 인상적이다. 투입과 산출이 연속적으로 작동하기 위해서는 모든 공정에서 허비하거나 낭비할 수 있는 대목을 사전에 처리하는 과정이 필요하다. 어떻게 정리 정돈할 것인지를 실용적으로 적용할 수 있는 매뉴얼을 제시한다.

이처럼 인간관계 역시 엔트로피를 최적화할 수 있는 방법을 고민해야 한다. 현대인은 명함, 메일 등 무수한 관계 정보를 수용하기에도 급급하다. 인간 스모그를 벗어나기 위해서는 무수한 만남에서 어떤 것이 진정한 관계 맺음으로 발전할 수 있는지를 분류하고 분석하는 태도가 필요하다. 《도요타의 정리술》에서는 사람의 움직임을 주 작업, 부수 작업, 준비 뒷정리 작업, 낭비 예외 작업을 분류한다. 인간관계에서도 주 작업을 어떻게 유지하고 부수 작업을 최소화할 것인지를 고민해야 한다. 그러나 사실 인간관계의 주 작업을 두려워한다. 그렇기 때문에 낭비에 가까운 인간관계를 위한 부수 작업을 하는 데 시간을 허비한다.

해당 책은 도요타 기업 문화를 소개한다. 어떻게 한 기업이 업무 효율성과 효용성을 유지하면서 발전을 모색하는지를 알 수 있다. 정리 정돈의 정신은 사물을 인식하고 사람을 이해하는 태도와도 밀접하다. 이러한 관점에서 나는 인간관계를 정리와 정돈의 관점에서 이해할 필요가 있다고 생각했다.

우리 사회가 온전해지기 위해서는 필요와 불필요의 관점에서 불필요한 인간관계를 정리하고 필요한 것들을 어떻게 활용할지를 고민하는 정돈의 태도를 실천해야 한다. 정리와 정돈을 거쳐 인간관계의 네겐트로피Negentropy가 형성될 수 있다. 이러한 과정을 거친다면 개인의 고독을 어렵지 않게 수용할 수 있고, 집단의 폭력에 속수무책으로 노출될 가능성까지 원천적으로 차단할 수 있다. 인간관계를 정리 정돈하지 못하면 개인의 삶은 존재할 수 없고 집단 속에서 무의미하게 가면을 쓴 채 살아갈 뿐이다. 한때는 집단 속에 갇혀 살아가는 방식이 유효했지만, 현대인은 집단

생활의 방식만으로 삶을 영위할 수 없다. 집단 속 개인은 마음속에 개인에 대한 동경을 품는다. 타인을 이타적으로 성찰하는 과정도 필요하지만 개인이 스스로 자신의 관계를 주체적으로 설정할 수 있는 용기가 필요한 시대이다. 요컨대《도요타의 정리술》은 인간관계의 엔트로피를 최소화시켜 줄 매뉴얼로 읽어 볼 수 있다.

〈어메이징 스파이더맨〉(마크 웨브, 2012)과 〈어메이징 스파이더맨 2〉(마크 웨브, 2014)는 스파이더맨인 피터 파커앤드루 가필드가 악당 리저드와 일렉스토릭과 벌이는 결전을 각각 보여 준다.

파커는 어릴 적 부모님으로부터 버려졌다. 그는 삼촌과 숙모 집에서 유년 시절을 보낸다. 청소년 시절을 보내면서 특히 아버지의 부재로 인한 콤플렉스 속에서 살아간다. 그는 우연히 부모님의 가방을 들추어 보던 중 부모님의 실종을 해결할 만한 단서를 발견한다. 그래서 아버지의 동료였던 코너스 박사리스 이반스의 오스코프사의 실험실을 방문한다. 그의 아버지와 코너스 박사는 이종교배 실험을 통해 인간의 신체적 한계를 극복하고자 했다. 그런데 그의 아버지는 자신들의 실험이 초래할 위험을 감지하고는 실험을 중지하려고 한다. 반면 코너스 박사는 자신의 실험으로 경제적 이익을 취하려고 했고, 스스로가 인간 위에 군림하려고 했다.

〈어메이징 스파이더맨 2〉에서도 스파이더맨은 자신의 거미줄에 매달린다. 해리는 그의 연인인 그웬엠마 스톤을 납치했다. 그러

〈어메이징 스파이더맨 2〉(마크 웨브, 2014)

던 중 그는 오스코프사 시계탑에서 그녀를 떨어뜨린다. 스파이더
맨은 거미줄을 이용해 그녀를 구하기 위해 거꾸로 몸을 날려 추
락한다. 그의 거미줄로 그녀를 구한 듯했지만, 결국 그녀는 죽음
을 맞는다.

　스파이더맨은 배트맨 등과 같은 슈퍼 히어로 영화들과 달리
인간과 슈퍼 히어로의 경계에서 선악의 문제를 고민한다. 그가
거미줄을 이용해 악을 처단하고 도시 속을 날아다니는 모습은 인
상적이다. 그는 사적 복수를 위해 스파이더맨이 되었지만, 시간
이 지나면서 공적 정의를 위해 헌신한다. 그러나 그가 공적 정의
를 위해 노력하는 동안 삼촌과 연인이 죽음을 맞는다.

　엄숙함은 음험하다. 인간은 유연하게 세계를 이해하는 과정
을 거쳐 타인과의 관계를 원활하게 맺을 수 있다. 이러한 점에서
보면, 스파이더맨의 몸짓은 유연하다. 그는 인간을 옥죄고 있는
사물의 질서를 종횡무진 이동한다.

## 정의 카드

베냐민은 정의 문제에 주목했다. 그는 사회가 정의를 어떻게 생각할지를 폭력 문제와 결부시켜 논의를 전개했다. 베냐민은 폭력 문제도 고민했다. 그는 폭력을 일상어의 관점에서 파악하지 않고, 법과 정의의 시각에서 살펴본다. 사람들은 일상에서 폭력을 개인 간의 문제로 생각한다. 폭력을 개인의 문제로만 치부하면 폭력의 악순환 고리를 끊을 수 없다.

그렇다면 폭력의 문제를 어떻게 해결할 수 있을까? 베냐민은 사람들이 생각하는 것과 달리 법 자체가 폭력이라고 주장한다. 법은 개인 간의 폭력을 조절하기 위해 만들어졌다. 특히 형법은 법이 존재하는 이유이다. 법은 인간의 죄에 따라 죄인에게 특정 형벌을 부여한다. 그런데 인간의 죄를 다스리는 법 자체가 부패했다면 어떻게 생각해야 할까? 그는 자연법과 실정법의 문제를 다루면서 법과 정의의 관계를 논의한다. 법 앞에서 인간은 단순하게 사법주의의 법적 판단을 적용받는 대상에 불과하다. 그는 법을 통해 작동하는 폭력이 개인 간의 폭력보다 더 위험하다고 경고한다. 예컨대 국가 폭력이 얼마나 정의로운 개인의 존재를 방해하는지를 알 수 있다.

메탈리카의 4집 〈Justice for All〉 앨범 표지는 정의의 여신상이다. 정의의 여신상이 밧줄에 묶여 있다. 정의의 여신상을 묶은 밧줄이 무엇일까? 밧줄은 정의의 여신상이 올바르게 정의를 실현하지 못하도록 막고 있는 듯하다. 여신상의 한쪽 가슴이 노출되어 있다. 정의를 유린하고 있는 모습을 상징적으로 나타내고 있는 듯하다. 손에 든 저울에 돈이 수북이 쌓여 줄이 끊어질 정도로 위태로운 모습이다.

메탈리카는 사회의 부조리한 모습을 노래한다. 결국 우리가 살고 있는 세계에 정의가 존재하지 않는다고 말하는 것이다. 메탈리카의 앨범 표지를 보면서, 타로 카드 중 **정의** 카드를 연상했다. 타로 카드 **정의**는 오른손에 칼을 쥐고, 왼손에는 천칭을 들고 있다. 칼은 세계의 거짓과 허위를 시정하고, 천칭은 공평하고 공정하게 인간의 죄를 벌해야 한다는 원칙을 상징한다. 타로 카드 **정의**는 결국 공평한 판결을 위해서 내적 성찰과 진실을 간파할 수 있는 통찰력이 필요하다는 점을 시사한다.

약자가 강자에게 대적할 수 있는 방법은 무엇일까? 약자도 노력해 강자가 돼야 한다는 주장도 있었다. 그러나 과연 우리가 살고 있는 현 사회에서 약자가 노력하면 강자가 될 수 있을지 의문이다. 온갖 격차 지표가 확대되어 가는 상황에서 약자와 강자는 각자의 일에 매진하면서 서로 불편한 관계가 되지 않고 살아가기만 바랄 뿐이다.

반면 이러한 주장을 수용하지 않고 약자가 강자에게 느끼는 감정을 직접적으로 표현해야만 한다고 생각할 수 있다. 그렇다면 약자는 언제 강자에 불만을 느낄까? 약자는 물질적 불평등은 감내하지만 정신적 불평등은 참지 못한다. 정신적 불평등은 강자가 약자의 조건을 무시하는 과정에서 발생한다. 예컨대 약자가 자신의 억울한 심정을 누군가에게 표출하는 과정에서, 이를 법적 제도가 무시할 경우 르상티망ressentiment이 발생한다. 르상티망은 원한 감정으로 약자가 강자에게 적대적 감정을 유지하는, 관철의 정념이다. 세계가 더 이상 약자를 보호하지 않는 상황에서 온몸으로 자신이 처한 악조건을 헤쳐 나가려고 한다.

〈쓰리 빌보드〉(마틴 맥도나, 2017)는 르상티망을 표현한다. 밀드레드는 딸이 강간을 당한 채 죽음을 맞아 공권력이 범인을 체포해 주기를 갈망했지만, 국가 권력은 희생자 어머니의 소원을 들어 주지 않았다. 그는 딸의 죽음에 무책임한 공권력의 폭력을 못 견뎌한다. 공권력이 직무 유기를 하는 바람에 딸의 죽음에 대한 원망을 해소하지 못한 것이다. 그러던 어느 날 마을 외진 곳에서 대형 광고판을 발견하고, 딸의 죽음을 방치한 공권력을 비방하는 광고를 싣는다. 이러한 과정에서 사람들의 관심으로부터 벗어난 딸의 죽음이 세간의 주목을 받기 시작한다. 딸의 사건을 담당한 윌러비와 딕슨에게 선전포고를 한 그의 도발적인 행위는 극단적 면모를 띠기 시작한다. 〈쓰리 빌보드〉에서는 강간 사건이 어떻게 기억되고 망각될 수 있는지를 성찰하면서 약자가 강자에 대해 르상티망을 어떻게 표출할 것인지를 진지하게 보여 준다. 그러면서도 범죄 행위의 선악에 대한 이분법적 접근을 지양하고, 행위의 조건이 무엇인지를 보여 준다.

〈쓰리 빌보드〉는 표면적으로는 인간의 르상티망을 다루지만,

삶의 불가해한 진실에 대한 이해와 오해가 어떻게 정치적으로 해결될 수 있는지를 보여 준다.


## 달 카드

뤼카스 판 레이던Lucas van Leyden의 그림 〈점쟁이〉를 보면, 카드를 펼친 점쟁이가 사람들의 미래와 운명을 점쳐 준다. 사람들은 자기 차례를 기다리고 있다. 여자 점쟁이의 얼굴은 냉정하다. 여자 점쟁이와 사람들은 서로 미래의 운을 보려고 하지만 실제로 그들은 긴밀한 관계를 보이지 않는다. 점쟁이 여인은 타로 카드의 기호를 통해 점을 보러 온 사람의 자연적 삶에 숨겨진 비밀을 알 수 있다고 한다. 반면 점을 보러 온 사람은 자기가 지은 죄를 속죄하기 위해 점쟁이 앞에서 침묵한다.

그렇다면 현대인은 왜 점을 보려고 할까? 베냐민은 종교가 사라지자 신과 같이 의존할 대상을 잃어버렸기 때문에 현대인은 전적으로 점에 의존한다고 생각했다. 이른바 고해성사와 같은 종교적 정화 과정이 존재하지 않기 때문에, 사람들은 속죄를 위한 여과 장치를 점에서 찾으려고 하는 것이다.

베토벤의 〈월광 소나타〉는 우울하게 시작하는 전주가 인상적이다. 삶의 중심에서 밀려난 인간의 외로움이 전해지기도 하고, 우울과 고독의 시간이 소중하다고 속삭이는 것 같기도 하다. 달

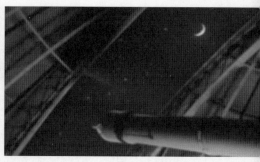

〈매직 인 더 문라이트〉(우디 앨런, 2014)

은 인간의 슬픔과 불안을 상징하기도 한다. 반면 달은 현실에 존재하지 않는 먼 곳에 도달하려는 염원을 낭만적으로 표현하기도 한다.

영화 〈매직 인 더 문라이트〉(우디 앨런, 2014)에서는 심령술사 소피엠마 스톤와 마술사 스탠리콜린 퍼스의 마법 같은 러브 스토리가 펼쳐진다. 이 영화는 예술적 오컬티즘의 진수를 보여 준다.

스탠리는 마술사로서 오컬티즘을 사기로 여기는 합리적 성격의 인물이다. 반면 소피는 오컬티즘의 사기를 이용해 먹고살아간다. 스탠리는 동료인 하워드를 통해 소피를 만난다. 소피가 스탠리 친척의 과거를 알아맞히고, 영접의 순간을 연출한다. 그들이 차를 타고 가던 도중 우연히 소나기가 내리고 천문대로 가서 소나기를 피한다. 그때 스탠리는 소피에게 천체 망원경을 통해 달을 보여 준다. 18번째 타로 카드는 달이다. 타로 카드 달의 키워드는 불안이다. 달은 사람들에게 낭만적 동경의 대상이다. 아울러 이상하게 음험하고 공포스러운 분위기를 전달할 때면 항상

달이 등장한다. 달에는 불안과 동요로 고심하는 인간의 옆모습이
그려져 있다.

베냐민은 〈달〉에서 유년 시절 달과 관련된 경험을 이야기한
다. 그는 밤마다 달빛이 나무 블라인드 틈새로 밀려올 때 달빛의
창백함을 보면서 불안을 느꼈다고 말한다. 달빛은 그의 방을 점
령하려고 했다. 달빛은 낮 동안 보지 못했던 사물들을 눈여겨볼
수 있는 시간을 준다. 그는 세상의 부재와 존재를 생각하면서 달
과 즐거운 놀이를 벌인다. 그는 유년 시절에 달이 자신에게 전한
마법의 시간을 소중하게 여긴다. 달빛은 공포와 불안의 순간을
주기도 했지만, 은은하게 그의 일상생활을 밝혀 주는 역할도 했
다. 그는 달빛이 주는 불안에서 벗어나기 위해 잠에 빠져 꿈을
꾼다. 그런데 달빛 때문에 잠에서 깨기도 한다. 유년 시절에 경
험했던 달의 지배가 어른이 된 이후에도 실패로 끝나고 잠을 자
고 꿈을 꾸면서 꿈의 종착지에 도달하기를 희망한다.

**미주**

1  김병채 외 1인, 〈영적 세계에서 타로(Tarot)의 가능성〉,《상담학연구》3(2), 한
   국상담학회, 2002, 511면.
2  이선화, 〈타로에 대한 심리학적 이해와 상담자의 역할〉,《상담학연구》57, 한
   국상담학회, 2010, 406면.
3  안중은, 〈타로 카드 ―《황무지》의 해석 기법〉,《영어어문학》54, 한국영미어
   문학회, 1998, 175면.

# 사투르누스, 벌거벗은 행복을 관조하다

## VUCA

우리는
VUCA—불안정성Volatility, 불확실성Uncertainty, 복잡성Complexity, 애매성Ambiguity—속에서 살아간다. 이러한 세계 속에서 생존하기 위해 몸부림친다. 미래의 혁신을 위한 업그레이드가 인간을 행복으로 이끌 수 있을까? 삶이 도달한 조건이 예정되어 있다면, 미래를 어떻게 인식하는가에 따라 행복의 풍경은 달라진다. 그렇기에 현재를 희생하고 미래를 위해 남루한 시공간에서 살아가는 것도 무방하다고 가르치는 목소리는 올바르지 않다.

발터 베냐민은 〈프루스트의 이미지Zum Bilde Prousts〉에서 행복의 변증법을 언급했다. 행복의 변증법은 찬가적 행복hymnische Glücksgestalt과 비가적 행복elegische Glücksgestalt으로 구분된다. 찬가적 행복이 미래를 향한 열정이라면, 비가적 행복은 과거를 향한 열망이다. 물론 프루스트는 비가적 행복을 추구했다. 비가적 행복은 삶의 원초적 행복을 복원하려는 태도이다. 그런데 비가적 행복은 이미 지나간 순간이다. 인간은 과거와 미래의 두 지점을 왕래하기만 하면 행복에 이를 수 있을까? 자칫 과거의 행복은 철 지난 경험이 될 수도 있다. 그렇다면 과거와 미래가 아닌 현재에만 몰두하면 행복에 도달할 수 있을까? 행복의 의지를 확보하는 과정은 쉽지 않다. 현재에 매몰된 행복은 만족만을 추구한다.

우리 사회는 현재의 만족을 중시한다. 경쟁 사회에서 살아남기 위해서 개인의 만족만을 추구한다. 자기 계발의 사이비 마술이 요동을 치고 있다. 그러나 우리는 자기 계발의 '자기'가 진정한 나인지를 성찰해야 한다. '자기'를 알지 못한 상황에서, 계발에만 몰두하는 자세는 올바르지 않다. 인간은 과거에 순수했던 행복의 순간과 마주해야 한다. 그런데 과거의 행복을 망각한 채 미래의 행복만을 추구하려고 한다. 그러다가 결국 우리는 미래의 덫에 걸려 현재의 행복에서 맴돌 뿐이다.

알랭 바디우Alain Badiou는 행복을 만족에서 찾을 수 없다고 말한다. 그는 실재적 행복의 형이상학을 추구한다. 현대인은 유사 행복을 좇고 있다. 유사 행복은 평온한 삶, 편익을 추구하면서 소비의 만족을 중시한다. 현대사회에서는 상품, 의사소통, 화폐, 생산 기술적 전문화가 삶의 궤도를 획일화시킨다. 사람들은 이를 통해서 미래에 잠복하고 있을지도 모를 '위험'을 회피하려고 한다. 과연 현대인이 미래를 두 손으로 쥔다고 해서 행복에 이를 수 있을지 의문이다.

베냐민은 벌거벗은 행복을 발견했다. 사람들이 미래의 새로움에 빠져들어 갈 때, 그는 낡고 버려진 세계를 마법적 시각으로 재해석했다. 고대인처럼 감각적 유사성에만 머물지 않았다. 그는 비감각적 유사성과 교감하는 과정을 거쳐 삶의 불행을 저지하고자 했다. 소외당한 인간과 세계를 벌거벗은 시선으로 읽어 내리는 태도는 벌거벗은 행복을 위한 첫걸음이다.

나카지마 요시미치中島義道는 칸트 철학 전공자이다. 그는 칸트가 말한 비사교적 사교성ungsesellige Geselligkeit 개념을 중심으로 일본 사회의 문제점을 고찰했다. 특히 일본 청년 세대의 문제점을 지적하고, 청년들이 올바르게 성장할 방법을 살핀다. 비사교적 사교성에서 인간은 사회를 형성하고자 하는 성질과 자신을 개별화하는 성질이 있다. 즉 인간은 개인과 사회의 경계를 끊임없이 이동한다. 그런데 일본 청년들은 개인의 개별화와 고립화를 중시한다. 한국 청년들 역시 예외는 아니다. 청년들은 인간관계에서 상처받지 않겠다고 선전 포고를 하고 있다. 그는 청년들의 순응적·무비판적 태도 등을 열거하면서 '미래'의 문제를 거론한다. 특히 그는 우연, 필연, 미래조차도 존재하지 않는다고 말한다. 한일 청년들은 미래를 위해 현재의 자신을 착취하는 데에만 몰두 중이다. 아울러 미래에 대한 환상을 꿈꾸고 있을 뿐이다.

자연과 사회 현상은 완벽하게 우연과 필연의 관점에서만 이해될 수 있을까? 그렇다면 인간은 왜 미래를 환상적으로 생각할까? 이른바 사람들이 미래라는 말에 갇혀 버렸기 때문이다. 사람들은 말의 덫에 빠져 허우적거리는 것이다. 인간은 불안과 공포에서 벗어나기 위해 언어를 만들었다. 자유, 평등, 박애, 우연, 필연, 미래와 같은 언어들이 역설적으로 인간을 행복으로 이끌지 못하고 있다.


## 체스

베냐민이 독일의 극작가 베르톨트 브레히트Bertolt Brecht와 체스를 두는 사진이 있다. 베냐민은 브레히트와 만나면서 미의 유물론적 사유에 대해 고민했다. 그는 브레히트의 서사극 이론이 현실을 개선할 수 있는지 대화를 나누었고, 이를 토대로 근대사회에서 예술의 정치성을 고민했다. 그는 관객의 수동적 관람 태도는 일상생활의 부조리한 사건을 무비판적으로 수용하는 데 영향을 끼친다고 생각했다. 아리스토텔레스가 감정 이입과 카타르시스를 중시한 이래로, 서양 연극은 허구와 실재의 동일성을 중시했다. 그러나 브레히트는 예술이 인간에게 미적 쾌락을 전달하는 과정도 중요하지만, 인간으로 하여금 어떻게 하면 정치적으로 올바른 판단을 할 수 있을지 고민했다. 즉, 그는 예술의 사실 판단과 가치 판단을 정치적으로 표현했다.

베냐민과 브레히트가 체스를 두는 사진을 보면서, 근대사회에서 예술의 형식과 내용은 무엇인지를 고민했다. 우리 사회에서도 온갖 죽음의 소문이 난무한다. 우리는 예술, 주체, 역사, 저자의 죽음 등 거대 담론을 부정하고, 미시 담론만을 중시하는 사회에 살고 있다. 베냐민은 종교개혁을 거쳐 바로크 시대로 진입하던 시기에 인간들이 심적으로 의존 대상을 발견하지 못한 채 내면의 상실감을 채우기 위해 사이비 담론으로 질주한 점을 비판했다.

체스는 혼자 둘 수 없다. 반드시 나와 상대가 있어야만이 가능하다. 아마 그들은 승부를 중시하지는 않았을 것이다. 그들은 체스를 두며 어떻게 근대사회의 문제점을 해결할지 진지하게 고민하면서 침묵의 지적 대화를 나누었을 것으로 생각한다.

베냐민은 〈브레히트와의 대화Gespräche mit Breche〉라는 글을 썼다. 〈브레히트와의 대화〉는 1934년 6월 4일에서 1938년 8월 25일까지 틈틈이 브레히트와 나눈 대화를 기록한 글이다. 그들은 마르크스의 《자본론》과 괴테의 《친화력》에 대한 생각을 공유한다. 특히 카프카의 소설을 집중적으로 이야기했다. 두 작가가 서로의 문학적 이념과 상관없이 유일하게 의견을 나눈 대상이 바로 카프카였다. 주로 베냐민이 작성한 카프카론을 말하면 그에 대해 브레히트가 자기의 생각을 표현했다.

베냐민과 브레히트는 1934년 8월 5일과 31일의 대화에서 카프카의 〈이웃 마을〉에 대한 이야기를 나누었다. 그가 카프카의 작품 중 왜 유독 〈이웃 마을〉과 같은 소품에 주목하는지 궁금했다. 〈이웃 마을〉에서 할아버지는 손자에게 자신의 경험을 압축해서 전달한다. 할아버지는 인생무상을 말하면서 과거를 돌아본다.

그는 젊은이가 행복한 일상의 순간에 말을 타고 이웃 마을로 길을 떠나는 이유를 알지 못한다. 삶에서 행복과 불운이 교차하는 지점에서 지나간 시간을 응시해야 한다고 생각한다. 그는 젊은이의 삶에 대한 맹목적 결단을 이해하지 못한다.

## 행운과 불운의 마리오네트

일본의 유명한 마작 전문가인 사쿠라이 쇼이치櫻井章一는 《운을 지배하다》에서 마작과 운의 관계를 말하면서 운의 합리성을 언급한다. 그는 마작의 수를 단순하게 생각해야 한다고 말한다. 그러면서 사람들이 미래의 일을 예측할 때, 미래에 발생 가능한 모든 수를 고려해 상황을 판단하는 태도를 비판한다.

마작 역시 체스처럼 혼자 할 수 없다. 마작은 상대와 합리적 판단을 토대로 경쟁하면서 승리를 거머쥐는 게임이다. 현대인은 긴장하지 않고, 특정 현상을 냉정하게만 파악한다. 감각적으로 쿨한 미학의 세계는 현실의 변화를 긍정적으로 예측하지 못한다. 현대인은 다가올 미래의 불운과 실패를 주저하기 때문이다. 즉 현대인은 사전에 불운과 실패의 파국을 감각적으로 유예하려고 한다. 다가올 시간에 대한 긴장감을 상실했다는 점은 현대인의 특징이다. 현대인은 단순하게 개인적 사안에 대한 긴장감만 극도로 감지할 뿐이다.

사쿠라이 쇼이치는 행운과 불운의 관계를 복잡하게 생각할 필요가 없다고 말한다. 그는 복잡한 정세를 간단하게 파악해야 한다고 말한다. 사람들은 보통 일이 잘 풀리지 않으면 자연스럽게 운이 나빴다고 말하면서 자신의 부주의를 합리화하는 경향이 있다. 반면 상대방이 성공하면 성공한 사람은 단지 운이 좋았을 뿐이라고 생각하면서 자족한다. 그런데 과연 그럴까? 운은 평소 자신의 사고방식과 생활 태도에 따라 인과적으로 나타난다. 성실한 생활 속에서 직감을 통해 사태를 면밀하게 파악할 필요가 있다. 도박뿐만 아니라 우리가 살아가는 삶 역시 복잡한 사건들이 지속적으로 발생해 개인에게 선택을 강요한다. 그런 때일수록 사건의 복잡한 국면을 단순하게 파악하고, 이를 해결할 방법이 무엇인지를 직감하는 힘이 필요하다. 사람들은 행운의 환상에 쫓겨 소중한 시간을 탕진한다. 운을 다스리고, 지속하고, 부르는 힘이 필요한 시대에 운의 도박에서 승리하기 위해서는 자기 연마와 직감력을 예민하게 형성해야 한다.

에드거 앨런 포는 〈사기술〉에서 인간을 사기 치는 동물로 정의하고, 사기꾼의 특징을 아홉 가지로 열거한다. 그는 인간이 사기를 치기 때문에 동물과 다르다고 말한다. 그러면서 사기의 아홉 가지 요소로 세세함, 흥미, 인내, 정교함, 대담성, 초연함, 독창성, 건방짐, 씩 웃음을 언급한다. 사기의 아홉 가지 요소는 사기의 본질을 여지없이 나타낸다. 초연한 사기꾼은 전혀 신경질적이지 않고, 동요하거나 허둥대지도 않는다. 포커페이스를 유지한다. 그들은 어쩌면 현실의 벽을 넘어선 것처럼 보인다.

인간의 욕심은 끝이 없다. 인간은 자신만의 욕심을 채우려고 한다. 사기당한 사람은 대체로 맹목적이다. 그들은 사기를 당하고 나서야 어리둥절한 상태에서 그제야 현실을 깨닫게 된다. 아울러 그들은 처음에는 자신이 사기를 당했다는 사실을 인정하지 않는다. 그런 다음 그들은 사기당했다는 사실에 분노한다. 그렇지만 시간이 지나면서 사기를 당했다는 사실을 잊어버린 후 또다시 사기당한다.

미켈란젤로 카라바조Michelangelo Merisi da Caravaggio는 카드놀이 과정에서 인간이 어떻게 사기에 넘어갈 수 있는지를 보여 준다. 그는 인간의 밝은 부분보다 어두운 내면세계를 그림으로 그렸다. 인간의 공정한 거래 자체는 성립하지 않을 수 있다. 카라바조의 그림 〈카드놀이 사기꾼〉에는 세 명의 인물이 등장한다. 검은 모자의 청년, 황금빛 모자를 쓴 청년, 검은 수염의 사내가 카드놀이 중이다. 검은 모자의 청년은 자신의 카드를 보면서 어떤 카드를 내야 이길 수 있을지를 주의 깊게 고민한다. 그의 눈빛은 카드 속의 행운을 발견한 것처럼 보인다. 반면 황금빛 모자를 쓴 청년과 검은 수염의 사내는 음모를 꾸미고 있다. 검은 수염의 사내는 검은 모자를 쓴 청년의 카드를 흘깃 보면서 검은 모자 청년의 패를 황금빛 모자를 쓴 청년에게 손짓으로 은밀하게 알려 준다. 아울러 황금빛 모자를 쓴 청년은 뒷짐을 쥔 채 오른손에 카드 한 장과 단도를 쥐고 있다. 카드놀이의 결과를 예측할 수 없지만,

두 인물이 공모한 후 한 인물에게 카드로 사기를 치는 것이다.

베냐민은 갬블러가 도박에 집중할 때 운동신경지배motor innervation[1] 상황에 처해 있다고 말한다. 운동신경지배는 갬블러가 도박하는 순간 도박판에서 돌아가는 상황에서 매 순간 즉각적으로 반응하는 과정이다. 그런데 우리는 무심하게 반응하면서 시의적절하게 대응할 수는 없을까? 행운과 불운의 마리오네트처럼 운의 실에 매달려 조종당하거나 세뇌당한 채 삶을 살아갈 수는 없다. 인간은 자기 의지대로 삶이라는 게임에서 연출되는 무대에서 벗어나 자기만의 행운과 불운을 조절할 줄 알아야 한다. 도박꾼은 온몸의 감각을 사용한다. 도박꾼은 손, 귀, 눈을 이용해 슬롯머신에 온 신경을 집중한다. 슬롯머신의 손잡이를 잡고 있는 도박꾼이 노름 칩을 투입한다. 도박꾼은 슬롯의 공이 자신에게 행운을 가져다줄지 예민하게 반응한다.

베냐민은 〈도박Spiel〉에서 행운이 숫자와 암호로 등장한다고 말한다. 도박꾼은 투시력을 이용해서라도 판돈을 벌려고 노력한다. 그런데 진정한 도박꾼은 손, 귀, 눈을 통해 도박에서 이기는 사람들이 아니다. 도박에 순수하게 탐닉하는 사람들이다. 그들은 실패를 수용하면서도 열정적으로 실패한 도박에 몰입한다. 그런데 도박꾼이 자신이 생각한 만큼 돈을 획득하는 순간에 도박은 더 이상 성립하지 않는다. 그렇기 때문에 도박꾼의 욕망은 충족될 수 없다. 도박꾼은 욕망을 채우기 위해 역설적으로 도박에 더욱 몰입한다.

## 포르투나의 와이파이

베냐민은 〈성공에 이르는 열세 가지 테제Der Weg zum Erfolg in dreizehn Thesen〉에서 포르투나를 발견하기 위해 세계의 구석에 잠복하고 있는 도박꾼의 세계를 표현한다. 베냐민은 성공과 관련해 도박을 언급했다. 도박은 사회적 관점에서 보면 비난의 대상이다. 그러나 그는 세속적 관점을 벗어나 신성함의 시각으로 도피하지 않는다. 도박의 세속성 안에 삶의 신성함으로 유인할 수 있는 힘을 포함하고 있다고 생각한다. 도박은 우연의 연속이다. 갬블러는 우연의 흐름에 적극적으로 개입하는 과정을 거쳐 자신의 목표에 도달하려고 한다. 도박의 과정은 거액을 거머쥘 확률보다 손실을 초래할 가능성이 더 크다. 정신없이 룰렛판에서 돌아가는 볼이 어느 숫자에 들어갈지 누구도 알 수 없다. 룰렛에 참여한 딜러는 숫자 회전판을 회전시켜 볼이 도달하는 숫자만을 갬블러에게 알려 줄 뿐이다. 자신의 돈을 베팅하는 것은 단순하게 자신의 경제적 능력만을 알리는 것이 아니다.

도박꾼은 자신의 재산이 탕진되어도 도박을 탓하지 않고, 자신이 운이 없었다고 자책한다. 그래서 도박 자체에서 행운과 불운을 탓할 필요가 없다. 그저 도박 과정에서 자신의 체험만을 중시할 뿐이다. 도박꾼이 행운과 불운을 실험하는 과정에서 향유하는 것이다. 도박꾼은 미신에 사로잡혀, 주기를 둘러싼 미묘한 기운에 예민하게 반응한다. 승부에 집착하지 않고, 행운을 맞이할 순간을 지연시키는 방식은 도박판 자체에만 몰두하기 위해서이다. 도박꾼의 도취는 미래를 알려고 하지만, 결국에는 미래를 부정하고, 도박 그 자체에 몰입한다. 룰렛은 36개의 숫자에 판돈을 걸고 자신이 선택한 숫자에 구슬이 멈추면 돈을 획득할 수 있다. 인간은 무작위의 경우 수를 알 수 없다. 반복적으로 룰렛에 집중하면서 특정 숫자에 구슬이 얼마나 들어가는지를 감지할 수 있을 뿐이다. 공통의 와이파이를 사용하더라도 자신의 와이파이 비밀번호를 설정하는 것처럼, 우리 주변을 맴돌고 있는 포르투나를 감지하는 도취의 순간이 있다.


## 경험과 쇼크 체험의 뫼비우스

경험은 시간과 밀접한 관계가 있다. 인간은 시간의 흐름 속에서 자연 변화를 느낀다. 인간은 자연 속에서 생로병사를 알아챌 수 있었다. 자연에서는 늙음의 가치를 존중한다. 자연스럽게 늙어 가는 과정은 시간의 흐름과 맞물려 다양한 경험을 쌓을 수 있기 때문이다. 그런데 근대사회에서는 경험의 가치를 무조건적으로 존중할 수 없게 되었다. 경험의 권위는 무경험의 가치를 인정하지 않는다. 경험이 게마인샤프트Gemeinschaft의 가치라면, 무경험은 게젤샤프트Gesellschaft의 가치이다. 서로 다른 가치를 존중하지 않는 사회에서는 관용이 설 자리가 없다.

베냐민은 〈경험Erfahrung〉에서 어른의 경험과 투쟁해야 한다고 말한다. 어른의 경험이 절대적 가치 기준으로 작용하는 한, 젊은이들은 자기 삶을 주체적으로 살아갈 수 없다. 그러다 보니 젊은이들은 경험을 쌓다 보면 자신들도 의젓하게 한 사람의 성인으로 성장할 수 있다고 생각한다. 어른과 젊은이들은 시간 격차를 두고 동일한 경험만을 반복할 뿐이다. 젊음의 가치는 무경험에 있다. 아직 경험하지 못한 것에 호기심을 갖고 삶의 역동성을 마련하기 위해서 일보 전진하는 과정이야말로 젊음의 특권이다. 경험의 엄숙함은 삶을 억압한다. 어른들은 젊은이들에게 타협, 무기력, 환멸의 태도를 강요한다. "너희들이 기껏 노력해 보아야 삶은 변화하지 않는다." 이미 지나온 시간 동안 모든 것을 경험해 보았기 때문이다. 어른들은 지나온 시간에 대한 동경과 지나갈 시간에 대한 공포에서 하루하루 가면 뒤에서 숨을 쉬고 있다.

베냐민은 경험의 폭력을 구사하는 자들을 속물Philister로 규정한다. 그가 말한 속물을 우리 시대의 용어로 표현하면 꼰대이다. 경험의 폭력은 꼰대의 정신으로 규정할 수 있다. 젊은이들은 꼰대를 인정하지 않는다. 꼰대는 자기만의 경험을 절대적으로 중요시한다. 자신이 경험을 통해 이미 겪은 바를 무조건 타인에게 강요한다. 특히 자기만의 관점과 시각을 타인이 수용하기를 바라는 태도는 일방적이기까지 하다. 물론 꼰대들 역시 한때 젊음의 시절을 보낸 적이 있었다. 꼰대는 무기력하고 피곤하기까지 한 자기의 본래 모습을 숨기려고 든다. 그래서 그들은 자연스럽게 가면을 쓴다. 가면은 꼰대의 진면목을 숨기기에 적합하다. 젊은이들은 속수무책으로 꼰대들에게 주눅 든다. 젊음은 정신Geist을 추구해야 한다. 어른은 정신을 인정하지 않는다.

젊은이들은 공허한 시간을 보내기에 급급하다. 그들은 경험 없는 삶 속에서 내면의 불안함을 오컬트에 의존해 극복하려고 한다. 베냐민은 〈경험과 빈곤〉에서 경험 없는 세대의 빈곤을 어떻게 극복할 것인지를 고민한다. 현대 정보화 사회에서는 시간과 공간이 밀착되어 있다. 특정 사안에 즉각적으로 반응하는 태도를 중시한다. 반면 거리를 두고 심사숙고하는 대응의 가치를 인정하지 않는다. 어른들은 경험이 중요하다고 말하면서도 정작 젊은이들에게는 경험의 파멸만을 제공했을 뿐이다.

〈나 홀로 집에〉(크리스 콜럼버스, 1990)는 크리스마스이브에 홀로 집에 남게 된 아이가 악당을 처단하는 과정을 코믹하게 그렸다. 물론 아이가 자기 생존을 위해 타인의 폭력에 대항하는 것은 문제가 없다. 그렇지만 아이가 동원하는 폭력은 매우 이성적이다. 예컨대 타인의 신체에 전기 충격을 가하는 등 폭력이 이성적으로 작동한다. 근대사회의 문명과 문화는 이성의 숭고미를 중심으로 자연과 인간을 응징할 수 있다. 문화, 문명, 교양은 인간을 중심으로 이성의 시스템을 사회 곳곳에 작동시킨다.

베냐민은 〈보들레르에 대한 몇 가지 모티브Über einige Motive bei Baudelaire〉에서 노동과 도박의 세계를 비교한다. 근대사회에서는 경험의 질서가 소멸하고 쇼크 체험이 증가한다. 쇼크 체험은 사람의 감각을 강력하게 장악한다. 대도시의 군중은 도시에 마련된 온갖 상품 등에 쇼크를 받는다. 기계를 다루는 노동자 역시 기계에서 쇼크에 준하는 체험을 겪는다. 특히 임금 노동자들은 기계에 무감각하게 반응하면서 동일한 행위를 반복적으로 수행하기만 하면 된다. 임금을 받기 위해서는 작업 환경에서 벗어나서는 안 된다. 노동 시간이 투입된 만큼 그에 준하는 노동 산출물을 생산해야 한다. 임금 노동자는 생산성 향상을 위해 노동 시간을 최적화한다. 그런데 베냐민은 노동과 도박이 유사하다고 생각했다. 그는 빈둥거리는 사람Müßiggänger인 도박꾼 역시 판돈을 거머쥐기 위해 노름판에 집중한다고 생각했다.

영화 〈모던 타임스Modern Times〉(찰리 채플린, 1936)에는 컨베이어 벨트에서 동일한 동작을 반복하는 노동자의 모습이 보인다. 노동자는 기계를 다루면서 자동반사적으로 노동에 참여한다. 베냐민은 노동자의 체험을 도박꾼과 유사하다고 주장한다. 노동자와 도박꾼의 몸짓이 유사하다는 그의 주장이 타당하지 않을 수도 있다. 그런데 도박꾼 역시 한탕을 노리기 위해 카드를 섞고 나누는 과정을 무한 반복한다. 노동자가 기계에 숙련되기 위해 단순 노동을 반복하는 것과 비슷하다. 도박꾼의 포커페이스는 도박에서 이기기 위해 자신의 패에 대한 주관적 감정을 표현하지 않은 것을 뜻한다.

베냐민은 보들레르의 시에서 도박꾼의 시간에 주목했다. 도박꾼은 자본주의적 시간을 파괴한다. 그는 생산을 위한 노동에 몰입하지 않는다. 도박꾼은 자신이 원하는 만큼 돈을 얻을 수 없다. 도박은 우연이 지배하는 순간이다. 그렇기 때문에 도박꾼은 매번 파국을 향해 돌진한다. 도박꾼은 과거, 현재, 미래의 삼분법을 일시에 불러들이고, 현재 시간에 집중한다. 도박꾼은 손에 패를 쥔 채 상대방과 심리전을 펼친다. 물론 도박이 진행되는 동안 불법과 탈법의 술수를 동원하기도 한다. 결국 그들은 상호 간에 긴장감을 늦추지 않은 채 행운을 거머쥐기 위해 도박을 한다. 도박꾼의 긴장감은 쾌락을 동반한다. 정념이 도박판을 지배하는 것이다. 도박꾼의 정념은 이성의 포커페이스를 차용한다. 도박꾼은 불안과 공포를 마음속에 품고 있으면서 상대방의 패를 순간적으로 예측하는 과정을 거친다.

보들레르의 〈노름〉은 시적 화자가 꿈속에서 도박장 풍경을 부러워하면서 도박꾼의 삶의 방식을 수용하려는 모습을 표현한다. 늙은 창녀와 도박꾼들은 도박장에서 자기들의 정념을 탕진하고 있다. 그들은 운명을 거부한 채 오로지 쾌락과 운에 몰두한다. 늙은 창녀는 화려한 외양에도 불구하고 퇴색한 안락의자에 앉아 있을 뿐이다. 그녀는 무심하게 도박꾼을 쳐다보고 있을 것이다. 그녀는 도박꾼이 획득할 돈을 받고 자기의 육체를 매매하려고 한다. 도박꾼들은 판돈을 얻기 위해 자신들의 카드를 간절하게 쳐다보고 있다. 늙은 창녀와 도박꾼들은 쾌락을 얻기 위해 현재를 허비한다. 그들은 자본주의 사회의 생산력에 대한 미덕을 추구하지 않는다. 그들은 현재의 쾌락을 위해 돈과 육체를 낭비한다. 시적 화자는 늙은 창녀와 도박꾼의 거래 속으로 달려 들어가 고통과 지옥을 선택하려는 자신의 모습에 경악한다.

도박꾼은 확률과 우연의 세계에서 승자가 되기를 꿈꾸기 시작한다. 도박은 상대를 경우의 수에 따라 제압할 수도 있고, 자신이 자멸할 수도 있다. 도박꾼은 승자와 패자와 무관하게 도박 그 자체에 몰입하면서 중독된다. 도박꾼이 도박에 목숨을 걸 듯 몰입하는 과정은 합리적 설명이 불가능하다. 도박꾼은 몇 초 뒤에 다가올 미래의 시간을 전혀 알 수 없다. 물론 승자가 되기 위해 편법을 사용할 수도 있다. 편법을 포함하더라도, 도박은 자신의 자본을 무한 증식할 수 있다는 가능성과 희망을 품게 해 준다.

도박꾼은 운명을 거부한다. 도박꾼은 실정법이 부여하는 운명의 법칙을 거부한다. 자본주의에서는 근면 성실하게 노동한 대가를 받아 생존을 유지할 수 있다. 도박꾼은 자본주의의 질서를 외면한다. 도박꾼은 카드 기호를 통해 운을 판별하려고 한다. 카드에 나타난 숫자와 암호의 변화무쌍한 조합은 쾌락을 운명으로 이끈다.[2]

베냐민은 도박과 혁명의 유사성을 발견했다. 도박과 혁명은 공통으로 비합리적 행위이다. 도박꾼과 혁명가는 도박과 혁명의 순간에 몰입한다. 그들은 현실적 제약 따위를 신경 쓰지 않고 도박과 혁명의 승자가 되려고 한다. 도박과 혁명의 순간에 투입하는 몰입의 에너지는 폭발적이다. 도박은 자신의 모든 것을 버릴 수 있는 용기가 필요하다. 아울러 현실에서는 불법으로 간주하지만, 현실 내부를 교란시킬 수도 있다. 미래를 전혀 파악할 수 없는 상황에서 미래에 대한 무조건적 긍정과 희망을 꿈꾼다.[3]


## 운명과의 텔레파시

베냐민은 〈초현실주의Der Sürrealismus〉에서 집단, 신체, 범속한 각성, 이미지 공간, 집단적 신경감응, 혁명의 경계를 넘나든다. 특히 초현실주의의 신비주의를 통해 인간이 미래를 예감하는 기운을 새롭게 해석하려고 한다. 어쩌면 우리는 현실에 갇혀 또 다른 현실을 꿈꾸기를 포기하면서 살아가고 있을지도 모른다. 그래서인지 그는 초현실주의를 새롭게 해석하면서 새로운 공간을 상상했다. 우리는 개인의 미래만을 위해 노력한다. 개인의 명예와 부를 축적하기 위해서 소중한 시간을 낭비한다. 그러다 보니 눈앞에 보이는 이익을 얻기에 급급하다. 그렇다면 감각적 유사성을 기반으로 너와 나의 새로운 현실을 창조하기 위해서는 어떤 노력이 필요할지 궁금하다.

프로이트는 텔레파시의 문제를 논의했다. 그는 꿈을 통해 인간의 무의식을 이해할 수 있다고 생각했다. 텔레파시적 계시는 비합리적으로 보일 수 있다. 그런데 사람들은 과학과 이성의 차가운 분석보다 비과학적이고 비이성적인 따뜻한 심령술의 세계에서 위로받는다. 그는 꿈의 세계를 온전하게 이해하기 위해서는 신비한 텔레파시의 세계를 심리학적으로 해석하는 과정이 중요하다고 말한다. 특히 텔레파시는 사고 전이 현상과 유사하다. 말과 글을 통해 자신의 생각을 타인에게 전달하지 않았음에도 불구하고 타인과 의사소통할 수 있는 순간이 있다. 말하자면 텔레파시는 이심전심이다. 특히 연인 간에 서로 합리적으로 의사소통을 하지 않았지만 서로 공통된 생각을 하는 경우가 더러 있다. 이를 어떻게 설명할 수 있을까?

프로이트는 텔레파시의 신비적 요인을 탐구하려고 했다. 프로이트는 텔레파시를 긍정적으로 파악한다. 그는 곤충들이 언어 없이 전체 의지를 위해 심리적 전이 과정을 형성한다고 생각했다. 태곳적 인류도 곤충들과 마찬가지로 언어 없이 집단적 소통이 가능했다. 인간은 계통적·발생적인 진화를 거치면서 감각기관을 통해 생각을 전달하는 능력이 퇴행해 버렸다. 그는 인간의 무의식적 능력이 완전하게 사라지지 않고 인간의 정신세계에 남아 있다고 말한다.

〈ET〉(스티븐 스필버그, 1982)는 외계인 ET와 지구 소년 엘리엇의 만남과 이별을 환상적으로 보여 주는 영화이다. 특히 엘리엇을 포함한 지구 소년들이 ET를 자전거에 태워 달을 가로질러 하늘로 날아가는 장면이 인상적이다. ET는 지구에 불시착한 후, 엘리엇의 집에서 잠깐 동안 같이 생활한다. 엘리엇의 가족과 친구들은 ET의 존재를 알게 되고 서로 소통한다. 지구인과 외계인이 어떻게 소통할 수 있겠냐는 생각은 의미가 없다. 아이들은

〈ET〉(스티븐 스필버그, 1982)

ET와 진심으로 소통하면서 서로 우정을 쌓는다. ET는 엘리엇에게 외계에서 왔다고 말한다. 그러면서 ET는 집에 가고자 한다. 엘리엇은 ET가 집에 갈 수 있도록 도와준다. 엘리엇과 ET는 숲으로 가서 ET가 타고 왔을 UFO에 신호를 보낸다. 그러던 중 엘리엇은 잠이 들고, ET는 행방불명된다. 엘리엇의 형이 우여곡절 끝에 ET의 행방을 알아내고 집으로 데리고 온다. 그때 ET의 정체를 발견한 과학자들이 ET의 위치를 추적한 끝에 엘리엇의 집을 습격한다.

엘리엇과 ET는 서로 말하지 않았지만 텔레파시가 통한 것처럼 보인다. 이미 ET는 의식을 잃은 상태였고 죽을지도 모르는 상황에 처해 있었다. 그런데 ET가 의식을 잃고 죽음에 이를 무렵 엘리엇도 ET와 동일한 상황에 놓인다. 그들의 뇌파 활동은 완벽하게 일치하게 된다. 그들은 생사의 갈림길에 함께 있다. 과학자와 의사들이 그들을 살리기 위해 온갖 약을 투여한다. 그때 엘리엇은 과학자와 의사에게 ET한테 아무것도 하지 말라고 말한다.

나는 우리 시대의 과학과 이성이 과연 얼마만큼 인간의 행복에 기여하고 있는지를 생각해 보았다. 과학자와 의사들은 객관적 지식의 관점에서 대상을 파악할 뿐 대상에 대한 정서적 반응을 취하지 않는다. 엘리엇은 ET에 대한 어른들의 진단과 치료가 결국 ET를 죽일 수도 있다고 생각한다. 엘리엇은 ET와 정신과 육체적으로 동일한 반응을 취한다.

베냐민은 개인과 사회 어느 쪽도 일방적으로 긍정하지 않는다. 그는 개인과 사회의 각 영역을 미분한다. 개인과 사회의 일방적인 조화를 꿈꾸지 않는다. 아울러 개인과 사회를 둘 다 부정하지도 않는다. 그는 개인과 사회를 각각 세분화해서 사람들이 생각하지 못했던 부분을 보려고 한다. 집단의 반대는 개인이다. 그는 개인이 현실에 무비판적으로 대응할 수 있다고 생각한다. 개인의 텔레파시는 단지 신비주의적일 수 있다. 그래서 그는 집단적 텔레파시를 꿈꾼다.

그렇다면 집단적 텔레파시를 어떻게 작동시킬 수 있을까? 내 가족만 행복하면 된다는 식의 극단적 이기주의가 만연하고 있다. 이러한 점을 염두에 둔다면, 개인의 영역에서 벗어나 집단 가치인 사회 문제를 면밀하게 고민할 필요가 있다. 그는 집단적 신경 감응 시스템을 마련하고자 했다. 초현실주의자들처럼 현실에 쇼크를 주려고 했다. 그는 현실에 충격을 가하기 위해 이미지를 활용한다. 이러한 일련의 움직임은 현실이라는 꿈에서 깨어나기를 거부하는 나태한 정신을 일깨우기 위해서이다. 범속한 세계에서 텔레파시적 현상과 긴밀한 관계를 맺고 있다.


## 정신의 예의 주시

베냐민은 포커, 룰렛 등 도박의 세계에 주목했다. 도박꾼은 점쟁이에게 자신의 운명을 맡기지 않는다. 물론 도박꾼 역시 미신을 믿는 편이기는 하지만, 운명을 스스로 수용한다는 점에서 다르다. 카드든 룰렛의 구슬이든 칩에 상관없이 자기만족적 도취 상황에 빠지기 위해 그들은 도박을 한다. 세계는 점점 자본주의 사회로 발전하고, 국제적으로는 도박장 같은 모습으로 바뀌고 있다.

베냐민은 〈도박 이론을 위한 메모들Notizen zur einer Theorie des Spiels〉에서 정신의 예의 주시Geistesgenwart를 주장한다. 도박판에서는 정념이 지배적이다. 도박꾼의 정념은 이성의 포커페이스를 차용한다. 도박꾼은 불안과 공포를 마음속에 품고 있으면서 상대방의 패를 순간적으로 예측하는 과정을 거친다.[4] 도박꾼은 손에 패를 쥔 채 상대방과 심리전을 펼친다. 결국 도박꾼들 상호 간에 긴장감을 늦추지 않은 채 최소한의 행운을 거머쥐기 위해 도박을 한다.[5] 도박꾼은 삶이라는 한 판의 도박장에서 자신의 운명을 거스르면서 독자적 힘을 향해 나아간다. 도박꾼은 여차하면 게임판을 걷어차려고 할 것이다. 전체 판세를 읽고, 매 순간 판돈을 거머쥐기 위해 작은 움직임에도 예민하게 반응하는 태도는 현대인이 상실한 능력이다. 현대인들은 그저 운명의 매뉴얼에 따라 살고 있다.

　도박꾼이라는 알레고리는 직감과 직관을 통해 삶의 변화무쌍함에 적극적으로 개입하려는 의지를 포함한다. 우리는 상징 가치를 중시하는 사회에서 살아간다. 특히 현대사회에서는 명품의 상징적 가치를 소비하는 풍토가 있다. 명품은 너와 나를 구별 짓고, 나의 고유성을 인정받을 수 있는 조건을 마련해 준다. 그런데 상징은 주변을 인정하지 않는다. 주변은 상징에 자리 잡지 못한 영역이다. 그러다 보니 상징은 중심과 주변을 경계 짓고, 주변이 중심으로 침범할 기회를 원천적으로 인정하지 않는다. 주변이 중심으로 편입되는 순간, 중심의 상징은 사라지기 때문이다. 주변이 중심으로부터 승인받으려면 중심에 동화하면 된다. 예컨대 우리 사회는 물적·인적 자원이 서울로 몰려든다. 서울과 지방의 경계는 견고하다. 지방에 사는 사람들은 서울로 진입하기 위해 안간힘을 쓴다. 지방색을 유지하고 서울과 차별화를 모색하지 못한 채, 지방은 서울의 상징에 동화되기에 급급하다. 결국 서울의 상징은 우리 사회를 지배하는 구심력으로 작용한다.

　반면 알레고리는 중심과 주변이 하나의 이미지로 각자의 영역을 존속하면서 서로의 영역으로 교차할 수 있는 조건을 마련한다. 상징은 시간의 산물이고, 알레고리는 공간의 산물이다. 을은 예언자에게 의존하려는 자세를 버리고, 갑의 폭력에 직감적으로 반응해 갑의 구속에서 벗어나야만 한다. 이를 위해서는 갑의 폭력을 똑바로 바라보고, 갑에게 호락호락한 모습을 보여서는 안 된다. 미래의 불운을 암시하는 징후는 계속해서 사람들에게 전달된다. 그런데 인간은 미래로부터 전해지는 운명의 텔레파시를 예감하지 못하고 자신의 몸속에 들어찬 생존을 위한 능력을 믿지 않으면서 예언자에게 달려간다.

베냐민은 도박꾼이 도박하는 동안 투입하는 힘과 열정을 역사를 변화시킬 수 있는 동력으로 생각한다. 도박꾼이 혼신을 다해 판돈을 벌려고 하는 몰입의 힘을 역사를 변화시키는 방향으로 이끈다면, 국가 폭력을 뿌리째 뽑을 수 있다는 것이다. 그런데 그는 부르주아 사회에서 도박을 포함한 사행성 오락이 아이러니하게도 도박꾼의 열정을 낭비하게 만든다는 점에 주목했다. 도박의 경우 승자와 패자가 있다. 도박의 알레고리에서 읽을 수 있는 것은 무엇인가? 우리는 성공하기 위해 자기의 모든 것을 도박판에 올인한다. 자신이 선택한 숫자가 행운의 여신과 만나는 순간, 돈을 벌어들일 수 있다는 확신과 쾌락이 동시에 작용한다.

리스크는 왜 발생하는가? 인간은 미래에 발생할 일을 정확하게 예측할 수 없다. 그러다 보니 온갖 미래 예측을 시도한다. 삶의 곳곳에 리스크가 자리 잡고 있다. 인간은 리스크에서 벗어나기 위해 노력한다. 그런데 리스크에 대한 안일한 대처는 삶의 국면을 안일하게 마주하는 것이다. 리스크를 어떻게 수용하는가에 따라 새로운 삶의 투쟁 영역을 확보할 수도 있다. 그런데 리스크와 관련해 주의해야 할 점이 하나 있다. 리스크를 인위적으로 조작하는 경우이다. 대문자 **나**들은 소문자 나를 지배하기 위해 리스크를 증폭시키기도 한다. 이러한 상황에서 소문자 나는 리스크를 둘러싼 맥락을 정확하게 파악해야 한다.

영화 〈킬빌〉(쿠엔틴 타란티노, 2003)에서 주인공은 두 다리가 마비 상태에 있었다. 그녀는 병실에서 탈출한 후 차에 머문다. 그녀는 마비된 자신의 발가락을 침착하게 쳐다본다. 그러면서 마비된 발가락이 움직일 때까지 스스로에게 최면을 건다. 결국 그녀는 자신의 주문을 통해 마비된 발가락을 풀고 적의 소굴에서 벗어난다. 이처럼 위급한 상황에서 온 정신을 집중하고 침착하게 상황에 대처하는 과정은 우리 삶에서도 필요하다. 삶에 자기만의 주파수를 확보해야 한다. 안팎을 두루 소통하는 과정을 거쳐 평소에 삶의 레드 오션을 예의 주시해야 한다.

베냐민은 인간이 행복에 이르기 위해서 미래를 어떻게 살펴볼 것인지를 고민했다. 문명과 문화는 자연을 대상으로 인간만의 공간을 만들었다. 인간은 자연으로 돌아갈 수 없지만 자연 속에서 행복하게 살던 기억은 보존하고 있다. 우리가 행복에 이르기 위해서는 현재 나를 둘러싸고 있는 것들을 벗어던져야 한다.

그는 미래의 '기원'이었던 과거와 대화하려고 했다. 미래의 구체성은 이미 과거에 확인했던 것에 불과하다. 우리 시대에는 벌거벗은 행복이 필요하다고 생각한다. 벌거벗은 행복은 소유와 무

소유를 넘어서는 곳에 있다. 벌거벗은 행복은 미래로 향한 시선을 지그시 감은 채 유년 시절을 기억하듯이 순수한 행복의 관문을 신중하게 노크하는 몸짓에서 발생한다. 이제 우리는 벌거벗은 채 자유롭게 행동했던 어린아이처럼 벌거벗은 시선으로 미래를 응시해야만 벌거벗은 행복에 겨우 도달할 수 있다.

결국 미래를 둘러싼 모험에서 벗어나기 위해서는 유토피아와 디스토피아를 양극에 두고 과거, 현재, 미래가 서로 끌고 다니는 매직의 시간이 필요하다. 과거, 현재, 미래라는 운명이 씌운 족쇄와 사슬을 풀어 줄 마법이 필요하다. 온몸을 감싼 족쇄와 사슬이 풀리는 순간, 벌거벗은 행복을 바라보아야 한다. 과거, 현재, 미래에서 벗어나 새로운 우회로에 접어들어야 한다. 우회로에 다가서기 위해서는 용기가 필요하다. 매뉴얼 없이 더디지만 한 걸음씩 움직이면서 기존의 자신을 승인했던 것들이 폐허와 몰락으로 변하는 모습을 곁눈질해야 한다. 이때 우리는 마법처럼 지금 이 순간의 시간에 도달할 수 있다. 지금 바로 이 순간은 찰나의 시간이다. 행복은 찰나의 이미지로 우리에게 다가선다. 마술과 미신에 빠져 주체적 삶의 태도를 상실한 사람들은 과연 어떻게 살아가야 할지를 고민할 필요가 있다.

베냐민은 마술과 미신에 덮인 풍경 이면에 여전히 우리의 호출을 기다리고 있는 합리적 마법의 세계를 읽어야 한다고 말했다. 그는 우리가 이미 알고 있었지만, 삶의 어느 한순간 잊어버린 어떤 힘을 오컬트에서 발견하고, 오컬트 읽기의 힘을 변용시키려고 했다. 그는 삶의 전체 '판세'를 집요하게 읽으려고 했다. 두 눈 앞에서 펼쳐지는 마술과 미신의 위력을 감지하면서, 최면에 걸리지 않기 위해 사유의 모자이크를 조립해야 한다. 미래의 마술과 미신에 불안해하기보다, 현재 펼쳐지고 있는 미래의 풍경을 거듭 생각해야 한다.

벌거벗겨진 행복에서 벌거벗은 행복을 감지하기 위해서는 매 순간 침입하는 행복의 신호를 온몸으로 받아들여야 한다. 우리 주위를 배회하고 있는 행복을 예감하기 위해서 심호흡을 내쉬어야 한다. 가볍게, 미세하게, 숨결 속으로 받아들인 행복의 씨앗이 두 눈 속에서 맴돌고 있다. 사투르누스는 미래로만 질주하는 사람의 등을 가볍게 토닥거려 준다. 아울러 과거의 행복한 기억을 안겨 주기도 했다. 그러고 나서 현재에만 웅크리고 있는 이들을 다독여 주기도 한다. 결국 사투르누스는 과거, 현재, 미래를 마법의 시간으로 묶어 냈다. 그런데 인간은 사투르누스의 예언을 믿지 않았다. 결국 폐허와 몰락만이 연출될 뿐이다.

사투르누스의 매직 아이는 삶의 불합리성을 관조하면서 일체의 주위 환경에 흔들리지 않는 힘이다. 사투르누스의 매직 아이는 멜랑콜리하지만, 시간의 모순을 직시하는 과정을 거쳐 자율적인 마법의 세계를 마련한다. 아울러 마술과 미신의 막에 둘러싸여 있어도, 위선적 막의 세계를 관통할 수 있는 투시력이다. 사투르누스의 매직 아이는 인간의 행복을 위한 숨결을 내쉬는 목소리다. 결국 미래에서 전해 오는 목소리를 듣고, 과거에서 구제를 원하는 목소리에 반응하면서, 현재에서 요동치는 목소리에 직감하는 과정을 거쳐 과거, 현재, 미래가 행복의 자각을 위해 집약된 세계와 만날 수 있다.

**미주**

1 M. Charles, "Secret Signals from Another World: Walter Benjamin's Concept of Innervation." *New German Critique*, 45 (3(135)), 2018, pp.39~72.

2 Eric Downing, "Divining Benjamin: Reading Fate, Graphology, Gambling," *MLN*, Vol. 126(3), 2011, pp.561~580.

3 Robyn Marasco, "It's All about the Benjamins: Considerations on the Gambler as a Political Type," *New German Critique 1*, 45(1(133)), February 2018, 1~22.

4 Heiner Weidmann, "Geistesgegenwart: Das Spiel in Walter Benjamins Passagenarbeit," *MLN*, Vol. 107, No. 3, German Issue, The Johns Hopkins University Press, 1992, pp.521~547.

5 조성애, 〈도박과 돈〉, 《유럽사회문화》 15, 연세대학교 유럽사회문화연구소, 2015, 46~47면.

참고문헌 __

기본 논저

Benjamin, Walter, *Gesammelte Schriten, Bd. I-VII, unter Mitwirkung von Theodor W. Adorno und Gershom Scholem, hrsg. von Rolf Tiedemann und Hermann Schweppenhäuser*, Frankfurt am Main 1972–1989.

국내 논저

G. W. F. 헤겔, 임석진 옮김, 《정신현상학》 1, 한길사, 2005.

강대진, 《비극의 비밀 ― 운명 앞에 선 인간의 노래, 희랍 비극 읽기》, 문학동네, 2015.

강선구, 〈인상학 얼굴유형과 성격특징에 관한 연구〉, 《동방논집》 3(1), 한국동방학회, 2010.

강승일, 〈고대 메소포타미아의 점성술과 구약성경에 나타나는 그 흔적들〉, 《서양고대사연구》 29, 한국서양고대역사문화학회, 2011.

강재호, 〈변증법적 몽환극 ― 발터 벤야민의 초현실주의 "경험" 비판〉, 《시대와 철학》 21, 한국철학사상연구회, 2010.

구본진, 《글씨로 본 항일과 친일 ― 필적은 말한다》, 중앙북스, 2009.

그램 질로크, 노명우 옮김, 《발터 벤야민과 메트로폴리스》, 효형출판, 2005.

그리오 드 지브리, 임산·김희정 옮김, 《마법사의 책》, 루비박스, 2016.

김길웅, 〈시간의 문화적 기억 — 크로노스/사투르누스의 문학적 이미지와 회화적 아이콘의 비교〉,《비교문학》 33, 한국비교문학회, 2004.

김병채 외 1인, 〈영적 세계에서 타로(Tarot)의 가능성〉,《상담학연구》 3(2), 한국상담학회, 2002.

나성인,《베토벤 아홉 개의 교향곡》, 한길사, 2018.

나쓰메 소세키, 노재명 옮김,《몽십야》, 하늘연못, 2004.

나카지마 요시미치, 심정명 옮김,《비사교적 사교성 — 의존하지 않지만 고립되지 않게》, 바다출판사, 2016.

니콜라이 레스코프, 이상훈 옮김, 〈왼손잡이〉,《왼손잡이》, 문학동네, 2010.

다카다 아키노리, 지비원 옮김,《나를 위한 현대철학 사용법》, 메멘토, 2016.

도모노 노리오, 이명희 옮김,《행동 경제학》, 지형, 2007.

마르쿠스 아우렐리우스, 이덕형 옮김,《명상록》, 문예출판사, 2008.

마즈다 아들리, 이지혜 옮김,《도시에 산다는 것에 대하여 — 도시의 삶은 정말 인간을 피폐하게 만드는가》, 아날로그, 2018.

몰리에르, 정병희 외 4인 옮김,《몰리에르 희곡선》, 이화여자대학교출판부, 2009.

몰리에르, 정연복 옮김,《상상병 환자》, 창비, 2017.

무라카미 하루키, 권남희 옮김,《샐러드를 좋아하는 사자》, 비채, 2013.

미하엘 슈톨라이스, 조동현 옮김,《법의 눈》, 큰벗, 2017.

사쿠라이 쇼이치 · 후지타 스스무, 김현화 옮김,《운을 지배하다》, 프롬북스, 2016.

설혜심, 〈17세기 삶의 희망과 두려움 — 영국 수상학서(手相學書) 분석〉,《서양사론》 66, 한국서양사학회, 2000.

설혜심,《서양의 관상학 그 긴 그림자》, 한길사, 2002.

손호은, 〈독일인의 일상생활 속의 미신적 요소 고찰〉,《독일어문학》 44, 한국독일어문학회, 2009.

신대철, 〈박두진 연구 6 —「오도」와「거미와 성좌」를 중심으로〉,《어문학논총》 6, 국민대학교 어문학연구소, 1987.

안중은, 〈타로 카드 ―《황무지》의 해석 기법〉,《영어어문학》 54, 한국영미어
　　문학회, 1998.

에드거 앨런 포, 홍성영 옮김, 〈도둑맞은 편지〉,《우울과 몽상 ― 에드거 앨런
　　포 소설 전집》, 하늘연못, 2002.

오노 히로유키, 양지연 옮김,《채플린과 히틀러의 세계대전》, 사계절, 2017.
2017.

오스카 와일드, 김미나 옮김, 〈아서 새빌 경의 범죄〉,《켄터빌의 유령》, 문학
　　동네, 2012.

우치다 타츠루, 김경원 옮김,《사악한 것을 물리치는 법》, 북뱅, 2016.

움베르토 에코, 조형준 옮김,《글쓰기의 유혹》, 새물결, 2005.

윤혜준,《바로크와 '나'의 탄생 ― 햄릿과 친구들》, 문학동네, 2013.

이선화, 〈타로에 대한 심리학적 이해와 상담자의 역할〉,《상담학연구》 57, 한
　　국상담학회, 2010.

이재준, 〈얼굴과 사물의 인상학 ― 근대 신경과학과 광학미디어에서 기계의
　　표현을 중심으로〉,《미술이론과 현장》 22, 한국미술이론학회, 2016.

이창남, 〈발터 벤야민의 언어이론적 인식론과 독서 개념〉,《독일문학》 92, 한
　　국독어독문학회, 2004.

이현덕,《하늘의 별자리 사람의 운명》, 동학사, 2002.

조성애, 〈도박과 돈〉,《유럽사회문화》 15, 연세대학교 유럽사회문화연구소,
　　2015.

지크문트 프로이트, 임홍빈·홍혜경 옮김,《새로운 정신분석 강의》, 열린책
　　들, 2004.

최은주, 〈대도시 삶에서의 관계의 운명과 감정의 발굴 ―「필경사 바틀비」를
　　중심으로〉,《비평과 이론》 18, 한국비평이론학회, 2013.

최현석,《인간의 모든 성격》, 서해문집, 2018.

크리스토퍼 델, 장성주 옮김,《오컬트, 마술과 마법》, 시공아트, 2017.

키스 토마스, 이종흡 옮김,《종교와 마술 그리고 마술의 쇠퇴》 2, 나남, 2014

테오도르 W. 아도르노, 문병호·김방현 옮김,《베토벤. 음악의 철학》, 세창

출판사, 2014.

토드 메이, 변진경 옮김, 《부서지기 쉬운 삶》, 돌베개, 2018.

한병철, 김태환 옮김, 《투명사회》, 문학과지성사, 2014.

허먼 멜빌 외, 한기욱 엮고 옮김, 《필경사 바틀비》, 창비, 2010.

호세 오르테가 이 가세트, 황보영조 옮김, 《대중의 반역》, 역사비평사, 2005.

히라노 게이치로, 이영미 옮김, 〈사라진 꿀벌〉, 《투명한 미궁》, 문학동네, 2017.


국외 논저

Eric Downing, "Divining Benjamin: Reading Fate, Graphology, Gambling," *MLN*, Vol. 126(3), 2011.

Jennifer Lynn Zahrt, *The Astrological Imaginary in Early Twentieth-Century German Culture*, Berkeley: University of California, 2012.

Heiner Weidmann, "Geistesgegenwart: Das Spiel in Walter Benjamins Passagenarbeit," *MLN*, Vol. 107, No. 3, German Issue, Johns Hopkins University Press, 1992.

M. Charles, "Secret Signals from Another World: Walter Benjamin's Concept of Innervation." *New German Critique*, 45(3), 2018.

Peter Staudenmaier, *Between Occultism and Nazism: Anthroposophy and the Politics of Race in the Fascist Era*, Leiden: Brill, 2014.

# 찾아보기 __

267